青少版经典名著书库

爱的教育

［意］埃·德·亚米契斯 著　爱德少儿编委会 编译

爱德少儿编委会

主　编：童　丹
副主编：陈慧颖
编　委：安　心　　代成妙　　杜佳晨　　高敬华
　　　　姜　月　　刘国华　　路　远　　谭蓉平
　　　　唐　倩　　田海燕　　任仕之　　余小溪
　　　　余信鹏　　张重庆　　张凤娟　　张　云
　　　　张运旭　　钟孟捷　　朱梦雨

浙江人民美术出版社

图书在版编目（CIP）数据

爱的教育 /（意）埃·德·亚米契斯著；爱德少儿编委会编译. — 杭州：浙江人民美术出版社，2021.6
（青少版经典名著书库）
ISBN 978-7-5340-8732-5

Ⅰ. ①爱… Ⅱ. ①埃… ②爱… Ⅲ. ①儿童小说－日记体小说－意大利－近代 Ⅳ. ①I546.84

中国版本图书馆 CIP 数据核字（2021）第 060144 号

责任编辑：程　璐
责任校对：余雅汝
装帧设计：爱德少儿
责任印制：陈柏荣

青少版经典名著书库

爱的教育　[意] 埃·德·亚米契斯　著　　爱德少儿编委会　编译

出版发行：	浙江人民美术出版社
地　　址：	杭州市体育场路 347 号
经　　销：	全国各地新华书店
制　　版：	湖北省爱德森森文化传播有限公司
印　　刷：	湖北鄂南新华印刷包装股份有限公司
版　　次：	2021 年 6 月第 1 版
印　　次：	2021 年 6 月第 1 次印刷
开　　本：	710mm × 990mm　1/16
印　　张：	20
字　　数：	300 千字
书　　号：	ISBN 978-7-5340-8732-5
定　　价：	28.00 元

如发现印装质量问题，影响阅读，请与承印厂联系调换。

前 言

  《爱的教育》是意大利作家埃·德·亚米契斯的作品。亚米契斯出生于意大利,那时的意大利受法国大革命的影响,爱国情绪高涨,这在他幼小的心灵上留下不可磨灭的印记。尽管意大利在 1870 年实现了民族统一,但人民生活的处境并没有得到改善,他希望借助学校教育,借助博爱、宽容的精神,传播现代文明。他写作的初衷是心向社会,心系国家的。

  这是一部以教育为目的的儿童文学作品。它弘扬伟大的爱国主义,歌颂人与人之间团结友爱的高尚情怀;它鼓励人们消除阶级观念,在日常生活的交往中,努力实现各阶级人民相互尊重和相互平等。直到 20 世纪 50 年代,《爱的教育》都一直是整个意大利的青少年们成长过程中不可或缺的重要组成部分。

  小说采用日记体的形式,讲述了一个叫安利柯的四年级小男孩的成长故事。内容主要包括发生在安利柯身边各式各样感人的小故事、父母在他日记本上写的具有劝诫意味和启发性的文章,以及老师在课堂上宣读的精彩的"每月例话"。

  该小说不仅写出了人间的多种真爱,也用许多故事告诉了读者一些道理。正如许多小标题一样,告诉读者不要有虚荣心和嫉妒心,要怀有感恩之心，做任何事情要有勇气，有胆量，有毅力。《爱的教育》在写父子之爱、同学之爱、师生之爱时，逐渐上升为对社会、祖国的爱。

作者以一个儿童的视角来叙述故事，通过对儿童视角的准确把握，对儿童世界、成人世界做了逼真展示和深刻剖析。"童年永远是一种心理距离，永远是一种心理切入，永远是一种心理觅寻"。在某种程度上，守望童年成为作家们的审美理想，而儿童视角的叙述则是表达他们这一审美理想的最好载体。

在小说中读者看到的是一个孩子的日常生活和所做所想，除了这个孩子天真的活力和丰富的内心世界，读者看不到作者的感情表达，他的感情倾向是隐藏在文字背后的，这种表达方式增加了故事的真实感和说服力。这种在当代叙事学中称为"内聚焦型"视角的采用，一改传统叙事中无所不知的叙述者的位置，通过儿童的感官去看去听。儿童视角的叙述是一种儿童乐于接受的表达形式，这种视角有利于激发儿童读者的联想，想象他们是故事的主人公，从而激发他们的阅读热情和审美能力。

《爱的教育》是埃·德·亚米契斯最著名的作品，被誉为现代意大利人必读的十本小说之一；同时，在意大利人的心中，它也是19世纪意大利最伟大的十本小说之一。

目录
CONTENTS

第一章 十月

开学了 …………………… 1

我们的新老师 …………… 4

意外事故 ………………… 7

格拉勃利亚的小孩 ……… 9

同窗好友 ………………… 11

卡伦的侠义行为 ………… 13

从前的女老师 …………… 15

艰苦的学业 ……………… 18

和父亲谈心 ……………… 20

少年爱国者(每月例话) …… 22

第二章 十一月

扫烟囱的小男孩 ………… 26

万灵节 …………………… 28

好友卡伦 ………………… 30

卖炭者与绅士 …………… 32

弟弟的女老师 …………… 34

我的母亲 ………………… 36

好友克劳德 ……………… 38

校长先生 ………………… 41

士兵 ……………………… 44

耐利的保护者 …………… 46

优秀的戴洛西 …………… 48

乐善好施……………………… 50

少年侦探(每月例话)…………… 52

第三章　十二月

小商人卡洛斐………………… 58

虚荣心………………………… 61

初雪…………………………… 63

"小石匠"……………………… 65

恶作剧………………………… 67

可爱的女老师………………… 70

探望负伤者…………………… 72

小抄写员(每月例话)…………… 74

坚忍的心……………………… 82

学会感恩……………………… 84

第四章　一月

助教老师……………………… 86

斯蒂尔德的图书室…………… 88

铁匠的儿子…………………… 90

友人的来访…………………… 93

国王的葬礼…………………… 95

被逐的韦兰蒂………………… 96

少年鼓手(每月例话)…………… 99

从小爱祖国…………………… 107

嫉妒…………………………… 109

韦兰蒂的妈妈………………… 111

希望…………………………… 113

第五章　二月

颁奖仪式……………………… 115

决心…………………………… 117

玩具火车……………………… 119

傲慢…………………………… 122

负伤的劳动者………………… 124

七十八号囚犯………………… 126

爸爸的看护者(每月例话)…… 129

铁器作坊……………………… 137

马戏班的孩子………………… 140

"谢肉节"的最后一天 ………… 144

盲童 …………………… 146

病中的老师 ……………… 152

街路 …………………… 154

第六章　三月

夜校生活 ………………… 156

打架 …………………… 158

学生家长 ………………… 160

七十八号的犯人 …………… 162

死去的朋友 ……………… 164

三月十三日 ……………… 166

授奖仪式 ………………… 168

吵架 …………………… 172

我的姐姐 ………………… 175

洛马格那的血(每月例话) ……… 177

卧病在床的"小石匠" ……… 184

爱国者 ………………… 188

第七章　四月

春天的憧憬 ……………… 190

翁贝托国王 ……………… 192

幼儿园 ………………… 196

做体操 ………………… 199

父亲的老师 ……………… 202

痊愈 …………………… 211

劳动见真情 ……………… 213

卡伦丧母 ………………… 215

悲哀非超越不可 …………… 217

受勋的少年(每月例话) ……… 219

第八章　五月

身有不幸 ………………… 224

学会牺牲 ………………… 226

消防员巡视 ……………… 229

六千英里寻母(每月例话) …… 233

夏日的快乐 ……………… 259

诗一般的校园 …………… 261

聋哑学校 …………… 263

第九章 六月

加里波第将军 …………… 271

军队 …………… 273

意大利 …………… 275

酷暑 …………… 276

我的父亲 …………… 278

乡野远足 …………… 280

劳动者的颁奖仪式 …………… 283

女老师之死 …………… 286

感谢 …………… 288

马里奥的微笑(最后的每月例话) 290

第十章 七月

母亲的最后嘱托 …………… 296

考试 …………… 298

最后的考试 …………… 300

告别 …………… 303

《爱的教育》读后感 …………… 307

参考答案 …………… 309

第一章 十月

开学了

十七日

> **M 名师导读**
>
> 又是一个新学期的开始,玩了一个暑假的安利柯,直到开学时还念念不忘假期中的快乐,就算在这开学的第一天,他也收不回浮躁的心。怎么才能继续踏踏实实地上学呢?一切都觉得那么不适应,是回家还是应该留在学校呢?我的朋友安利柯,你还在犹豫吗?

今天开学了,乡间的三个月,梦也似的过去,又回到了这丘林的学校里来了。

早晨,妈妈送我到学校的时候,我的心里还一直念着在乡间的情形呢。这时,爸爸对我说:"安利柯,你得用功啊!"

我点头后,便兴奋地背起书包,由妈妈领着去学校了。秋天的早晨,空气清爽,使我精神振奋。"从今天起我一定要努力,好好表现一番!"这个暑假我在乡间把身体锻炼得很棒,浑身充满了活力。我巴不得早点儿用这些崭新的书本,更巴不得早点儿看到久别的同学。于是,我越走越快。街上到处是学生,离得老远,有的挥着帽子向我打招呼,有的跑过来和我拥抱,我真高兴。妈妈也很高兴。家长们在学校门前的两家文具店里吵嚷着抢着购买文具,一个个满面春风,为自己的孩子进学升级而高兴。一走进校门,就见楼梯口所有的同学都乱哄哄地

> 爱的教育

挤成一团。负责维持秩序的人，忙得像蚂蚁似的。【名师点睛：将商店门口的情形作为整个学校的缩影，形象地表现出开学第一天学校里到处都热闹非凡的景象。】

在学校门口，感觉有人碰了碰我的肩膀，哦，原来是我三年级的老师，一位满头红色卷发、脸上溢满阳光的老师。【写作借鉴：对老师的头发和神态进行了特写，以点概面地表现了这位老师乐观、活泼、平易近人的特点。】老师紧紧地盯着我的双眼，说："我们这就要说再见了吗，安利柯？"

这学年，将换一位老师教我们，在放暑假以前我就已经知道了，早就有了心理准备。可是，听老师又说起，我不由得又难过起来。

本想和老师打个招呼，却哽咽着说不出话来，我妈妈和老师聊了几句，而老师并没有多说，就匆匆走开了。

四年级的教室在楼上。我在三年级的时候，总是用羡慕的眼光看着高年级的同学一步步往楼上走去。

如今，我也有资格上楼了，一下子觉得自己很伟大，于是，昂首阔步地向楼上走去。这时妈妈叮嘱我说："上下楼梯要小心，大家排着队走下来的时候，你不要从背后推人啊！"

一会儿，我和妈妈来到了我们班教室的门前，许多太太、绅士、普通妇女、工人、官员、修女、男仆、女佣，正一手牵着小孩，一手拿着成绩报告单，满满当当地挤在接待处旁边的楼道里，熙(xī)熙攘(rǎng)攘［熙熙：和乐的样子；攘攘：纷乱的样子。形容人来人往，非常热闹拥挤］的，就像是进了戏园子、影剧院一样。我重新审视着这个宽敞的休息大厅，非常开心，因为在过去的三年里，每天我去教室时都要穿过这里。我二年级的女老师见了我说："安利柯！你现在要到楼上去了！不会再路过我的教室了！"说完，她恋恋不舍地看着我。校长先生被妇人们围绕着，头发好像比以前更白了。学生们也比夏天的时候长高长壮了许多。一年级刚入学的小孩子们不愿进教室，倔得跟驴子似的，很勉强地被拉了进去，有的依旧逃了出来，有的则因为找不着父母而哭闹起来。而那些做父母的，或哄着，或叱(chì)骂[大声责骂]着自己的孩子，让他们进去，老师们也被弄得没法子了。

我的弟弟被编进了由一位名叫戴尔凯蒂的女老师执教的班级里。上午十点的时候，大家都进了教室。我们班上共有五十五人。其中从三年级一起升上来的，只不过十五六人，经常拿第一名的戴洛西也在里面。

哎，一想起暑假期间跑来跑去地游荡过的山野丛林，就觉得学校里很是压抑，让人憋闷。再想一想三年级的老师们：大凡那些常常笑对我们的好老师，都是跟我们年龄相差不大的老师。只要一想到再也不能天天看到那位拢着红色卷发的老师了，心里就有些难过。

眼前的这位老师，身材颀长，没有胡须，留着长长的花白的头发，额上一道直直的皱纹；他说话嗓门很粗，脸上没有一丝笑容。【写作借鉴：对老师外貌特征、声音神态的描写，透露出一个学生对新老师的第一印象。】当他一直目不转睛地上上下下打量着我们时，目光竟似要透到我们心里一般。我想："唉！今天才第一天，接着还有九个月呢！多少作业啦，多少考试啦，真够烦呐！"

放学了，我飞一般地离开教室，恨不得马上见到妈妈，蹿到妈妈面前去吻她的手。

妈妈说："安利柯！要用功哦！我也在跟你们一样使劲儿呢！"

我高高兴兴地回家了。可能是因为那位和蔼可亲的阳光的老师已经不在的缘故吧，学校似乎不如以前那般有趣了。

知识考点

1. 填空题。

安利柯二年级的老师看到他，使安利柯感到伤感，他又看到_____被很多家长围着，头发好像比以前_____。同学也比以前长高_____了许多。_____刚入学的孩子不愿意进教室，有的因为找不

3

> 爱的教育

到_____而哭了起来。

2. 判断题。

　　安利柯四年级的老师见到他后,恋恋不舍地对安利柯说:"安利柯,你现在要到楼上去了!以后不会再路过我的教室了!"　　(　　)

3. 问答题。

　　"哎,一想起暑假期间跑来跑去地游荡过的山野丛林,就觉得学校里很是压抑,让人憋闷。"主人公的这段内心独白,说明了他什么样的情绪?

_____

_____

阅读与思考

1. 在开学的日子里,安利柯都有哪些复杂的情绪?
2. 安利柯遇到以前的老师后,是一种什么心情?
3. 安利柯为什么对眼前的新老师有偏见?

我们的新老师

十八日

名师导读

　　一位老师是亲切还是严肃,是幽默还是古板,相信学生们是最清楚不过的了。在天真的孩子们的心中,那些体贴入微、与学生平等交流的老师,才是值得敬佩的好老师。那么,我们的佩巴尼老师是这样的人吗?

　　从今天起,现在的任课老师也可爱起来了。我们进教室的时候,老师已经在讲台前就座。

　　老师前学年教过的学生们都从门口探进头来和老师打招呼。"老师早安!""佩巴尼老师早!"大家都这样说。

其中还有几个直接走进教室,跟老师匆忙地握了握手就出去了。很显然,大家是多么爱慕这位老师,仍然想要请他授课呢。老师也一边招呼着"早安!"一边拉着学生伸出的小手,就是不肯直视学生们的脸。老师和他的学生们打招呼的时候,虽然也是笑容满面,可额上的皱纹更深了,表情也有些木木的,显得僵硬,然后扭过头去看着窗外,目光落到对面的屋顶上,好像跟他的学生们打个招呼,竟有多难似的。

【写作借鉴:细腻的神态描写再现了新老师性格中严肃认真的一面,但是从他曾经教过的学生对他的尊敬与不舍中,我们可以看出学生们对他的喜爱之情,这也为后文他关爱学生们埋下了伏笔。】

完了以后,老师的目光又在我们脸上一一扫视过去,让我们默写,自己则走下讲台,在桌位间逡巡起来。当他看到有位同学脸上长出红痘时,便让他中止默写,双手托着他的头仔细察看了一会儿,又摸了摸他的额头,问他有没有发热。

这时,老师身后的一位学生趁着他不注意,就跳上椅子玩起了洋娃娃。不料老师刚好回过头去,那学生急忙坐下,低埋着头等着挨训。可是老师却只是用手在他的头上轻轻地拍了一下,说了句:"下次不要再这样!"便没事了。【写作借鉴:这段动作描写,不仅将孩子顽皮的性格体现了出来,同时也表现了老师对学生的关爱。】

默写完了,老师又沉默地打量了我们好一阵子后,才用高亢而亲切的声音说道:

"大家听着!从现在起,我们要在一起相处一个学年,希望我们能在这一年的时间里好好相处!大家要发奋学习、刻苦用功,要守纪律、懂规矩。我已经没有亲人了,你们就是我的亲人。去年以前,我还有个妈妈,妈妈去世以后,就只有我一个人了!现在,在世界上,除了你们以外,我再也没有别的亲人了,除了你们,我也没有可爱的人!你们就是我的孩子,我爱你们,也请你们接受我!我不

▶ 爱的教育

想责罚你们当中的任何一个，只想让你们把真心亮给我看！请你们把这个班级当成自己的家，给我慰(wèi)藉(jiè)[安慰，抚慰]，为我增光！现在，我并不需要你们口头的承诺，因为我知道你们已经在心里回答'我愿意'了。谢谢你们！"【名师点睛：这一段情感独白表达了老师对孩子们深沉真挚的爱，也说出了他对孩子们由衷的期望。】

我们静静地听着。

这时，下课铃响了，我们向老师行过礼，就都悄悄地离开了座位。那个跳上椅子的学生走到老师的身旁，哆哆嗦嗦地说："老师！饶了我这次！"

老师用嘴亲着他的额头说："快回去！好孩子！我不是一个喜欢处罚学生的老师，因为，你们都是诚实、善良、有思想的好孩子，我想你们懂得今后应该怎样去做，老师相信你们！"

无疑，老师的话已经深深地感动了我们。

今天，我已开始爱我的老师了。

阅读与思考

1. 为什么学生觉得新来的老师变得可爱了？

2. 老师看到学生脸上长了红痘，就检查有没有发烧，这表现了老师什么样的性格？

3. 老师为什么将他的学生都视为自己的亲人？

意外事故

二十一日

> **M 名师导读**
>
> 见义勇为，即当别人的生命受到威胁的时候挺身而出，是每一个人都应具备的良好品质。作为一个二年级的孩子，洛佩蒂看到他人命悬一线的时候，不顾一切地冲了上去，是什么力量使得他如此坚定而又勇敢呢？

学年开始就发生了意外的事情。今天早晨到学校去，我和父亲正谈着老师所说的话，忽然见路上人满了，都奔入校门去。父亲说："出什么意外了？新学年才刚开始，真糟糕！"

等我们好不容易进了学校，宽敞的休息大厅里已经挤满了儿童和家长。只听得他们说："洛佩蒂，真是太可怜啦！"人山人海中，警察的帽子和校长先生光秃秃的头一目了然。

接着又走进来了一个戴着高冠的绅士，大家说："医生来了！"

父亲问一位老师："到底怎么回事？"

老师回答说："被车子轧伤了！"

"脚骨碎了！"又一位老师说。

事情原来是这样的：二年级的洛佩蒂同学在来校的路上，看到一位一年级小学生忽然挣脱妈妈的手，跌倒在了街道上。当时，一辆马车正往小学生跌倒的地方驶来。洛佩蒂眼见这小孩将被车子轧伤【写作借鉴：以第三人称叙述了当时的危险场景，叙述简单明了，一笔带过。】，便勇敢地跳了过去救他。而他自己却没来得及撤出自己的脚，被车子轧伤了。

正在听他们叙述这些话的时候，突然有一个妇人发狂似的奔来，

▶ 爱的教育

从人堆里挤进来,这就是洛佩蒂的母亲。

另一位妇人也在同一时间跑过去,抱着洛佩蒂妈妈的头颈啜(chuò)泣[指小声地哭]起来。这就是被救出的小孩的母亲。

两位妇人朝室内跑去时,我们在外边仍可听到她们的哭喊声:

"啊!洛佩蒂呀!我的孩子!"

立刻,有一辆马车停在校门口。校长先生抱了洛佩蒂出来。洛佩蒂把头伏在校长先生肩上,脸色苍白,眼睛闭着。

大家静了下来,洛佩蒂妈妈的哭声也更加清晰了。不一会儿,校长先生将抱在手里的受伤的孩子给大家看,父兄们、学生们、老师们都齐声说:"洛佩蒂!真勇敢!多可爱的孩子啊!"靠近一点的老师、学生都争着去吻洛佩蒂的手。

这时,洛佩蒂睁开他的眼睛说:"我的书包呢?"被救孩子的妈妈一边拿起书包给他看,一边流着眼泪说:"让我拿着吧,让我帮你拿过去吧。"洛佩蒂的妈妈脸上现出了微笑。【写作借鉴:洛佩蒂已经被轧伤了,但是心里还惦记着自己的书包,侧面烘托出他是个热爱学习的孩子。】

大家很小心地把洛佩蒂扶上马车。马车慢慢地驶去,我们都默默地走进教室。

Y 阅读与思考

1. 结尾处洛佩蒂的妈妈为什么会微笑?
2. 从哪些描写能看出洛佩蒂的妈妈非常担心自己的孩子?
3. 从洛佩蒂的身上,我们能学到哪些品质?

格拉勃利亚的小孩

二十二日

M 名师导读

今天，班里来了一位新同学，他的故乡很遥远。面对这样一位可能会怀念家乡，会对陌生环境感到畏惧的孩子，老师和同学们又是怎样欢迎他的呢？

洛佩蒂成了要拄着手杖才能行走的人了。昨日午后，老师正在说这消息给我们听的时候，校长先生领了一个陌生的小孩到教室里来。那是一个黑皮肤、浓发、大眼而眉毛浓黑的小孩。

校长先生将这小孩交给老师，低声地说了一两句什么话就出去了。小孩用黑而大的眼看着教室中的一切，老师拉着他的手向我们介绍：

"你们大家应该高兴。今天有一个从五百英里以外的格拉勃利亚的莱切尔来的意大利小孩进了这学校。因为是远道来的，请你们要特别爱护这位同学。他的故乡很有名，那里出过很多意大利名人，产生过强健的劳动者和勇敢的军人，也是我国的风景区之一。那里有森林，有山岳，住在那里的人们都富于才能和勇气。希望你们善待这位同学，让他忘记自己是个离乡的游子，让他知道在意大利，无论哪所学校都是他的家。"【名师点睛：中国有句古话叫作"四海之内皆兄弟"，对待新来的同学，其他人要给予热情的关心，而且要给予帮助。】

老师一边说，一边在意大利地图上将格拉勃利亚的莱切尔的位置指给我们看，还大声叫道："奥里斯图·戴洛西！"

这是他每回上课时第一个点名的学生——戴洛西，戴洛西应声站

9

爱的教育

了起来。

"到这里来！"在老师的示意下，戴洛西离开座位，走到格拉勃利亚小孩的跟前。

"你是级长。请对这新学友致欢迎辞！请你代表大家——代表庇特蒙特的每个小孩，向这位新同学致欢迎辞！欢迎格拉勃利亚来的同学！"

戴洛西听见老师这样讲，就搂着那小孩的头颈，用响亮的声音说："欢迎你的加入，真棒！"格拉勃利亚小孩也热烈地亲了亲戴洛西的面庞。我们也一起热烈鼓掌欢迎。

老师虽然口中说着："静一静！静一静！教室里不可以鼓掌喧(xuān)哗(huá)[声音大而杂乱]！"可心里却是十分高兴。格拉勃利亚小孩当然也很高兴。等老师指定座位后，那个小孩就回到了自己的座位上。

这时，老师又说："你们要好好记住我刚才说的话。格拉勃利亚来的同学到了丘林，要像到了自己家里一样。丘林的孩子们到了格拉勃利亚，也应该毫无拘束之感。实话对你们说吧，为了这个地方的主权，我们国家曾经打了整整五十年的仗，更有三万多名同胞为之献身。所以你们大家一定要互敬互爱。如果有谁因为这位新同学不是本地人，而对这位新同学无礼，那他就没有资格面对我们的三色旗！"

格拉勃利亚小孩回到座位后，邻桌的同学有送给他钢笔的，也有送给他画片的，还有送给他瑞士邮票的。

阅读与思考

1. 为什么老师说格拉勃利亚小孩的故乡很有名？

2. 同学们是怎样欢迎这位从五百英里以外的格拉勃利亚来的新同学的？

同窗好友

二十五日

M 名师导读

安利柯的同学可真不少，他们都有自己独特的相貌与性格。和同学们在一起的日子，永远是温馨而值得纪念的。现在让我们一起来认识这些同学，看看他们都有什么特别之处。

送邮票给格拉勃利亚小孩的，就是我最喜欢的卡伦。他在同年级中身躯最高大，是个大头宽肩、笑起来很可爱的小孩，却已有大人气。【名师点睛：身形高大，笑容可爱，像个大人，从这句简短的介绍中，我们已经可以看出"我"对卡伦掩饰不住的喜爱之情。】

在我认识的许多同窗友人中，有个名叫克劳德的我也很喜欢。他总是穿着一条棕褐色裤子，戴一顶猫皮帽，说话也很风趣。他的父亲是个开柴火店的，1866年曾在温培尔托亲王麾下打过仗，据说还得过三等勋章呢。

还有个名叫耐利的，是个驼背，身子骨很弱，脸色常是青青的。而坐在他旁边的渥特尼正好相反，他的身体壮壮的，总是穿着漂亮衣服四处招摇。

坐在我前面的，是个绰号叫作"小石匠"的，他是一位石匠的儿子，脸圆圆的像个苹果，鼻头像是顶着的一个小球，【写作借鉴：运用比喻的修辞手法，恰当生动地写出了"小石匠"面容的圆润可爱。】经常扮兔子做鬼脸儿，引人发笑。他戴着一顶破旧的帽子，还常常将帽子叠起来，像放手帕一样地塞在口袋里。坐在"小石匠"旁边的是一个叫作卡洛斐的瘦瘦高高、鼻如鹰钩、眼睛特小的同学，他常常会把钢笔、空火柴

11

爱的教育

盒之类拿来交易,或者在指甲盖上写写画画,做事很是滑稽。

还有一个名叫卡罗·罗宾斯的高傲的小绅士。他身边坐着的两位同学,在我看来就像是一对双胞胎:一个是铁匠的儿子,穿着齐膝的上衣,脸色苍白得好像病人,对什么都胆怯,永远没有笑容;另一个是满头红发的小孩,一只手有残疾,用绷带牢牢地吊在脖子上——据说他的父亲到了美洲,妈妈是个走街串巷提篮卖菜的小贩。

在我的左边,还有一个奇怪的小孩,名叫斯蒂尔德,身材短而肥,脖子好像没有一样,是个性情古怪的孩子,总是不爱跟人讲话,似乎什么都不懂,可是每逢老师讲话,他总是目不转睛地蹙着眉头,嘴巴闭得紧紧地听着。老师说话的时候,如果有人说话,一两回他还可以忍耐,到了第三次,他就会愤怒地跳起来跺脚。【写作借鉴:通过对斯蒂尔德动作的描写,充分体现了斯蒂尔德是一个热爱学习、可以为了学习不顾一切的孩子。】坐在他旁边的是一个毫无顾忌的、长相狡猾的小孩,名叫韦兰蒂,听说曾被别的学校除名过。

另外还有一对长得很相像的兄弟,穿着同样的衣服,戴着同样的帽子。

这许多同窗之中,相貌最好、最有才能的,不消说要算戴洛西了。今年他大概还是要得第一的。

我却爱铁匠的儿子,那像病人似的普来克西。据说他父亲经常打他,他非常老实,和人说话的时候,或偶然触犯别人的时候,他一定要说"对不起",他常用亲切而悲哀的眼光看人。【名师点睛:与人相处最重要的就是要懂礼貌,难怪普来克西是"我"最喜欢的同学呢!】

至于身材最高大、人品最高尚的,却非卡伦莫属。

阅读与思考

1.在安利柯的同班同学中,你最喜欢谁?最不喜欢谁?请分别说一说为什么。

2. 坐在卡罗·罗宾斯旁边的两位同学分别是谁？他们有什么相似之处吗？

卡伦的侠义行为

二十六日

M 名师导读

我们不能在别人遇到困境的时候视而不见，更不能肆意欺辱比自己弱小的同学。面对几个孩子的淘气行为，卡伦是怎么做的呢？

卡伦的为人，通过今天的事情，我就已经看得一清二楚了。今天因为二年级女老师来访，问我什么时候在家，我到校稍微晚了一些，进教室时，老师还没来。当时，三四个小孩聚在一处，正在欺负那位一头红发、一只手有残疾而妈妈在卖菜的克洛西。其中有用三角板打他的，也有往他头上扔栗子壳的，还有一边说他是"废物""丑八怪"，一边还把手吊在脖子上模仿他的。

克洛西独自坐在座位上，脸色一片苍白，可怜兮兮地看着那些孩子，好像在对他们说"饶了我吧"。【写作借鉴：将克洛西隐忍的神态生动传神地展现在读者面前，集中表现了克洛西此刻的孤独与无助。】那些孩子一看克洛西这个样子，更加得意忘形、变本加厉地戏弄起他来。忍无可忍的克洛西终于生气了，他红着脸，气得浑身发抖。

这时，那个一脸讨厌相的韦兰蒂突然跳上椅子，装作克洛西妈妈挑着菜担的样子。克洛西的妈妈因为要接克洛西回家，曾经来过学校几回，听说现在正卧病在床。许多同学也都认识克洛西的妈妈，看了韦兰蒂做作的样子，便哄堂大笑起来。克洛西大怒，突然抓起摆在那里的墨水瓶，瞅准韦兰蒂砸了过去。韦兰蒂敏捷地一闪，墨水瓶恰巧

▶ 爱的教育

打在正从门外进来的老师的胸口。

眼见闯了大祸，大家逃命似的回到各自的座位，吓得一声也不敢吭。老师的脸色唰地一下变了，走到讲台上，疾言厉色[说话急躁，脸色严厉。形容人发怒说话时的神情。疾，急速；厉，严厉]地喝问道："是谁？"教室里没有一个人敢回答。老师提高声音又问了一声："是谁？"

这时，卡伦看了一眼可怜的克洛西，忽然起立，态度很坚决地说："是我！"【写作借鉴：动作和语言的描写，表现了卡伦的勇敢，他可以代人受过，说明他有一颗善良的心。】

老师盯着卡伦，扫视了一遍下面呆坐着的学生，静静地说："不是你。"

过了一会儿，老师又继续说道："谁扔的谁就应当站出来，老师决不会妄加处罚！"

克洛西站了起来，哭着对老师说："他们打我，欺负我。我气昏了头，没想清楚就把墨水瓶掷了过去——"

"好吧！现在，请那些欺侮他的同学全都站出来！"老师话音一落，那四位学生便站了起来，把头埋得低低的。

"你们为什么要无缘无故地欺侮一位同学？为什么要欺侮一个不幸的孩子？欺侮一个弱者？！你们做了一件世上最为可耻的事情，是一群卑(bēi)鄙(bǐ)[语言、行为恶劣]的懦夫！"

老师一边说，一边走到卡伦的身边，把手放在他的下巴底下，托起他低垂着的头，注视着他的眼睛说："你是一个品德高尚的人！"

卡伦拢着手贴在老师耳边，不知道又说了一些什么。老师突然冲那四个犯了错误的学生说："这回，我且饶过你们。"

Z 知识考点

1. 填空题。

克洛西在班里受了欺负，几个小孩有的正在用_____打他，也有人往他的头上扔_____，克洛西很害怕，脸色一片_____，他越是

14

害怕,那些孩子便_____地戏弄起他来,还有一个孩子学着克洛西妈妈挑着_____的样子,克洛西大怒,抓起了_____,朝着那个孩子砸了过去。

2. 判断题。

同学们纷纷组织顽皮的学生欺负克洛西。（　　）

3. 问答题。

文中谁拥有美丽的心灵？从哪里能体现出来？

_____

_____

阅读与思考

1. 当老师询问是谁扔的墨水瓶时,卡伦是怎么做的？他为什么要这么做？

2. 文中的老师是怎么处理这场同学间的小冲突的？这表现了他怎样的性格特点？

3. 试着分析:为什么说心灵美比外表的美更重要？

从前的女老师

二十七日

名师导读

朴素而爱操劳的女老师来到了安利柯的家,她为什么要来家访？是安利柯惹了什么祸吗？等待安利柯的,是表扬还是批评？是奖励还是惩罚？

我二年级的女老师,今天准时来访,到我家里来看我。距离上次老师家访,已经一年了,我们很高兴地招待了她。

爱的教育

女老师的帽子仍旧罩着绿色的面纱，衣服极朴素，头发也不修饰，她也许是没有工夫打扮。她脸上的红晕比去年似乎薄了好些，头发也白了些，时时咳嗽。【写作借鉴：细致的外貌描写表现了老师朴素随性的性格特点，也暗示了老师的身体状况在辛劳的工作中所发生的变化，为后文做铺垫。】妈妈问她：

"那么，你的健康怎样？老师！你如果再不顾着你的身体……"

"一点小病没有什么的。"老师回答说，带着喜悦又有点忧愁的笑容。

"老师的嗓音都有些嘶哑了，为了孩子们太劳累自己的身体了。"母亲又说。

的确，课堂上老师的声音，几乎没有听不清楚的时候。我还记得老师讲话总是滔滔不绝，弄得我们学生连看旁边的工夫都没有了。

老师不会忘记自己所教过的学生，无论在几年以前，只要是她教过的总还记得起姓名。听说，每逢月考，她都要到校长那里去询问他们的成绩。有时站在学校门口，等学生来了就叫他拿出作文簿给她看，检查他进步得怎样了。

那些已经升入中学的学生，则常常穿着正装，戴着怀表，去拜访老师。

今天，老师刚刚带领本年级的学生去看画展，回来时，转来我家看看。我们在老师那一班的时候，每逢星期二，老师就常常带着我们到博物馆去，给我们讲解各种馆藏之物。尽管老师比起那个时候来要衰弱许多，可是一提及学校里的事情，讲起话来，仍是那样精神饱满，轻松快活。【名师点睛：老师把自己的全部精力都贡献给了教育事业，只要一说起学生与工作，她便热情洋溢、不知劳累，这种奉献精神怎能不让人感动？】

两年前，我卧病在床时，老师曾来探望过我。老师今天来时，还说要看看我那时睡过的床。其实，那张床现在已经归我姐姐了。老师看了一会儿，也没有说什么。老师说她一会儿还要去看望一位生病的学生，不能久留。听说是一位马鞍匠的儿子，正躺在家中发麻疹[麻疹是一种由麻疹病毒引起的急性呼吸道传染病。这种病的典型症状是发热、皮肤出现红色斑点等]呢。另外，她还夹着一些今晚非改不可的作业本，而且晚饭之前，某位女店主还要到她那里去补习算术。

"啊！安利柯！"老师临走时向着我说，"你到了能解难题、做长文章的时候，仍肯爱你以前的女老师吗？"说着，亲了亲我。

等到出了门，老师还在屋檐下大声说："请你不要忘了我！安利柯啊！"

啊！亲爱的老师！我怎能忘记您呢？即便我已长大成人，也一定还记得老师，会到学校里来探望您的。无论何时何地，只要一听到女老师的声音，都会如同听到老师您的声音一样，想起您两年来对我的关心和教诲。是啊！在过去的两年里，在老师您的关怀教导下，我学会了多少事情，明白了多少事理！那时老师虽然身染疾病，健康欠佳，可还是那样深切地关爱着我们，教导着我们。我们写字时身体姿势不对，您会很担心。教导主任考查我们时，您也总是如坐针毡(zhān)[像坐在插着针的毡子上。形容心神不定，坐立不安]一般担心不安。我们书写清楚时，您会很开心。您总是像妈妈一样地爱护我。这么好的老师，叫我怎么能够忘记呢！【名师点睛：在文章的最后再一次感慨不会忘记老师的真挚情感，紧扣文章的主题。】

阅读与思考

1.文章用了哪几件事来表现这位女老师的高尚品质？

2.曾经教过你的老师中你印象最深的是谁？说一说为什么你会喜欢他(她)。

> 爱的教育

艰苦的学业

二十八日

> **M 名师导读**
>
> 　　在我们人生的道路上，父母是我们的第一任老师，他们的言行举止影响着我们的成长，他们的教导激励着我们前进。今天，安利柯的母亲带着他去了一个特殊的地方，你想知道是哪里吗？

　　早上，我拉开窗帘，阳光照进屋子，屋子变得亮堂起来，一家人为家里的事忙碌起来。

　　午后，我和母亲、西尔维亚姐姐三人，送布给报纸上记载的穷妇人。我拿了布，姐姐拿了写着那妇人住址、姓名的条子。我们到了一幢高楼的阁楼里，那里有长长的走廊，沿廊有许多房间，母亲走到走廊尽头的一间敲了门。

　　门开了，走出一个年纪还轻、白皙而瘦小的妇人来，她就是我们时常看见的那类妇人，头上常常包着青布。

　　"您就是报纸上报道的那位吗？"妈妈问。

　　"嗯，是的。"

　　妈妈说："这些可能会用得上的东西，您就收下吧！"她边说边把手中那包东西递了过去，送给那妇人。

　　那妇人感动得哭了，一句话也说不出来。

　　她住的屋子很小，里面没有什么家具。【写作借鉴：通过对环境的描写，表现了女人生活的现状。】这时我瞥见一个小孩，在那没有家具的暗乎乎的小房间里，背对着我们趴在椅子上，好像在写字。我仔细打量了一下，他确实是在写字，椅子上铺着纸，墨水瓶摆在地板上。我想，在如此昏暗的房子里，怎么能写字呢？

忽然，我发现那小孩头上竟长着一头红发，穿着破旧的上衣，这才恍然大悟过来——这不是那个卖菜人家的儿子克洛西，那个一只手有残疾的克洛西吗？

趁着他妈妈收拾东西的时候，我把自己的发现轻轻地告诉了妈妈。

妈妈小声地说："嘘！别作声。如果让他知道他家受到我们的救济，他会很难为情的。"【名师点睛：妈妈的语言描写，表现了妈妈的善解人意。】妈妈示意我躲起来。

可是，就在这个时候，克洛西回过头来。正当我不知如何是好时，克洛西冲我微微一笑。妈妈在我背后一推，我便冲了过去，一下子抱住了克洛西，克洛西紧紧地握住了我的手。

此时妈妈要和他的妈妈说话，为了转移注意力，我便向克洛西请教问题。他显得很得意，便认真地解释给我听。

"唉！只有我们娘儿俩。他爸爸七年前出外谋生，音讯全无。"我听到她们谈着，他妈妈说："不幸我又生病，不能出去卖菜……没有办法，点不起灯……这样看书……孩子的眼睛也要看坏的……幸亏教科书和练习本都由市政府免费供给，总还算可以勉强供他上学，我无论怎样困苦，也不能让他辍学……唉！说起来，我真对不起他。他很……很喜欢读书……"

听着听着泪水不禁要夺眶而出了，我赶紧眨了眨眼睛。

妈妈把口袋里的钱都给了他们。他们感动得不知道说什么了。"克洛西，谢谢你！明天学校见！"我赶紧说道。

妈妈立即催我快走，把我推到了门外，一路上，她感慨地说：

"你看那可怜的孩子，他在那么差的环境下还能用功读书，而你什么都不缺，却不愿意学习。克洛西所具有的刻苦学习的精神你一点儿都没有，因此，他值得你学习！"

▶ 爱的教育

阅读与思考

1. 本节中最让人感动的是哪些细节？
2. 试想：该如何正确地帮助弱者？
3. 通过这次拜访，安利柯能学到什么？

和父亲谈心

二十八日

名师导读

父亲总能将道理讲得更加深刻。安利柯的父亲会用怎样的方式让顽皮的安利柯爱上学习呢？

安利柯，我的好儿子！

正如你妈妈所说的那样，你已经开始怕用功怕吃苦了。我可是好长时间没有见到你上学时高高兴兴的样子了。

但是我告诉你：如果你不到学校里去，你每日会多么乏味，多么疲倦啊！只要这样过了一礼拜，你必定要合了手来恳求我把你再送进学校去的。因为游戏虽好，但每日游戏就会厌倦的。

现在的世界中，无论何人，没有一个人不学习的。你想：职工们劳动了一日，夜里不是还要到学校里去吗？街上店里的妇人们、姑娘们劳动了几天，星期日不是还要到学校里去吗？士兵们白天做了一天的勤务，回到营里不是还要读书吗？就是瞎子和哑巴，也在那里学习种种事情。监狱里的囚人，不是也同样在那里学习读书写字等功课吗？

每天早上上学去的时候，你要这样想想：此时此刻，在这个城市里，有和我一样的三万个小孩子正在上学。同时，在世界各国，还有几千万个小孩子正在上学——有的正三五成群地走过清静的田野，有的正走在热闹的街道上，还有的正沿着河边或湖边走在上学的路上；有在猛烈的太阳下走着的，有在蒙蒙的冷雾中驾着小船在河上行驶的，有乘着雪橇的，有跋(bá)山涉(shè)水[形容历经路程的辛苦]的，有穿过森林、渡过急流的，有踯(zhí)躅(zhú)[徘徊]地行进在清冷的山路上的，有骑着马儿在莽原上奔跑的；有一个人独行的，也有两个人结伴的，还有成群结队的。他们穿着不同的服装，说着不同的语言，从万里冰封的俄罗斯到椰树森森的阿拉伯，不是同样有着成千上万的小孩子，背着包夹着书赶往学校上学吗？

你想象这无数小孩所形成的集体！再想象这样大的集体在那里做怎样大的运动！

你不妨设想一下：假如这声势浩大的行动一旦全然终止，人类恐怕又要回归原始的野蛮了。正因为这浩大的集体行动，世界才有了进步，有了希望，有了光荣。发奋努力啊，安利柯！你就是这浩荡大军中的一名士兵，你的武器就是书本，你的一个年级就是一个连队，这世界，就是你们的战场，人类的文明，就是你们的胜利。安利柯，可不要成为卑怯的逃兵哦！

——父亲

▶ 爱的教育

少年爱国者(每月例话)

M 名师 导读

马戏团老板残酷的虐待,父母不顾情面的抛弃,使得年幼的孩子流落在外,饱经风霜。好在船上的几个"好心人"施舍了他一些钱币,本来打算以后过上好日子的他却因为船客们的几句话改变了想法,你想知道船客们都说了些什么吗?

做卑怯的兵士吗?决不!可是,老师如果每天把像今天那种有趣的故事讲给我们听,我还要更加喜欢这学校呢。

今天上午,老师给我们讲了一个名为《少年爱国者》的故事。我被故事中主人公的爱国精神深深地感动了。老师说他每个月都会给我们讲一个动人的故事,我高兴极了。

"从今天开始,我想把许多好少年的美德善行,一一编成故事来讲给你们听。希望你们以他们为榜样,向他们学习!"

老师在讲台上说完,台下一片笑闹声。

"肃静一点儿!再吵就不讲给你们听了。"老师一边笑着,一边推着眼镜。老师照例每个月讲一次故事。他所讲的,我在日记末尾特别标上了每月例话四个字。老师又以动人的语调,慢条斯理地讲了起来。下面就是老师今天讲给我们的《少年爱国者》:

这个故事,发生在一艘从西班牙巴塞罗那驶往意大利热那亚的法国轮船上。

船舱的一隅有一个十一二岁的少年,衣衫褴褛地蜷缩在那儿。他畏缩地躲避着别人的视线,在这二等舱内显得十分不协调。【名师点睛:描述了少年的外貌与衣着特征,并以此作为悬念来引发读者对少年遭遇的

思考。】

　　一个喝醉了酒的西班牙人走过来问他话。可是，不管问他什么，总是得不到回答。一个法国人和一个瑞士人也走了过来，手里拿着装有小半杯酒的大酒杯。几个人七嘴八舌地问着，那少年只是瞪视着，目光中充满畏惧和厌恶。

　　"你的爸爸妈妈呢？"一个妇人问道。

　　一提到父母，这少年几乎哭了。他撇着嘴，眼圈发红，眼角有些湿润了。

　　"我的爸爸妈妈住在帕多瓦。我这次就是要回家去！"少年终于开始答话。

　　少年又支支吾吾地说："两年前，爸爸把我卖给马戏团卖艺的人。我们全家靠爸爸种田来维持生计，后来爸爸身体不好，干不动了，我又太小，才不得已把我卖了。之后，我随马戏团跑过好多地方，马戏团老板为了逼我练把式，对我拳打脚踢，还不给饭吃。"【写作借鉴：运用插叙的手法解释了少年衣着破烂、行为怪异的原因。虽然这段叙述简洁明了，但足以引起读者对少年的同情。】

　　说到这，他被泪水哽住了，再也说不下去了。

　　几个人听后对望一眼，又急问：

　　"后来呢？"

　　少年甩甩头，擦干泪水，坚强地说："后来，我逃到我祖国的领事馆，那儿的人很好，要送我回家呢！"他的眼里闪现了一点光彩。

　　"你去的是意大利的领事馆吧？由领事馆的人送你搭上这艘船，叫你回到意大利的故乡去，是不是？"

　　少年点了点头。

　　"他太可怜了！"

　　一个喝得烂醉的西班牙人，酒后气盛，慷慨解囊，给了那男孩一枚银币。其他好多人也都分别送给他一枚银币或六枚铜币。有些妇女，

> 爱的教育

争先恐后地把银币往少年面前的桌子上一丢，故意使这些银币发出声音，似乎在显示自己的慈悲心。【名师点睛：扔钱的动作暴露了她们给少年钱并不是出于同情，只是想通过对少年的施舍来显示自身的优越感。】少年的脸上绽出了笑容，他边道谢，边拾钱。夜深了，从船舱的圆窗眺望地中海的波涛，只见黑黝黝的一片神秘。

少年爬上他的床，把手伸进衣袋里紧紧握住那些钱币。

握着握着，银币和铜币都热乎乎、汗津津的了。

少年欣喜若狂地想着：

"拿这些钱买点儿好吃的东西填饱肚子，到了热那亚再买件旧衣服换上。然后把剩下的钱带回家去，爸爸妈妈该有多高兴啊！现在，不知道爸爸的身体怎么样了？"【写作借鉴：运用细腻的心理描写表现了这些钱对少年的重要性，衬托出最后少年把钱扔给那几位乘客时的难能可贵。】想起这些，他恨不得马上飞回去。帕多瓦和热那亚虽然都是在长靴形的意大利的北端，可是，一个在东，一个在西，到了热那亚还要乘坐火车，才能回到帕多瓦。

少年一边摆弄着那些银币和铜币，一边在心中盘算着，不时又从床帘的缝儿去偷偷看一下那些送钱给他的人。

那些人中有三四个人还在灯下喝酒谈天。

"说起来，意大利的旅馆真差劲儿！"

"饭菜太坏，老板太滑，服务员对待客人不热情。"

"还乱收钱！"

"火车又脏又慢！"

"街上的乞丐又那么多！"

"扒手也多，强盗杀人不眨眼，听说这些都是世界一流呢！"

"晚上，外国人如果单独出去很危险，听说往往会被抢得精光，甚至还会被捅一刀呢！"

"没有说错吧？意大利简直是强盗的国家！"

突然银币和铜币劈里啪啦地就像下雹子似的打在他们的头上和肩上，然后乱蹦乱滚地落在桌子上和地板上。

"谁疯了？"

刚一回头，又是一把铜币飞了过来。

"你们这种人的钱，我不稀罕！"少年从床帘的缝儿探出头来嚷着。

"把你们的臭钱拿回去！"少年愤怒地指着他们说，"我不会接受你们的施舍，你们这些粗鲁的人侮辱了我的祖国！"【写作借鉴：通过语言的描写，将孩子爱国的情怀完全表现了出来。】

Z 知识考点

1. 填空题。

船舱的一隅有一个_____岁的少年，_____，蜷缩在那儿。他畏缩地_____着别人的视线，在这_____内显得十分不协调。

2. 判断题。

小男孩虽然很需要钱，但他愤怒地拒绝了侮辱他祖国的人的施舍。　　　　　　　　　　　　　　　　　　（　　）

3. 问答题。

小男孩的父亲为什么会把他卖给马戏团卖艺的人？马戏团老板对他好吗？

_____

_____

Y 阅读与思考

1. 少年最初收到乘客们施舍的钱币时的心情是怎样的？当他听到有人侮辱他的祖国时他又做了些什么？

2. 如果你是文中的少年，面对同样的情况，你会怎么做呢？

 爱的教育

第二章 十一月

扫烟囱的小男孩

一日

> M 名师导读
>
> 谁都可能碰上意想不到的突发事件,一个扫烟囱的小男孩就遇上了大麻烦,他将劳动得来的钱不小心弄丢了,这下他可怎么回去交差呢?会有人愿意帮助他吗?

午后到附近的一个女子小学里去。西尔维亚姐姐的老师说要看《少年爱国者》,所以我拿给她看。那学校大约有七百个小女孩,我去的时候正值放学。因为从明天起接连有"万圣节""万灵节"两个节日,学生们正在高兴地回去。

放学之后我没有直接回家。我走到女子小学门前,看见有一个比我小的少年,一直站在那儿哭着。【名师点睛:安利柯今天去了女子小学,前面是一段简单的场景铺垫,而后面则开始叙述这件感人的事情。】

他满脸煤烟。肩上扛着一支大刷子和一个大口袋。

我正想问他出了什么事,就看见从校门口走出两三个女生来,跑上前去,围住了他。

"怎么了?哭什么?"有人问他。然而,这个少年只一味抽抽搭搭地哭,不断抹着眼泪。眼泪和煤烟混合在一起,把两只眼睛的周围揉画出像熊猫似的黑圈儿。

"来！快告诉我们，怎么了？为什么哭？"女孩子们再三追问。

少年抬起头来。"我的钱丢了。三十个铜币啊！我扫了好几处烟囱，才赚到的钱。钱全部放在这个衣袋里，哪晓得都从这儿漏掉了。"他指着他衣服的兜儿委屈地说，并用漆黑的手把衣袋翻了过来，原来有个破洞。"师傅会打我的！"少年说着又哭起来了，黑乎乎的脸蛋被泪水冲出一条一条的白道子。少女们张着樱桃小口，好像在说："这可怎么办呢？"

这时，另外一些女学生也夹着书包围了过来。其中一个帽子上插着青色羽毛的大女孩从袋里拿出两个铜币递给那少年说：

"我只有两个，再凑凑就好了。"

"我这里也有两个。"一个红衣服女孩接着说，"大家凑凑，三十个铜币总是会有的。"她招呼其他同学们道："阿马莉娅！那边！阿尼娜！一个铜币，你们哪个有钱？请拿出来！"

果然，有许多人为了买花或笔记本都带着钱，大家都拿出来了。小女孩也有拿出一个半分的小银币的。插青色羽毛的女孩将钱集中起来，大声地数着："八个，十个，十五个，但是还不够。"【名师点睛：通过对数铜币的描写，一方面表现出积少成多的过程，另一方面也表现出孩子们凑钱的艰难。】

这时，一位老师模样的大女孩正好走了过来，拿出一枚值十个铜币的银币来，让大家非常开心。只差五个了。

"五年级的来了！她们一定有的。"一个说。

五年级的女孩一到，铜币立刻便多了起来。而且，还有许多同学正急急地往这儿跑来。一位可怜的烟囱清洁工，被围在美丽的衣服、摇动的帽羽、飞扬的发带之中，那样子真是好看。【写作借鉴：以美丽的事物来代指那些做了善事的小女孩们，从而烘托出女孩们美丽而又善良的心灵。】这场面让人感动极了，少年脸上布满晶莹的泪珠。

三十个铜币不但早已集齐，而且还多出许多了。

27

> 爱的教育

　　没有带钱的小女孩从手提着的裁缝箱里拿出针线来，不一会儿工夫就替少年把衣袋上的破洞缝了起来。扫烟囱的少年也不停地谢着。旁观的我，心里也无比激动。"喂！校长来了……"

　　于是，女孩子们向少年道别后，就像一群小鸟突然受到惊扰似的，纷纷向四下逃散了。那些五彩缤纷的衣衫在阳光下飞舞，像一面面爱的旗子迎风招展，煞是好看！只剩下扫烟囱的少年独自站着，不知所措又欣喜若狂、激动地抹着眼泪。他的手托着满满的银币和铜币，他的衣袋里、纽扣孔里、帽子上全都插满了花。还有许多花散落在他的脚边，闪耀着仁爱的光彩。校长好奇地看着他。

阅读与思考

1.说一说,扫烟囱的孩子丢了钱币之后,发生了什么事？
2.文章最后少年为什么会激动地抹着眼泪呢？
3.如果你是文中的少年,你会对帮助你的人说些什么呢？

万 灵 节

二日

名师导读

　　万灵节是我们纪念死者的日子,在这一天,安利柯的母亲通过书信的方式教导他要珍爱自己的生命,要对死去的人心生怀念。那么,安利柯的母亲是怎样说的呢？

安利柯：

　　你知道万灵节是什么日子吗？这是纪念死去的人的日子。这是小孩子们特别应该记住的日子——追念亡灵——特别是要纪念那些为了保护少年儿童而逝去的人们。那些已经逝去的人有多少？而现在，比如今天，又将有多少人逝去？

你想过吗？有多少父亲因积劳成疾而去？有多少母亲因抚育孩子耗尽心神而死？因为不忍心看着自己的孩子陷于不幸而绝望自杀的男人，又有多少？因失去自己的孩子，含悲投水，发狂而死的女人，又有多少？

安利柯！今天，你应该多想一想那许多的死者！你要想一想：曾有许多老师因为太爱自己的学生，在学校里疲劳过度，未老先衰，过早地离开了人世！你要想一想：曾有许多医生为了医治孩子们的病，自己被传染上而死去！你要想一想：在车船失事、逃荒的路上、火灾现场以及诸如此类的危急时刻，曾有许多人将最后一口面包，最后一处安身之所，最后一条逃生的绳梯，留给了幼小的生命，自己却满足于牺牲而从容地瞑目了！……啊！安利柯！像这样的逝者，数不胜数！无论哪里的墓地，都长眠着成千上万个如此神圣的灵魂。【名师点睛：这些话语，使得安利柯能更加珍惜眼前的生活。】

如果这许多人能够暂时在这世界里复活，他们一定会呼唤那些孩子们的名字。为了这些孩子，他们奉献出自己盛年的快乐、老年的平和，还有爱情、才能和生命。花季女子、青年男子、耄(mào)耋(dié)[通常泛指年纪大的人]老人——为了孩子而献身的无名英雄们——高尚而伟大的人们，他们的墓前所应供奉的鲜花，即使把地球上所有的土地全部变成花圃，也是远远不够的。你们这些孩子是这样地被他们爱着宠着，所以，安利柯！在万灵节这一天，一定要用感恩的心去追怀这许多高贵的亡灵。只有这样，你才能更亲切地感受到那些爱你的、为你辛劳的人们的付出。幸福的人啊！在万灵节这一天，你可有为之悲泣的人？

——妈妈

爱的教育

好友卡伦

四日

M 名师导读

卡伦是安利柯最欣赏最喜欢的朋友之一,虽然他长得高大威武,却从来不欺负同学,因此在同学中有着相当高的威信。这样一个让人喜欢的小伙子,会在他妈妈生日时送出怎样的礼物呢?

虽然只有两天的假期,但在我的印象中却仿佛已有许多日子未曾见到卡伦了。【名师点睛:这句话描述了小朋友间的友情,"一日不见如隔三秋",表达了安利柯对卡伦的喜爱。】我和卡伦越是熟悉,就越是觉得他可爱。不但我是这样,大家也都这样。只有少数几个瞧不起他的人,不和他讲话,因为卡伦是个从不肯向压制他欺负他的人低头的人。当那些小孩子正被稍大一些的孩子欺负的时候,只要他们一叫"卡伦",那些大孩子就会缩回手去的。

卡伦的父亲是位火车司机。卡伦小时身体不好,入学比较晚,是我们这一年级里个头最高、气力最大的。他能用单手举起椅子;经常吃零食;为人很好,别人但有所求,不论铅笔、橡皮、纸、小刀,都肯借出或送出。

上课时,他不言不笑不动,就像一块石头似的安坐在狭小的座椅上,两个肩膀扛着一个大头,背脊向前躬着。每当我看他时,他总是半闭着眼报以微笑,就好像在说:"喂,安利柯,我们做好朋友吧!"

我每回见到卡伦总是忍不住要笑。他个子又高,肩膀又阔,上衣、裤子、袖子却都太小太短;至于帽子,更是小得快要从头上落下来;外套露出绽缝,皮靴也是破的,领带时常搓扭成一条线。【名师点睛:既写

出了卡伦高大的形象，又写出了他不拘小节的性格。】

他的相貌，是那种第一次见到就很讨人喜欢的样子，整个年级里，谁都喜欢做他的邻座。他的算术很好，经常用红皮带束了书本拿着。他有一把螺钢镶柄的大裁纸刀，是去年陆军大操练时，他从野外捡回来的。有一回，他被这把刀刺伤了手，手指骨都差点被割断了。

不论别人怎么嘲笑他，他都不会生气。可是当他正说着什么时，如果有人说他"这是说谎"，那可就不得了了——他会立刻火冒三丈，眼睛发红，一拳砸下去，甚至可以把椅子砸烂。

一个星期六的早晨，一位二年级小孩把买笔记簿的钱弄丢了，站在街边上哭，他看到以后，就把钱给了那个小孩。

为了妈妈的生日，他花了三天，写了一封长达八页的信，信纸四周还画了许多装饰纹样。

老师们经常注视着他，从他旁边走过时，还经常用手轻轻地去拍他的后颈，就像爱抚温和的小牛犊似的。

我真喜欢卡伦。当我握着他那大手时，那种感觉真的非常棒！他的手和我的相比，就像大人的手一样。我确信：卡伦真是那种能为朋友两肋插刀的人。【写作借鉴：篇末以直白的描述写出了安利柯对卡伦的喜爱和赞美之情。】他的目光里，很明显地流露着这样坚定的友爱精神。他那粗大的喉音里，饱含着谁都能听得出来的真情。

阅读与思考

1.安利柯是怎样描述好友卡伦的？请你说一说卡伦的外貌、性格特征，为什么安利柯会最喜欢他？

2.卡伦为了妈妈的生日，花了三天，写了一封长达八页的信，信纸四周还画了许多装饰纹样。这说明了卡伦是一个怎样的孩子？

爱的教育

卖炭者与绅士

七日

M 名师导读

卖炭者的孩子与绅士的孩子在同一个班级里学习,由于他们身份地位的差异,两个人的孩子的性格也截然不同,当他们出现矛盾后,两位家长是如何处理的呢?

昨天卡罗·罗宾斯向贝蒂说那样的话,要是换作卡伦,是绝对不会说的。因为父亲是个上等人,卡罗·罗宾斯觉得自己也很了不起。卡罗·罗宾斯的父亲是个高个子、蓄着黑须的沉静的绅士,差不多每天早晨都要陪着罗宾斯到学校里来。

昨天,罗宾斯和贝蒂吵了一架。贝蒂年纪很小,是个卖炭者的儿子。罗宾斯因为自己不在理,本已无言以对,便说道:"你父亲是个叫花子!"贝蒂气得连耳根都红了,默不作声地簌(sù)簌[形容眼泪纷纷落下的样子]地流着眼泪。

可能是他回去以后向父亲哭诉的缘故,下午上课时,他那卖炭的父亲——浑身黝(yǒu)黑[皮肤暴露在太阳光下而晒成的青黑色]的、矮小的男子便牵着他儿子的手来到学校,把这事告诉了老师。我们都默不作声。罗宾斯的父亲正照例在门口替他儿子脱外套,听见有人说起他儿子的名字,就问老师:"什么事?"

"你们的卡罗对这位先生的儿子说:'你父亲是个叫花子!'这位家长正在这里投诉这事呢。"老师回答说。

罗宾斯的父亲脸红了起来,问自己的儿子:"你这样说过吗?"

罗宾斯低着头站在教室中间,什么话都不说。他父亲拉着他的手臂，把他送到贝蒂身旁，说："快道歉！"

卖炭者一副受宠若惊的样子，一边连声说着："不必，不必！"一边想要上前阻止，可是绅士却不答应，对他的儿子说：

"快道歉！照我说的做，'我不该说出对你的父亲非常失礼的话，请你原谅我。让我的父亲握握你父亲的手。'就这样说。"【名师点睛：罗宾斯的父亲是位绅士，他对儿子的教育也是严厉的。】

卖炭者越发地不安起来，好像在说"那可不敢当"。

由于绅士的坚持，罗宾斯低着头，用断断续续的声音说：

"我不该……说出……对你的父亲……非常失礼的话，请你……原谅我。让我的父亲……握握……你父亲的手。"

绅士把手伸向卖炭者。卖炭者一面握着对方的手大摇起来，一面把自己的儿子推到卡罗·罗宾斯身边，让他去拥抱对方。

"从今以后，就请让他们两个坐在一起吧。"绅士向老师请示着。老师同意了。罗宾斯的父亲等他们坐好以后，就行礼出去了。卖炭者注视着这并坐的两个孩子，沉思了一会儿，走到座位旁，好像想对罗宾斯说些什么，好像很依恋，好像很对不起他，终于什么话也没有说出来。他张开两臂，好像要去拥抱罗宾斯，可终于还是没有这样去做，只是用他那粗大的手指在罗宾斯的额上碰了一碰。【名师点睛：卖炭者的一系列的动作和表情将他复杂的内心活动生动地表露出来，既感到不好意思，又为孩子们合好感到高兴。】到门口时，他又回过头来朝里瞥了一眼，这才出去。老师对我们说："今天的事情，请大家不要忘记。这可算是本学年中最好的一堂课。"

阅读与思考

1. 罗宾斯的父亲了解情况后，是怎样让他向贝蒂道歉的？

2. 文章最后，为什么"老师对我们说：'今天的事情，请大家不要忘记。这可算是本学年中最好的一堂课。'"？说一说你的看法。

爱的教育

弟弟的女老师

十日

> **M 名师导读**
>
> 老师对学生的爱总是不求回报的，弟弟的女老师也是如此，她在弟弟生病的时候前来探病，哭闹着不肯吃药的弟弟竟然很快就张开了嘴。女老师拥有怎样神奇的力量呢？

弟弟病了，他的女教师戴尔凯蒂老师来探望。原来，卖炭者的儿子，正是这位老师从前的学生。所以，她给我们讲了一个让我们开心不已的故事——

两年前，卖炭者小孩的母亲因为儿子得了赏牌，用很大的围身裙包满了炭，拿到老师那里，当作谢礼。老师坚持不收礼，她又始终不答应。等最后她还是把木炭拿回家了，据说这位母亲还为此事大哭。

老师还说，曾经有个女人把钱裹在花束里，送去给她。老师的话让我们听得兴趣盎(àng)然。原先还无论如何不肯吃药的弟弟，这个时候也肯好好地吃了。【写作借鉴：用到了对比的手法，表现了老师爱的魔力。】

教一年级学生，确实很费力啊！这些人有的牙齿未全，像老人似的，发音不准；有的咳嗽；有的淌鼻血；有的靴子掉到椅子下面，哭着说"没有了"；有的被钢笔尖头触痛了手就失声大叫；有的把习字帖的第一册和第二册搞错了，吵个不休。【写作借鉴：运用排比的修辞方法，烘托了一年级老师工作的复杂和艰辛。】要教会五十个手没有准的小孩写字，真是一件不容易的事。他们的袋里藏着什么甘草、纽扣、瓶塞、碎瓦片等东西，老师要去搜他们的时候，他们甚至会藏到鞋子里去。老师的话，他们是丝毫不听的。有时窗口里飞进一只苍蝇来，他们就大吵。

夏天呢，有的人把草拿进来，捉了甲虫放在里面，甲虫在室内一阵乱飞，偶尔落入墨水瓶中，飞溅的墨水把习字帖都弄污脏了。老师要代小孩们的妈妈替他们整理衣装；他们手指受了伤，要替他们裹绷带；帽子落了，要帮他们捡起来；还要留心不让他们拿错了外套；费尽心思让他们不要吵闹。女老师可真辛苦啊！

可是，学生们的妈妈却还要来投诉："老师，我儿子的钢笔头为什么不见了？""我的儿子一点进步也没有，究竟是为什么？""我的儿子成绩那么好，为什么没得到奖状？""我家培罗的裤子被钉子戳破了，你为什么不把那钉子拔掉？"诸如此类。据说老师有时受不住小孩的吵闹，会不自觉地举起手来，用牙齿咬住自己的手指，把气忍住了。她有时失去了耐心，也会发怒，发了怒以后，非常后悔，又去安慰方才骂过的小孩。她也曾把顽皮的小孩赶出过教室，赶出以后，自己却流下眼泪。有时听说家长责罚自己的小孩，不给食物，老师总是很不高兴，要去阻止。

老师年纪真轻，身材颀(qí)长[修长，细长]，衣着整洁；性情也很活泼，无论做什么事都像弹簧似的灵活；是个多愁善感、温柔慈爱、容易落泪的人。

"孩子们跟你都很亲热哦。"妈妈说。

"本来是这样的，可一到学年结束，就大都不再理我了。到了接受男老师教导的时候，他们便会把受过女老师教育当作一件可耻的事情。两年间，费心巴力地爱护他们，一朝分别，心里真是很不好受。心里总是暗暗地想着：那孩子一向和我亲近，大概不会忘记我吧。可是一到放假以后，你看！他回到母校时，我这里叫着'我的孩子，我的孩子！'向他跑去，可他却把头扭向别处，睬也不睬你哩。"

老师说到这里，暂且打住，抬起她湿润的眼，亲了亲我的弟弟说："你不会也这样吧？你是不会把头扭向别处的吧？你是不会忘记我的吧？"

爱的教育

阅读与思考

1.列举一个说明老师工作艰辛的语句。

2.如果你是家长,你会如何教导孩子怎样对待老师?

3.想一想:平时你对待老师的态度正确吗?举例说明。

我的母亲

十日

名师导读

在很多人的心中,母亲都是世界上最伟大的人,对安利柯来说当然也不例外。但由于他对母亲出言不逊,让父亲非常生气甚至对他失望,那么父亲是如何严厉地教育安利柯的呢?

安利柯:

你弟弟的老师来的时候,你对妈妈说了一些很不礼貌的话!这种事,可不许有第二次哦!我听了你那些目无尊长的话,心里难受得像被针扎一样!【写作借鉴:父亲用"被针扎一样"来形容心中的痛苦,用比喻的修辞手法生动地写出了他对安利柯的行为深感失望。】我记得,几年前你生病的时候,你的妈妈怕你的病好不了,整夜整夜地坐在你床前,数你的脉搏,算你的呼吸,伤心啜泣不已。【名师点睛:细节描写烘托出母亲对安利柯深切的爱。】我以为你妈妈快要发疯了,很是担心。一想到这里,我对你的将来,真是不敢抱什么希望。你怎么能对怜你爱你的妈妈说出那样不该说的话?真是怪事!那可是为了减轻你一时的痛苦而不惜牺牲自己整整一年的快乐,为要挽救你的生命而不惜牺牲自己生命的妈妈啊!【写作借鉴:直接抒情,将母亲为了孩子可以牺牲一切的观点以饱满激昂的情绪倾吐出来,

有力地表明了母亲的伟大。】

　　安利柯！你一定要记住！在你的一生中，经历种种艰难固然是难免的，但是这其中最为可怕的，莫过于失去自己的母亲。等你将来长大了，尝尽了这人间冷暖，就一定会千百次地追念起你的妈妈来——哪怕只有一分钟也好，但求能再听听妈妈的声音；哪怕只有一次也好，但求能够再一次偎在妈妈的怀里像儿时那样哭泣——这样的时刻一定会有的。到了那个时候，当你回忆起自己曾经给妈妈造成的种种苦痛，又该要流下多少后悔的眼泪呢！难道这不是件很可悲的事吗？一旦你今天伤了妈妈的心，那你就会一辈子受到良心的谴责！妈妈慈祥的面容，在你的眼中也将成为悲痛的模样，不断地折磨着你的灵魂！【写作借鉴：将慈祥的面容与悲痛的样子进行对比，表达出"树欲静而风不止，子欲养而亲不待"的悔之晚矣的痛苦之情。】

　　啊！安利柯！你一定要知道，亲人的爱是人世情感中最为神圣的东西。谁要是破坏了这种感情，谁就是这世上最不幸的人。哪怕是杀人犯，只要他是敬着爱着自己的妈妈的，他的心中也还有一处美好可贵的地方。无论怎样著名的人，只要他曾让妈妈哭泣、令妈妈痛苦，那他便是可鄙可贱的。所以，对于自己的亲生母亲，就不应该说出无礼的话，即使一不留神把话说错了，也该在自己心里忏悔，跪在你母亲的膝下，请求她的宽恕(shù)[原谅过失]，让她的亲吻拭去你额上不孝的污痕。我原本是爱着你的，你在我心里原本是最可贵的珍宝。可是，你若对自己的妈妈不孝，我还是宁愿没有你才好。不要再靠近我！不要再拥抱我！我现在已没有心情来拥抱你！【名师点睛：父亲对于安利柯的所作所为十分恼火，以至于在此说出如此沉重、严厉的话。】

——父亲

爱的教育

好友克劳德

十三日

> **M 名师导读**
>
> 不是所有的孩子都有优越的学习环境的。安利柯的同班同学克劳德就是不幸的,因为母亲卧病在床,父亲又有事在身,所以克劳德不得不在学习的同时,还要照顾母亲以及自家的小店。克劳德是如何完成如此繁重的事务的呢?

虽然父亲已经饶恕了我,可我心里还是很悲伤。妈妈送我出门,让我和看门人的儿子到河边去散步。当我们俩从河边走到一家门前停着货车的商店时,忽然听到有人叫我。我回头一看,原来是克劳德同学。他身上淌着汗,正在搬运柴火——货车上的人把柴火递下来,克劳德接手运到自己的店里,堆成一垛。

"克劳德,你在做什么?"我问。

"你看不见吗?"他把两只手伸向柴火,一面回答我。"我正在复习功课哩!"他接着说。我忍不住笑了,可克劳德却很认真地念着:"动词的活用,是根据数量——数量和人称的不同而变化——"抱过一捆柴火,放下,码好,"而且要根据动作产生的不同时态而变化——"走到车旁接过柴火,"还要根据动作发生的不同语式而变化。"【写作借鉴:对语言和动作的描写,表现了克劳德在工作之余还在认真学习的情境。】

这是明天的语法课内容。"我真的很忙哩!父亲有事出门去了,妈妈又卧病在床,我不能不做事。一边做事,一边复习语法。今天的语法很难啊,无论怎样记,也记不牢。——父亲说过,七点钟回来付钱。"他又向运货的人说道。

货车离开后，克劳德对我说："请进！"

我进了店里，店屋广阔，堆满着木柴，木柴旁边挂着秤。

"今天是一个忙碌的日子，真的！一刻也没空闲过。正想作文，客人来了。客人走了以后，刚刚拿起笔来，货车又来了。今天跑了两趟柴市，腿麻得像木棒一样，手也硬硬的，要是画画，肯定弄不好的。"说着他又拿来扫帚，扫去散在四周的枯叶和柴屑。【名师点睛：将克劳德的忙碌通过他自己的语言表现出来，语言轻松活泼，完全听不出抱怨的意味。另外，说话时不忘劳作，这一细节也很传神。】

"克劳德，你在哪儿念书学习？"我问。

"不在这儿。你来看看！"他把我领到商店后面的一间小屋，这小屋差不多可以说是厨房兼饭厅，桌上摆着书籍、笔记簿和已经写了一点的作文稿。【名师点睛：通过细节描写刻画了克劳德每天学习的地方，在如此简陋的环境下，克劳德仍然保持一颗好学之心，实在难能可贵。】"在这里啊！我还没有把第二题做好——用皮革做的东西。有靴子、皮带——还非再加一个不可呢——及皮袍。"他拿了钢笔写着清楚的字。

"有人吗？"喊声自外面传进来，原来买主来了。克劳德边回答着"请进来！"边奔跳出去，称了柴，算了钱，又在壁角污旧的卖货簿上把账记了。他重新走进来说："非快把这作文做完不可。"说着拿了笔继续写上：旅行囊，兵士的背囊。"咿哟！咖啡滚了！"克劳德又跑到暖炉那取下咖啡瓶说："这是妈妈的咖啡。我已学会煮咖啡了。请等一等，我们拿了一同到妈妈那里去吧。妈妈一定很欢喜的。妈妈这个礼拜一直卧在床上。——动词的变化——我好几次，被这咖啡壶烫痛了手呢——兵士的背囊以后，写些什么好呢？——非再写点上去不可——一时想不出来——先到妈妈那里去吧！"

克劳德开了门，我跟着他一起走进一间小卧室。他的妈妈躺在一张又宽又大的床上，头上包着白色的头巾。

"嗨！好哥儿！你是来看我的吗？"克劳德的妈妈看着我。

▶ 爱的教育

　　克劳德帮他妈妈摆好了枕头，拉直了被子，加了一块炉煤，把趴在箱子上的猫赶了出去。【写作借鉴：通过"摆""拉""加"等一系列动词表现了克劳德对母亲的细心体贴。】

　　"妈妈，不再喝了吗？"克劳德从他妈妈手中接过杯子，继续说，"药已喝了吗？要是喝完了，就让我再跑一趟药店。柴火已经卸好了。四点钟左右，要把肉给煮了。卖牛油的要是路过，要把那八个铜子儿还给他。这些事情我都会弄好的，你就不必多费心了。"

　　"多亏了你，孩子！去吧，一切小心些。"他的妈妈嘱咐完了，又硬是要我吃下一块方糖。这时，克劳德指着他父亲的照片给我看。他父亲穿着军服，胸间挂着的勋章，据说是在翁贝托亲王麾(huī)下[指将帅的部下]服役时得的。克劳德长得跟他父亲一模一样，眼睛也是炯炯有神的，带着欢快的笑意。

　　我们又回到厨房里。"有了！"克劳德说着继续在笔记簿上写：马鞍也是革做的。"剩下的晚上再做吧。今天非迟睡不可了。你真幸福，有工夫用功，还有闲暇散步。"他又活泼地跑出店堂，将柴搁在台上用锯截断。

　　"这是我的体操哩。可是和那'两手向前'的体操不同。父亲回来以前，我把这柴锯了，他见了会高兴。最讨厌的就是手拿了锯以后，写起字来，笔画同蛇行一样。但是也无法可想，只好在老师面前把事情直说了。——妈妈的病快点好才好啊！今天已好了许多，我真快活！明天鸡一叫，就起来预习语法吧。——咿哟！柴又来了。快去搬吧！"

　　货车满装着柴，已停在店前了。克劳德走向车去，又回过头来对我说："我已不能陪你了，明日再会吧。你来得真好，再会，再会，快快乐乐地散你的步吧，你真是幸福啊！"他把我的手紧握了一下，仍来往于店与车之间，脸孔红红的像蔷薇，那种敏捷的动作，使人看了也爽快。

　　"你真是幸福啊！"虽然他是这样对我说的，其实不然啊！克劳德！

其实不然。你才比我幸福呢。因为你既能学习，又能劳动，还能替你父母分忧。你可比我强上百倍，勇敢百倍呢！我的好朋友！【名师点睛：由安利柯此时的心理活动可以看出，克劳德的行为让他受到了深刻的教育。】

阅读与思考

1.文章通过哪些描写方法表现了克劳德的忙碌？

2.克劳德每天都在简陋的环境中刻苦学习，你每天学习的地方是怎样的？你的学习态度又如何呢？

3.克劳德的勤劳与孝顺让安利柯受到了深刻的教育，你从中得到了哪些启示呢？

校长先生

十八日

名师导读

校长是学生和老师的大家长，他的一举一动都牵动着整个学校。不幸的是，校长的儿子参加了志愿兵，后来牺牲了。面对噩耗，校长会做出怎样的决定呢？

克劳德今天在学校里很高兴，因为他三年级的老师到学校来做考场监督来了。

这位老师名叫考蒂，是个肥肥壮壮、大头、鬈发、脖子黝黑的老师，目光炯炯有神，说起话来响如大炮。这位老师可真会吓唬小孩子，说什么要拧断他们的手脚交给警察，有时还会故意板着一张恐怖的面孔。其实他是绝对不会责罚小孩的，无论什么时候什么情况下，在他胡子底下总是蕴着一丝笑意，只不过大家都看不出来罢了。

▶ 爱的教育

一起来的共有六位男老师，除了考蒂老师，还有像小孩一样的助手老师，还有平时围着大围脖的五年级的胖老师——据说他在乡村学校教书时，因为校舍太过潮湿，墙壁里满是湿气，落下了病根，到现在身上还经常作痛呢。

那一年级的，还有一位白发苍苍的老师，据说以前曾做过盲人学校的教师。

另外还有一位衣服华美、戴了眼镜、留着好看的颊须的老师。他一边教书，一边自己研究法律，曾得过证书。所以有一个"髯律师"的绰号。这位老师又写过一本教人如何写信的书。

教体操的老师原来是军人，据说属于格里巴第将军的部下，项颈上留着弥拉查战争时的刀伤。

再说说我们的校长先生，高个子秃脑门儿，戴着金边的眼镜，花白的长胡子垂在胸前。他总是穿着黑色的衣服，纽扣一直扣到颏下。他是一位和蔼可亲的老师。当违犯校规的学生被叫到校长室时，校长先生并不责骂，只是拉着他们的手循(xún)循善诱[指善于有步骤地引导别人学习。循循：有次序的样子。善：善于。诱：引导，教导]，耐心开导，叮嘱他们下次不要再犯同样的错误，安慰他们，鼓励他们以后做个好孩子。他的声音和善，言语亲切，学生们出来时总是眼圈红红的，感觉好像比受罚还要难过。【写作借鉴：从外貌特征和教育方式两个方面来塑造校长的形象，先是描述了他"庄严"的长相，接着着重描写了他耐心细致、循循善诱地教导学生的画面，体现了"我"对校长由衷的尊重。】

校长先生每天早晨第一个到校，等着学生们的到来，跟他们的父兄打招呼交谈。当别的老师都回家以后，他还一人留着，在学校周围巡视一番，以防学生被车子碰倒或在路上胡闹。

只要一看见他那高大的身影，聚在路上玩闹的小孩子们就会逃也似的一哄而散，连玩具也不要了。【名师点睛：这段描写十分传神，将孩子们见到校长便不顾一切四散奔逃的情态描摹得十分逼真,让读者犹如亲眼所见一般。】每当此时,校长先生总是远远地,脸上带着失望与怜爱的神情,把那些正在逃跑的小孩子一一唤住。

据妈妈说,校长先生自从志愿参军的爱子死去以后,就不见了笑容。校长室的小桌上,至今还安放着他爱子的照片。遭遇那场不幸以后,先生本已打算辞职,可是据说,当他把向市政府提出辞职的辞职书写好后,又把它锁在了抽屉里,因为他实在舍不得跟小孩子们分开,一直犹豫不决。【名师点睛:通过母亲之口从侧面表现了校长虽然身遭厄运,却仍处处以学生为重、以学校为先,尽职尽责的育人精神。】

有一天,我父亲在校长室和先生谈话。父亲对先生说:"辞职是多么乏味的事啊!"当时,正好有位家长领了孩子来见校长,请求转学注册。校长先生见了那小孩,仿佛吃了一惊似的将那小孩的相貌和桌上的照片比较、打量了好久,拉着那小孩靠在膝旁,托起他的头来,注视一会儿,说了一句"可以的",然后记下姓名,让他们父子回去,自己还一直在沉思。

我父亲继续说:"先生这一辞职,我们不是更困难了吗?"先生听后,就从抽屉里取出辞职书,撕成两段,说:"我已把辞职的念头打消了。"

阅读与思考

1.文中安利柯一共介绍了几位老师,请你分别说一说他们的外貌和性格特点。

2.文章是从哪几个方面来塑造校长先生的形象的?分别表现了他怎样的性格特点?

3.文中校长先生给你留下的最深刻的印象是什么?你喜欢这样的校长吗?为什么?

爱的教育

士　兵

二十二日

M 名师导读

军队是一个国家的中坚力量,是一个国家最坚固的防卫城墙。军人是军队的灵魂,每一个军人都应该受到爱戴和尊敬。特别是在小孩子的眼里,军人永远是高大而富有神秘感的。当有军队路过安利柯所在的街道时,孩子们是怎样欢迎军队的呢?

校长先生自从他的爱子在志愿服役时战死后,每到课余,便经常出去看军队通过。【名师点睛:丧子之痛并没有让校长憎恨军队,反而让他更加向往那一队队步伐整齐的军人,也为后面遇到校长的情节,交代好了背景。】昨天又有一个联队从附近街道通过,小孩们也都聚拢在一处,和着乐队的节奏,用竹尺敲击皮包或书夹,打着拍子起舞。我们也挤在路边,看着军队行进。卡伦穿着一件窄小的衣服,站在一旁嚼着大块大块的面包。还有衣着漂亮的渥特尼呀;穿着父亲旧衣服的铁匠的儿子普来克西呀;格拉勃利亚少年呀;"小石匠"呀;一头红发的克洛西呀;相貌平常的韦兰蒂呀;炮兵大尉的儿子——因为从马车下救出一年级学生而自己跛了脚的洛佩蒂呀……都在一起。当一位跛脚的士兵走过来时,韦兰蒂笑了起来。这时,忽然有人按住韦兰蒂的肩膀,仔细一看,原来是校长先生。校长先生说:"注意!嘲笑队列里的士兵,正如辱骂被缚着的人一样,是一件十分可耻的事情!"韦兰蒂立刻钻进人堆,躲到不知哪里去了。

行进中的士兵们分作四列,身上沾满了汗水和灰尘,枪管映着日光,闪闪发亮。校长先生对我们说:

"你们不能不感谢士兵！他们是我们的保卫者。一旦有外国军队侵犯我们的国家，他们就会为了我们牺牲自己。【名师点睛：借校长的话指出了士兵的重要性，同时也从侧面烘托出了校长崇高的爱国主义情操。】他们和你们年纪相差不多，都是少年，也都在刻苦用功。看哪！你们只要看看他们的肤色，就会知道这里聚集了全意大利的精华：西西里人，耐普尔斯人，赛地尼亚人，隆巴第人。这是一支曾经参加过1844年战争的历史悠久的联队，士兵们虽然几经变换，但这军旗却始终如故。在你们出生以前，为了我们的国家，在这面军旗下战死的人，更是不知多少！"

"来了！"卡伦叫道。真的，士兵们的头上，高高飘扬着一面军旗。

"大家听着！当三色旗通过时，应该行举手注目礼！"

一位士官高举着联队的旗帜，从我们面前经过。旗帜虽已破败、褪色，可旗杆顶上的勋章依然闪光。大家向着旗帜行举手注目礼。旗手对我们报以微笑，举手答礼。

"诸位，难得啊！"后面有人这样说。回头去看，原来是一位年老的退役士官，纽孔里挂着克里米亚战役时的从军徽章。"难得啊！你们做得好！"他反复地说。

这时，军乐队已经沿着河沿转过方向，小孩们的嬉闹声与喇叭声彼此应和。【名师点睛：形容军队与喧哗声渐行渐远的场面，预示着全文的结束。】士官注视着我们："难得，难得啊！从小尊敬军旗的人，长大以后也会成为军旗的拥护者。"

阅读与思考

1. 校长先生是怎样教育嘲笑跛脚士兵的韦兰蒂的？又是怎样教育我们尊重国旗的？

2. 为什么一位年老的退役士官会对"行举手注目礼的我们"说"难得啊"？

爱的教育

耐利的保护者

二十三日

M 名师导读

> 学校里总会有一些爱欺负同学的淘气分子，当然也会有路见不平，拔刀相助的少年英雄。当卡伦看到驼背的耐利被人欺负时，正义感油然而生，惩罚了那个淘气分子。卡伦会因此受到老师的惩罚吗？

驼背的耐利，昨天也在看士兵行军，当时他脸上的表情很可怜，好像在说："我不能当兵了。"

耐利是个好孩子，成绩也好，可身体却很弱小，就连呼吸都似乎很困难。他妈妈是个矮个子的白种小妇人，每到学校放学，总会来接她儿子。刚开始时，别的学生都要嘲弄耐利，还有人用皮包故意去碰他那突出的背脊。耐利不仅毫不反抗，而且从不将人家捉弄他的事情告诉他妈妈，不管别人怎么捉弄，他总是坐在座位上无声地哭泣。

有一天，卡伦突然跳了出来，对大家说："你们再碰耐利一下试试！我一个耳光，打得他原地转上三圈！"韦兰蒂偏不信邪，果真尝了卡伦一记老拳，也果然原地转了三圈。

从那以后，再也没有人敢捉弄耐利了。老师知道后，便让卡伦和耐利做同桌。【名师点睛：耐利是一位因自卑而软弱的同学，他需要被人保护。人与人之间应该互敬互爱，他人的生理缺陷不能拿来作为嘲讽他人的笑柄。】两人非常要好。尤其是耐利，更是依恋卡伦，他进教室时，一定会先看一下卡伦有没有到；回去的时候，也没有一次不说"卡伦再见"的。卡伦也一样，耐利的钢笔或书籍掉落到地下，卡伦总是不让耐利费力，立刻俯下身去替他捡起来，而且时时处处帮助他，或者帮他把用具装入皮包，或者帮他穿外套。耐利经常看着卡伦，听到老师称赞卡伦，就高兴得如同自己得到称赞一样。【名师点睛：人与人的相处要真诚，只要自己对他人真诚，他人也会用真情来回报。】后来，好像耐利把从前受人捉弄、自己暗泣、有幸受到一个朋友保护的事情全都告诉了他的妈妈。

今天学校里发生了这样一件事：老师派我到校长室去，我正好遇见一位身着黑色衣服的肤色很白的小妇人，也就是耐利的妈妈。

"校长先生，有个名叫卡伦的，是跟我的儿子同级吗？"她问道。

"是的。"校长答道。

"我有一句话想要跟他讲，能不能请您把他叫来？"

校长命校工去叫卡伦。不一会儿，卡伦的短发大头便已出现在门框中间。他有些茫然不知所措，一脸惊讶的样子。那妇人一见到他，就跑了过去，将手搭在他的肩上，不断地亲着他的额头："你就是卡伦！我儿子的好朋友！帮助我儿子的就是你！好勇敢的人！就是你！"

接着，她急忙把手探进衣袋，取出一只荷包，见一时找不出合适的东西，便从脖子上取下一条带着小小十字架的链子，套在卡伦的脖子上：

"这个给你，做个纪念！——你就把这当作感谢你、时时为你祈祷的耐利妈妈给你的留念！请你挂上它！"

阅读与思考

1.为什么耐利会特别依恋卡伦，听到老师称赞卡伦，就高兴得如同自己得到称赞一样？

2.说一说耐利的妈妈为什么会把一条带着小小十字架的链子送给卡伦。

47

爱的教育

优秀的戴洛西

二十五日

M 名师导读

戴洛西有才华、样貌好、待人谦和、聪明伶俐，学东西一点即通，在安利柯和其他同学的眼中，仿佛就没有戴洛西办不成的事情。而这样一位极具天赋的同学，会惹上什么麻烦呢？

卡伦讨人喜欢，戴洛西令人佩服。

戴洛西每次考试总能拿第一，得一等奖，今年大约仍是如此。能跟戴洛西匹敌的人，一个都没有。他什么都好，不管是算术、作文，还是图画，总是他第一。他一学就会，有着惊人的记忆力，凡事不费什么力气。学习对他来讲，就像游戏一样简单。老师昨天对他说："上帝给了你非凡的恩赐，你可要好好珍惜啊！"

戴洛西身材高大，仪容俊秀，金黄色的头发蓬蓬地覆着额头。身体轻捷，只要用手一撑，就能轻松地跳过椅子。剑术也学得不错。十二岁的他，是个富商之子，穿着青色带金纽扣的衣服。平常总是高兴活泼，待人和气，做实验时经常指导别人。【名师点睛：从外貌到剑术再到性格，详细介绍了戴洛西的优秀，由此可见"我"对戴洛西的佩服。】

对于他，谁都不曾说过无礼的言语。只有罗宾斯和韦兰蒂白眼对他，渥特尼看他时，眼里也闪着嫉妒的光，可是他似乎毫不介意这些。其他同学见了他，谁也不能不微笑。

他是我们这个年级的班长。当他往来穿梭在桌椅之间收集作业本时，大家都会跟他握手。他从家里得来的画片，全部分赠给了朋友，而且还亲手画了一幅小小的格拉勃利亚地图送给了那位转学来的小孩。

他送东西给别人时，总是带着微笑，好像不经意似的。他待人从不偏心，对哪个都一样。

我有时候觉得胜不了他，心里总是很难过！我也和渥特尼一样嫉妒戴洛西呢！

每当我拼命思考问题时，想到戴洛西此刻已经完成，便觉得憋气，心里恼他。可一到学校，看到他那秀美而和善的脸孔，听到他那可爱的声音，感受着他那亲切的态度，就把心中可耻的嫉妒和恼怒抛到九天之外了，反而觉得跟他一处读书是多么可喜的一件事情。他的神情，他的声音，鼓起了我学习的勇气，我感到特别的快乐和由衷的高兴。

老师把明天的每月例话稿交给了戴洛西，让他誊写清楚。他现在正写着。好像那篇讲演稿的内容让他大受感动似的，他脸上烧得通红，眼里蕴着热泪，嘴唇竟然有些发颤。这一刻，他的神情，看起来多么纯真啊！

我在他面前，几乎要这样说：

"戴洛西！你什么都比我高强，与我相比，好像一个大人！我真正尊敬你，崇拜你啊！"

阅读与思考

1. 为什么除了罗宾斯、韦兰蒂和渥特尼之外，同学们都十分佩服戴洛西？说一说戴洛西有哪些优点和特点。

2. 为什么安利柯看到戴洛西的脸孔，听到他的声音，感受到他的态度，就会把心中可耻的嫉妒和恼怒抛到九天之外呢？

3. 如果你是安利柯，面对优秀的戴洛西，你会怎么做呢？

爱的教育

乐善好施

二十九日

M 名师导读

有的人生来衣食无忧,有的人却因为丧失了劳动能力而不得不走上街头以乞讨为生。当安利柯在街上看到抱着孩子行乞的妇女时,却表现得无动于衷,母亲因此十分气愤,她是怎样教育安利柯的呢?

放学回来,我发现桌子上有一封母亲的信。母亲时常把写好的信放在我的桌子上而不当面教训我。我很珍惜这封信,把它抄在日记中。

安利柯:

<u>一个人必须有仁爱的心。仁爱是一切美德的源头。如果能仁爱,自然就易形成其他的美德,大到为国效力、为人民服务,小到爱人助人、同情穷苦人。仁爱可以说是各种美德的集合。一个人必须具备众多的美德,才可以称得上君子。</u>【名师点睛:"勿以善小而不为",文章开始就点出了要以善良对待他人。】

今天早晨,你上学时,有个穷苦的母亲抱着一个面黄肌瘦的小孩子,伸手向你乞讨,你为什么装作看不见,就走了呢?你口袋里没有钱吗?你这样做,应该吗?

听着,安利柯!当不幸之人伸出求援之手时,我们是不应该故作不知的!特别是对那些为了自己的孩子乞求他人怜悯的母亲,更不应该无动于衷。也许这孩子正饿着呢,<u>要是这样,他(她)的妈妈该是如何的伤心啊?</u>【名师点睛:对穷苦的人视而不见,一定会让母亲难过的,这里用了疑问的语气来加强母亲说话的力度。】想一想,假如你的妈妈也迫不得已地对你说:"安利柯,今天可没东西给你吃了!"

那个时候，你的妈妈，心里又会怎么想？

哪怕只给乞丐一个铜币，他也会真心地感谢你："上帝保佑你和你的家人健康快乐。"你可曾尝到过这祝福声里的快乐？！我想，仅仅是这让人幸福的快乐，便可以增进我们的健康了。每当我听到乞丐的祝福，怀抱着施予的快乐与满足回到家中时，反而觉得我们应该感谢乞丐，因为乞丐回报给我们的，远比我们给他的更多。

碰到无依的盲人、饥饿的母亲、无父母的孤儿时，你可一定要从钱包里拿出钱来分给他们。就拿学校附近来说，不也有许多需要帮助的贫苦之人吗？【名师点睛：在当时的社会中，贫民占有很大一部分。这里使用反问句，加强了肯定的语气。】他们更欢喜的是孩子们的帮助，因为大人的施予，让他们更觉得自卑，而小孩子的帮助，却不会让他们感到耻辱。大人的施予不过只是慈善的行为，孩子的施予在善行之外还有着令人感动的亲切——你明白了吗？打个比方来说，就好像从你手里送出的不只是钱，而且还有鲜花。

你好好想一想：你什么都不缺，而这世间却有许多人不是缺这就是少那；你是在求奢侈，而这世间却有许多人但求不死便已心满意足。你再想一想：在豪宅林立、车马如流的大都市里，在华服如云的孩子们中间，竟有许多缺衣少食的妇女和儿童过着朝不保夕的日子，这是多么令人寒心的事啊！再看看这大都市中，有许多孩子和你一样善良、可爱，可他们却无家可归，忍饥受冻，像迷途的羔羊那样流浪在街头。

安利柯，我亲爱的孩子，如果你再遇见向你乞讨的母亲或孩子，千万不要冷漠地对待他们，要对他们献一份真诚的爱心。

——爱你的母亲

爱的教育

少年侦探(每月例话)

> **M 名师导读**
>
> 　　当我们的国家处处弥漫着战火与硝烟,当我们的国家被侵略者无情地霸占,相信再小的孩子也会勇敢地扛起保卫祖国的重担。在这个故事中,一位年仅十二岁的少年,有着一颗火热的爱国之心,面对敌人的枪林弹雨,勇敢地接受了侦察命令,他能完成任务吗?

　　这是一个感人的故事,勇敢的小哨兵为了祖国而献出了宝贵的生命,那时他才十二岁。

　　故事发生在1859年6月的一个晴朗的早晨。有一小队意大利的骑兵,和所属的大队保持着一定的距离,正向敌军阵地周围搜索着前进。

　　四五天前,意大利军连打了两次胜仗,士气非常高昂。

　　可是,敌军为了报仇,为争取下一战的胜利积极准备着。意大利为了了解敌情,派了一小队侦察骑兵,搜索敌情。

　　这队由一名上士和一名上等兵指挥的骑兵,真可谓是衔(xián)枚[古代行军时口中衔着枚,以防出声]而进,注视着前方,搜索着敌军前哨的影子。当他们来到树林中的一家农舍门口时,看到一位十二岁左右的少年倚门而立,在那里用小刀切削树枝,像是要做一根棍棒。[名师点睛:做棍棒,暗示了少年对待敌人的态度,为下文做了铺垫。]农舍的窗口飘着一面三色旗,里面早已人去楼空。可能是担心敌军来袭,所以插好国旗就逃走了。那少年看到骑兵过来,立刻抛下手中的木棍,举帽行礼。

　　哦,这是一位眼睛大大、活泼而英俊的孩子,他脱去上衣,露出了胸脯。

"做什么？"上士提缰立马问道，"为什么不和你家人一起逃走？"

"我没有家人，我是个孤儿，平时替人打点零工罢了，只不过是想看看打仗，就留在了这里。"少年答道。

"看到过奥军经过么？"

"不，这三天没见到。"

上士沉思了一会，下了马，一边命令手下注意警戒前方，一边爬上农舍屋顶。只不过那农舍太矮，根本无法望见远处。上士只好退了下来，心想："看来非爬上大树不可了。"说来也巧，农舍门前正有一棵大树，树梢正在空中随风摆动。上士考虑了一会儿，上下打量着树顶和士兵的脸，忽然问那少年：

"喂！孩子！你眼力好吗？"

"眼力吗？一里外的小鸟也能看个清楚呢。"

"你能爬上这树顶吗？"

"树顶？我？不要半分钟就能办到。"

"那么，孩子！你上去替我看看前面有没有敌兵，有没有烟气，有没有发亮的枪刺和马匹之类的东西！"

"好哩。"

"得付你多少钱？"

"你要付给我钱吗？不要！我喜欢做这样的事。要是敌人叫我，给我多少钱也不干，我这么做是为了自己的国家，我也是隆巴第人啊！"少年微笑着回答。【名师点睛：少年尽管年纪不大，但是有强烈的爱国情操。】

"好吧，辛苦你了。"

"等等，让我先脱了皮鞋。"

少年脱下皮鞋，又把腰带紧了紧，将帽子掷在地上，抱着树干便往上爬。

"小心点！"上士提醒他。少年回过头来，用黑如点漆一般的眼睛注视着上士，似乎是想问他什么。

> 爱的教育

"没什么，你上去吧。"

少年就像猫一样地纵身上树。

"注意前面！"上士对他的部下喝道。此时，少年已爬上树梢，下半身隐蔽在枝叶中，连脚也看不到，除非是从远处，才可看见他的上身。那乱蓬蓬的头发，在太阳下闪着黄金色的光晕。树可真高，从下向上望去，少年的身体变得很小。

"一直朝前看！"上士叫道。

少年松开右手，遮在眼上向前望去……

"看见什么了吗？"士官问。

少年俯首向下，用手圈成喇叭摆在嘴边答道："路上站着两个骑马的——"

"离这多远？"

"大约半英里。"

"他们在干什么？"

"只是站着。"

"别的还看见什么？往右边看看——"

少年望向右方："在靠近墓地的树林里，好像有什么亮晶晶的东西，大概是枪刺吧。"

"看不见人吗？"

"没有，可能是躲在稻田里吧——"

这时，"咻"的一声，一枚子弹从空中掠过，落在了农舍后面。

"快下来！敌人发现你了。好了，快下来！"上士叫道。

"我不怕！"少年回答。

"快下来！"士官急道，"左边有什么情况吗？"

"左边？"

"是啊。"

少年刚把头转向左边，一声比先前更加尖锐的呼啸向少年的头顶飞掠过来。少年大吃一惊："他们在向我射击！"一颗枪弹，从少年身旁飞过，差一点就射中他了。

"快下来！"士官着急了。

"我马上就下来。有树叶遮着，不要紧的。你说是要看左边吗？"

"对，左边！但你还是赶紧下来吧！"

少年在树梢上把身体探向左方，大声说："左边教堂处——"话犹未了，又一声尖啸掠过空中。少年忽地靠向树干，张开双手，像一枚石块似的掉了下来。

"完了！"上士大叫着跑上前去。

少年仰面朝天横躺在地上，摊开双手。那名上等兵和另外两名士兵从马上飞跳下来。士兵伏在少年身上，解开他的衬衫一看，一枚枪弹正中右肺。"没希望了！"士兵叹息说。

"不，还有气呢！"上等兵说。

"唉！多可爱多好的孩子！喂！当心！"上士边说，边用手巾捂住伤口。少年张开双眼，用力睁了一睁，头向后一垂，死了。上士铁青着脸，轻轻地把少年的上衣铺在草上，把他的身子放好，起身立正注视着少年，上等兵和另外两名士兵也都肃然立正，其他的士兵紧紧地注视前方。

"把这勇敢的少年——"上士说到这里，忽一转念，把那窗口的三色旗取了下来，覆盖在了少年的身上。那位上等兵将少年的皮鞋、帽子、小刀、木棍之类全部收集整理好，放在了少年的身旁。【名师点睛：少年勇敢、不怕牺牲的精神深深感动了上士。】

默默地站立了一会儿，上士命令他的部下："把担架抬过来！这孩子是在执行军事任务时死去的，可以按照阵亡军人之例安葬他。"

他看了看少年的尸体，吻了吻自己的手，把它放在少年的额上。然后立刻命令他的士兵："上马！"

一声令下，全体上马整装前进。【名师点睛：军官和士兵都不说话，

55

▶ 爱的教育

只是用行动表达了自己的感伤和对少年的敬仰。】

　　经过几个小时的跋涉,这少年在军营里受到了军人一样的礼遇——

　　日落时分,少年战死的消息在出发之前已经传遍了军营,意大利前哨部队全线向敌行进。几天前刚刚血洗桑地诺小山的一大队火枪手,沿着游骑兵刚刚侦察过的路线,兵分两路齐头并进,来到那座农舍附近。队伍前列的军官们,见到大树下三色旗覆盖着的少年时,无不拔剑出鞘,以示敬意。一位军官还跑到小河岸边俯身摘来一些花草,撒落在少年身上。全队士兵也都一一效仿,摘来花朵抛向少年,转瞬之间,那少年所在之处,便已成为一座花冢。

　　在场官兵齐声高呼:

　　"勇士!隆巴第少年!"

　　"永别了!朋友!"

　　"金发少年万岁!"

　　一位军官把自己胸前的勋章摘下,放进了棺中,还有一位则走到近前亲了亲他的额头。后来的人们更是继续抛撒着花草,花草雨一般地落在那少年的脚上、染血的臂上、满是金发的头上。

　　少年横卧在草地上,露出苍白的笑脸,好像正陶醉在众人的称赞声中,陶醉在为国献身的光荣中!【名师点睛:少年出色地完成了侦察任务,却也为此付出了生命的代价,不过他满足于自己能够为国捐躯,留下抗战的顽强的信念。】

　　少年的鲜血染红了三色旗下的这块土地。

　　这块土地,绝不会让敌人再夺过去!意大利的军士们怀着这样的心情,踏着整齐的步伐,浩浩荡荡地开过去了。

　　夕阳灿烂的余晖,映着少年的金发更显得辉煌。

　　可爱的孩子,他好像听到了人们对他的致意,正自豪地微笑着。

Z 知识考点

1. 填空题。

当他们来到树林中的一家_____门口时,看到一位_____的少年倚门而立,在那里用_____,像是要做一根棍棒。农舍的窗口飘着一面_____,里面早已人去楼空。可能是担心敌军来袭,所以插好国旗就_____了。那少年看到骑兵过来,立刻_____,举帽行礼。

2. 判断题。

小男孩之所以没有和家人一起逃走,是因为他是个孤儿,只不过想看看打仗,所以就留了下来。（　　）

3. 问答题。

当上士提出让小男孩帮忙爬到树梢观察远处的敌情时,小男孩是怎样做的?这表现了小男孩怎样的品质?

_____
_____
_____
_____

Y 阅读与思考

1. 男孩牺牲后,将士们都为他做了些什么?

2. 勇敢的男孩为保卫自己的国家献出了生命,你能想象出他在牺牲的最后一刻想了些什么吗?

爱的教育

第三章　十二月

小商人卡洛斐

一日

> **M 名师导读**
>
> 　　安利柯的朋友卡洛斐是一位超乎寻常的人,他有着商人的头脑与气质,既小气又有些喜爱占小便宜,他不仅对钱十分吝啬,对东西也是丝毫不浪费。那么他到了安利柯家中,都会做些什么呢?

　　为了能和同学们相处融洽,多交几个好朋友,父亲建议我在假期里邀请同学到家里玩,我欣然接受了父亲的建议。

　　父亲说:"和同学们交朋友,会对你学习做人处世有好处,对你的品德修养也有很大的影响。交朋友不能只看缺点,而不看优点。应该尊重别人的优点,宽恕别人的缺点,学习别人的长处,克服缺点。此外,要重道义,要互相帮助。"

　　我按着父亲的指示,和每个同学都友好相处。

　　今天卡洛斐来访——就是那个身材瘦长,长着鹰钩鼻,眼睛滴溜乱转的孩子。他是一家杂货店主的儿子,奇怪的是,他的口袋里总是带着钱,数钱的本领更是一流,心算之快无人能及。他还很能存钱,无论如何也不会乱花一分钱。即使一枚五厘钱的铜币落在座位下面,他也会花上一个礼拜的工夫,必须找到才肯罢休。<u>不论是用旧了的钢笔头、钩针、点剩的蜡烛还是旧邮票,他都会好好地收藏起来。</u>【名师点睛：这句话形象地向我们展示了小商人的形象。】他已经花了两年时间，收集了许多国家的旧邮票，有好几百张呢，全都粘在大大的簿子上。他说是要粘满了，就将它卖给书店。他经常拉着同学们逛书店，书店老板也因而肯把笔记簿送给他。他在学校里，也做着各种各样的生意：有时买进别人的东西，有时也卖给别人；有时发行彩票；有时拿东西和别人交换，交换之后，偶尔后悔时，再调换回来。而且投钱游戏他很拿手，从来都没输过；他还把旧报纸集中起来，拿到纸烟店里去卖钱。他带着一本小小的手册，把往来账目详细记录在里面。在学校里，除了算术，其他功课他都不用功。为了不花钱就能看到木偶戏，他也会赌牌。【名师点睛：这些例子都证明了卡洛斐的精明，对做生意的热爱。】虽然，他是这样的一个怪人，可我却很喜欢他。

今天，我和他做买卖游戏，他对物价很熟悉，我也知道怎么用秤，至于折叠包装纸袋的本事，就连一般商店里的伙计也未必比得过他。他自己说，毕业后要去经营一种新奇的商店。我送给他四五枚外国旧邮票，他乐得笑开了花儿，不厌其烦地把每张邮票的价格说给我听。我们玩闹的时候，就连正在看报的父亲，也情不自禁地静听着卡洛斐说话，看样子，好像他也对此很感兴趣。

卡洛斐穿着一件长长的黑外套，口袋里装满了各种各样的物品。即便是在平常，他也总是商人似的在心里盘算着什么。他最看重的，恐怕要算那本邮票簿了，它就像是他最大的财产，平日里总是将它挂在嘴边上。尽管大家都骂他是吝(lìn)啬(sè)鬼，说他盘剥重利，可我却不知道为什么总是很喜欢他。他教给我许多的东西，俨然像个大人似的。柴火店主的儿子克劳德说他即使到了用那邮票簿挽救自己母亲性命的时候，他也不肯舍弃那邮票簿。而我的父亲却不这么认为，他说：

"不要那样批评人家，那孩子虽然看似小气，但他的本质不坏，仍然是一个善良的孩子。"【名师点睛：父亲的话突出了他宽厚仁爱的特性，也表现出一位长者独特的处世智慧。】

爱的教育

知识考点

1. 填空题。

卡洛斐是一家_____的儿子,他的口袋总是带着_____,_____的本领更是一绝,他不会乱花一分钱,就算一枚_____的铜币掉了,他也会想办法找到,无论是用旧了的_____,还是旧_____,他都认真收藏起来。

2. 选择题。

卡洛斐平时经常拉着同学去逛哪个地方？　　（　　）

A.商场　　　　　B.动物园　　　　　C.书店

3. 问答题。

卡洛斐在学校里都做过什么样的生意？

_____

_____

阅读与思考

1."身材瘦长,长着鹰钩鼻,眼睛滴溜乱转的孩子",对卡洛斐进行这段外貌描写,有什么作用？

2.你喜欢卡洛斐这个小商人吗？他身上有哪些值得我们学习的地方？

3.卡洛斐的梦想是开一家新奇的商店,那么,你的梦想是什么呢？你又为你的梦想做过哪些努力？

虚 荣 心

五日

M 名师导读

每个人都或多或少的有一点小小的虚荣心，对孩子来说也不例外。安利柯与渥特尼及他的父亲一起到街上去散步，爱炫耀的渥特尼看到路边有一个少年，于是上前将自己的靴子对其显摆一番，但为什么少年对于他的举动无动于衷，始终都没有给予评价呢？

昨天跟渥特尼及渥特尼的父亲，一起在利华利街散步。

斯蒂尔德正站在书店的窗外看地图。他可真是个会用功的人啊！无论是在街头，还是别的什么地方。真不知道，他是什么时候到这里的。我们跟他打了声招呼，可他却只回头看了一眼就算了，真是太没礼貌了！【名师点睛：此处的细节描写十分巧妙地将斯蒂尔德对学习知识的热爱表现了出来。】

渥特尼的一身装束是很漂亮的。他穿着绣花的摩洛哥长皮靴，着了绣花的衣裳，纽扣是绢包的，戴了白海狸的帽子，挂了怀表，阔步地走着。可是昨天，渥特尼却因为一时的虚荣，受到了很大的挫折。【名师点睛：文章从此处开始进入正题，描写"昨天"所发生的事情。】

因为他父亲走路很慢，我们两个一直走在前面，走了好长一段路后，我们在路旁石凳上坐下。

那里正好坐着一位衣服朴素的少年，好像很疲倦了，垂下了头在沉思。渥特尼坐在我和那少年的中间，似乎忽然记起自己的华美服装，想向少年夸耀，举起脚来对我说：

"你看见我的军靴了吗？"他的意思是给那少年看的，可是少年竟

爱的教育

毫不注意。

渥特尼放下脚，一面指着绢包的纽扣给我看，一面眼瞟着那少年说："这纽扣不合我意，我想换银铸的。"那少年仍旧不向他看一眼。

于是，渥特尼将那白海狸的帽子用手指顶着打起转来。少年还是不理他，就好像故意视而不见似的。

渥特尼愤然地把怀表拿了出来，打开后盖，让我看里面的机械。那少年却连头也不抬一下。我问：

"是镀金的吗？"

"不，是金的！"渥特尼答道。

"不会是纯金的，多少总有一点银在里面吧？"【名师点睛：通过"我"的怀疑引出了下文渥特尼引以为豪的回答。】

"哪里！怎么可能呢？"渥特尼边说边把怀表递到少年面前，问他："请你帮我看看！是不是纯金？"

"我不知道。"少年淡然道。

"呀！你可真了不起！"渥特尼怒声叫道。

这时，渥特尼的父亲刚好赶到。【名师点睛：由于他父亲走路很慢，所以给了渥特尼足够的时间炫耀自己的装束，同时也给了他足够的时间经历这次失败。】他听了这话，注视了那少年一会儿，厉声呵斥着自己的儿子："住口！"然后附着儿子的耳朵说："这是一个瞎子。"

渥特尼惊得跳了起来，仔细打量起少年的面孔。他那眼珠宛如玻璃一般毫无生气，果然什么都看不见。

渥特尼羞愧地、默然地注视着他，过了一会儿，很难为情地说："对不起，是我不好，我什么也不知道。"

那盲人少年好像早已明白一切似的，用亲切而悲伤的声音说道："哪里，没什么。"

渥特尼虽然喜欢卖弄阔绰，心中却并无恶意。为了这件事，他在散步途中，再也不曾笑过。

Y 阅读与思考

1. 为什么渥特尼的父亲会厉声呵斥自己的儿子？
2. 渥特尼羞愧地向少年道歉，说明他是怎样的一个人？

初　　雪

十日

M 名师导读

孩子们无拘无束的快乐在白雪的映衬下显得格外纯洁和难忘。堆雪人、打雪仗的快乐时光总是能留下无数欢声笑语的回忆。但当我们高兴地盼望着雪的到来的时候，却也有人正在为此发愁，你想知道这是为什么吗？

那天在利华利街散步，暂时不必再想，现在，我们美丽的朋友——初雪来了！

昨天傍晚已是大片雪花漫天飞舞，到了今天早晨更是遍地皑皑。雪花片片，轻拂着学校的玻璃窗，在窗户边框里积了起来，看起来真是有趣极了，就连老师也忍不住搓着手往外看。一想起堆雪人呀、摘冰凌呀、晚上烧红了炉子围坐一团说着有趣的故事呀，大家都没心思上课了。只有斯蒂尔德专心致志地对付功课，一点儿也不在意下雪的事。

放学回家的时候，大家多高兴啊！大声叫着，跳着走，或是用手抓雪，或是在雪中跑来跑去。来接小孩的家长们拿着的伞上也完全白了；警察的帽上也白了；我们的书袋，稍不留神转瞬之间也白了。大家高兴得跟什么似的，就连很少有笑脸的铁匠的儿子普来克西今天也笑了；奋不顾身从马车下救出小孩的洛佩蒂也拄着拐杖跳来跳去；而从未

▶ 爱的教育

用手触摸过冷雪的格拉勃利亚少年更是把雪捏成一团，像吃桃子一样地咬着；卖菜人家的儿子克洛西则把雪装在了书袋里。最可笑的是"小石匠"，我父亲叫他明天来玩，而他口里正满含着雪，欲吐不得，欲咽不能，呆呆地望着我父亲的脸。大家见了，都笑了起来。

女教师们都跑了出来，好像也很高兴。我可怜的病弱的二年级老师，也咳嗽着跑进雪中。女同学们"呀呀"地从隔壁的学校涌出来，在铺着毛毡似的雪地上跳跃起舞。老师们一边大声叫着："快回去，快回去！"一边望着雪中狂喜的孩子们，开心地笑着。

安利柯：

你在因冬天的到来而快乐之时，切不可忘记，这世上还有许多无衣无食、无火暖身的小孩！为了让教室暖和一些，更有许多小孩在用他们那因冻疮出血的双手，把薪炭送进遥远的学校。要知道，在这个世界上，还有很多被冰雪掩埋的学校。在那里，孩子们打着寒噤(jīn)[身体因受冷、受惊或疾病而微微颤动]，满怀恐惧地看着雪花不断飘落；当积雪超过一定厚度时，便会从山顶崩落，连房屋也会被压倒埋没。你们因冬天到来而欢喜，却不要忘了，每当冬天来临时，就会有许多人要被冻死！

——父亲

Y 阅读与思考

1.文章中具体描写了哪几个人在雪中的场景？请结合你的体会说一说初雪带给大家的快乐。

2.从文章最后父亲给安利柯的信中，你读懂了什么？

"小 石 匠"

十一日

> **M 名师导读**
>
> 活泼的"小石匠"是个永远快乐的孩子,尽管家境贫寒,但他却能以幽默的人格魅力感染身边的每一个人。他到安利柯家中去做客时,将安利柯一家都逗得哄堂大笑。安利柯发现"小石匠"坐过的椅子上有一些白色粉末时,想用手拂去,可父亲却制止了他的行为,父亲为什么要这么做呢?

今天,"小石匠"来我家做客。

他穿了一件他父亲穿旧的衣服,身上沾满了石粉与石灰。他如约而来,不仅我很高兴,连我父亲也欢喜。

他真是一个有趣的孩子。一进门就脱去了被雪打湿的帽子,塞在衣袋里,【名师点睛:这样的细节描写,表现了小石匠的细心和敏感。】迈着大步进到了里面,脸儿红得像只苹果,打量着一切。当他走进餐厅,把周围陈设打量一番,看到那驼背的滑稽画时,还做了一个兔儿脸。他那鬼脸儿,任谁见了也忍不住发笑。【写作借鉴:形象的比喻写出了"小石匠"的可爱,滑稽的动作表现了"小石匠"的活泼,作者运用外貌描写和动作描写将一个幽默俏皮、好奇心强的男孩形象塑造了出来。】

我们玩了一会儿搭积木游戏。"小石匠"对于筑塔造桥有着异样的本领,而且总是那样坚持不懈、认认真真,样子居然像个大人。【名师点睛:俏皮的"小石匠"也有认真的时候,这段叙述与前文"小石匠"做鬼脸儿的动作形成对比,更突出了他对"筑塔造桥"的浓厚兴趣。】他一边玩着积木,一边说着他家里的事情:

他家是一间楼顶的亭子间,父亲夜里要上夜校,母亲替人家洗衣

▶ 爱的教育

服。我想，他的父母一定很爱他——他衣服虽旧，却很暖和，破绽处的补丁也裰(duō)[缝补破衣]得整整齐齐，而他的领带，若非经由他妈妈的手肯定不能打得如此整齐好看。他的个头不大，可是据说他父亲是个身材高大的人，进出家门时都得弯着身子，平日里他总是叫他儿子"兔儿头"。

到了四点，我们一起坐在安乐椅上，吃了一些牛油面包。等大家离开椅子后，我发现"小石匠"坐过的椅背上沾了一些白色的石粉，本想用手去掸。可不知为什么，我的父亲忽然制止了我。过了一会儿，父亲才偷偷将它擦拭干净。【名师点睛：父亲制止"我"去掸白色的石粉，使人感到疑惑，给读者留下了悬念。】

我们游戏的时候，"小石匠"上衣的纽扣忽然掉下一颗，我妈妈张罗着帮他缝缀。"小石匠"红着脸在旁看着。【名师点睛：通过细腻的神态描写表现了"小石匠"羞涩腼腆的一面，凸显了他的可爱之处。】

当我把漫画书递给他看时，他不知不觉地照着画面——学起来，引得我父亲大笑不止。

回去的时候，他太高兴了，以至于忘记戴上他的破帽子。我送他出门时，他又装了一回兔儿脸给我看，以示感谢。他的名字叫作安东尼奥·拉勃柯，才八岁零八个月。

安利柯：

你知道当你去擦拭椅子上的白灰时，我为什么要阻止你吗？因为当着朋友的面擦它，无异于骂他："你怎么把这儿弄脏了？"要知道，他并不是有意要把椅子弄脏，而且他衣服上所沾着的东西，是他父亲工作时沾上的。凡是因工作造成的污渍，便绝对不能视作龌龊，不管他是石灰、油漆还是尘埃，都不是龌龊的东西。劳动，是绝对不会生出龌龊来的！见到劳动者，不仅决不该说他"龌龊"，而且还应该把他衣服上的污渍看作"劳动的印记"。你一定不要忘了这些！你应该关心爱护"小石匠"：一来他是你的同学；二来

他是劳动者的儿子。【名师点睛：父亲的话朴实而透彻，不仅表明了他对劳动者的尊重，更体现了劳动的伟大与光荣。】

——父亲

阅读与思考

1.文章通过哪些描写方法来表现"小石匠"的形象的？

2.当安利柯想擦去椅子上的石灰粉时，父亲却拦住了他，你知道父亲为什么这么做吗？

3.说一说你是怎样看待劳动者身上的灰尘的。

恶 作 剧

十六日

名师导读

雪所带给我们的不仅是快乐，还有一些意外的小插曲。一群淘气的孩子放学时往街上扔着雪球，不幸的是他们意外砸伤了一位老人，这个雪球究竟是谁扔的？事情最后的结局是怎样的呢？

雪给孩子们带来了欢乐，也带来了不幸。今天上午放学时，同学们仍然快活地打着雪仗，一个个硬邦邦的大雪球飞来飞去，吓得路上的行人连连躲闪。这引起了路上行人的极大不满，他们纷纷制止。但孩子们哪里听得进去，依旧我行我素，忘情地玩着。

"停止！太危险啦！"一个过路的绅士大声地劝阻道。【名师点睛：每一个孩子都爱玩，可是把雪团捏成像石头一样扔来扔去，就很危险了。】

忽然一声凄厉的哀号从大街拐角传出。一看，有一个老人的帽子被风吹在雪地里，老人两手捂着脸。

▶ 爱的教育

人们从四面八方聚拢了过来。原来这位老人被雪球打伤了眼睛！小孩子们立刻四散逃去。我和父亲站在书店门前，看到许多小孩向我们这边跑来。嚼着面包的卡伦、克劳德、"小石匠"、收集旧邮票的卡洛斐，都在里面。老人被围在人群中间，警察也赶了过来，周围还有许多过往的路人。大家都在问："是谁干的？"警察在人群中巡视，观察着每个小孩子的脸色。卡洛斐站在我身边，脸色苍白，身体直发抖。

"谁？谁？是谁闯的祸？"人们叫着。

卡伦走过来，低声对卡洛斐说："喂！快过去承认了吧，隐瞒实情是很卑鄙怯懦的表现！"

"可我不是故意的。"卡洛斐颤抖着声音回道。

"虽然不是故意的，但还是要负责任的嘛。"卡伦说。

"我不敢去！"

"那可不行。来吧！我陪你去。"【名师点睛：卡伦激励卡洛斐做一个勇敢的、有担当的男孩，每个人都该像卡伦那样，对自己的事情负责。】

警察和围观者的叫声比以前更高了："是谁掷的？眼镜打碎了，玻璃割破了眼睛，恐怕要成瞎子了。这人可真该死！"

天呐，卡洛斐都快被吓倒了！

"来！我替你想办法。"卡伦说着，拉着卡洛斐的手臂，像扶病人一样把他拉了过去。人们看了这情形，知道闯祸的是卡洛斐，其中竟还有人捏紧了拳头想要打他。卡伦一把推开他们喊道："你们这些大人，好意思打一个认错的小孩子吗？"听了这话，大家这才把手放了下来。

警察拉着卡洛斐的手，推开人群，带着卡洛斐前往那老人暂时的居所。我们也随后跟着。等到了地方一看，原来那受伤的老人就是住在我们五层楼上的一位员工，带着他的侄子住在一起。他躺倒在椅子上，用手帕盖住了眼睛。

"我不是故意的。"卡洛斐用低得几乎听不清楚的、哆哆嗦嗦的声音重复着。围观的人群中有人挤了进来，一边大声叱道："跪下，认罪！"

一边要把卡洛斐按到地上。

突然，有两只强有力的胳膊，拦腰把卡洛斐抱住，并且说："不能这样对待小孩子！"那就是我们的校长。

"我知道这事后，就从学校赶来了。这孩子已经认错了，不可以再羞辱他！"

大家都沉默不语。卡洛斐眼中忽然迸出泪来，上前抱住老人的膝盖。老人伸手摸着卡洛斐的头，掠过他的头发。【名师点睛：人们都喜欢诚实的、有勇气的孩子，卡洛斐的表现赢得了老人的原谅。】

大家见了，劝解说：

"孩子！去吧。好了，快回去吧。"

父亲把我拉出人群，在回家的路上跟我说："安利柯！这种时候，你会有承认过失、承担责任的勇气吗？"

我答道："我会这样做的。"

父亲又问我："你现在能对我发誓一定会这样做吗？"

我说："是的，我发誓，爸爸！"

知识考点

1. 填空题。

一个大雪天中，孩子们在掷雪球的时候，不小心将雪球打中了老人的_____，警察来了，_____快被吓晕了，这时，_____扶着_____的手臂，拉着他去跟老人道歉，原来受伤的老人是住在"我们"五层楼上的一位_____，他躺在椅子上，用_____盖住了眼睛。

2. 判断题。

卡伦不小心用雪球砸到了一位老人的眼睛。（　　）

3. 问答题。

在日记的最后，爸爸希望安利柯明白什么道理？

爱的教育

> **阅读与思考**
>
> 1. 在文中找出一个描写卡洛斐害怕的句子。
> 2. 日记开篇就提到了"一件不幸的事",请描述这件事的经过。
> 3. 如果你是卡洛斐,遇到这个事情你能勇敢承认吗?你还会做些什么?

可爱的女老师

十七日

> **名师导读**
>
> 安利柯老师的缺席,为班上带来了一位如母亲般疼爱学生的代课老师。与此同时,还引出了弟弟班上的"修女"老师以及一位一年级的年轻女教师。那么这些性格各异的老师是如何对待学生的呢?

卡洛斐本来担心老师责罚他,谁知道老师今天没来,连助教也没在校,代课的是一位名叫克洛弥夫人的年龄最大的女老师。这位老师有两个很大的儿子,其中一个正病着,所以她今天面带忧容。学生们见了女老师就吵闹起来。老师用和缓的声音说:"请你们对我的白发表示些敬意,我不但是老师,还是妈妈呢。"【名师点睛:这句话是老师用真诚而又坚定的口吻向大家传达了自己对学生的爱,从而赢得了学生的尊重。】大家于是都静了下来,只有那脸皮如铁的韦兰蒂,还在那里嘲弄老师。

我弟弟那个年级的任课教师戴尔凯蒂老师,到克洛弥老师所教的那个年级去了。另外有位绰号"修女"的女老师,则代戴尔凯蒂老师的课。这位女老师平时总穿着一件黑色罩服,是个白皮肤、头发光滑、眼亮声细的人,无论何时何地,总好像是在那里祈祷。她性格柔和,说话的声音如同丝一般细，几乎无法听清，大声说话、发火之类的事情是绝对没有的。尽管如此，可是当她略微抬起手指训诫时，无论怎样顽皮的小孩子也会立刻低头就范，一霎间，教室便静如一间教堂，所以大家都称她作"修女"。【写作借鉴：把这位老师有一种不发怒就能让学生听话的本事放大来写，并且给个光荣的称号"修女"，用"修女"借代女老师。】

此外还有一位女老师，也是我所喜欢的。那是一年级三班的年轻女教师。她的脸色好像蔷薇，一笑起来颊上就会现出两个小酒窝，小小的帽子上插着长而大的红羽毛，脖子上挂着金色的小十字架。她性情活泼，学生们也在她的感染下欢快活泼起来。【写作借鉴：前面是对老师的外貌进行的描写，而后面则描写她活泼的性格对学生的影响。】她说话的声音听起来就像转动的银铃，如歌般动人。每当小孩喧扰时，她便会用教鞭击打桌面或用拍手来使他们安静。小孩放学回家时，她也会像小孩子似的跳着出来，替他们整好队伍，帮他们戴好帽子，扣好外套的扣子，免得他们伤风；怕他们路上争吵，一直把他们送出街道。见了小孩的父亲，便教他们在家里不要打小孩；见了小孩咳嗽，就把药送他们，见了有人伤风，还把手套借给他们。年幼的小孩们总爱缠着她，或要她亲吻，或去抓她的面罩，拉她的外套，吵着她，而她却总是微笑着一一地亲吻他们。她回家时，不论衣服或别的什么，总是被小孩们弄得乱七八糟，而她却照样快快乐乐。她还在女子学校教女学生绘画。据说，她一个人的工资，还要养活自己的妈妈和弟弟呢。

阅读与思考

1. 找出文章中描写一年级三班的年轻女教师外貌的句子。

2. 文章中提到了哪几位老师，重点介绍了哪一位，她都有哪些可爱的优点呢？你喜欢这样的老师吗？

爱的教育

探望负伤者

十八日

M 名师导读

　　安利柯和他的父亲一同来看望被雪球砸伤的老人,这时卡洛斐也来了,面对躺在床上的老人,有着商人特质的卡洛斐内心备受煎熬,他将会如何弥补自己的过失呢?

　　伤了眼睛的老人的侄子,就是帽上插红羽的那位女老师任课的那个年级的学生。今天在他叔父家里,我见过他了。他的叔父对他就像对自己儿子一样。今天早上,我替老师誊清了下星期要用的《每月例话·小抄写员》,父亲说:"我们上五楼去看看那受伤的老人吧,看看他的眼睛怎样了。"

　　当我们走进那暗沉沉的屋里时,老人正高枕而卧,他妻子坐在旁边陪着,侄子在屋角游戏。老人见了我们,很是高兴,一边招呼我们落座,一边表示自己已经好得差不多了,受伤的地方并不要紧,四五天之内即可痊愈。他说:"不过受了一点小伤,害那可怜的孩子担心了吧?"

　　正当老人接着说医生马上就要来时,门铃刚好响起,他的妻子一边说着"医生来了",一边前去开门。谁知,来的却是卡洛斐,他穿着长外套站在门口,低了头好像不敢进来。

　　"谁?"老人问。

　　"那个掷雪球的孩子。"我的父亲说。

　　老人听了说:"哈哈!是你吗?快进来!你是来看我的吗?已经好得差不多了,放心吧。马上就会复原了。进来吧!"

卡洛斐似乎没看见我们也在这里,一脸哭相地走到老人床前。老人抚着他说:"谢谢你!回去告诉你父母,就说情况很好,让他们不必挂念。"可是,卡洛斐站在那儿不动,犹豫不决,似乎有话说。

"你还有什么事吗?"老人问道。

"我,没……没别的事。"

"那就回去吧。再见了,不用担心!"

"嗯。"卡洛斐走到门口又停了下来,他一直望着那个一路送他出来的5岁孩子。

"他一定是想和那孩子说几句话。"我猜想。

不料卡洛斐竟从口袋里拿出一个纸包,递给小孩儿,低声说:"这个送给你!"然后,就一溜烟儿地跑掉了。

小孩儿就把那个纸包捧到老人面前。老人一看,上面写着"敬赠"两字。

"这是什么?"老人好奇地打开纸包。我一看不由得大吃一惊。竟是卡洛斐平日费尽心血得来的集邮簿。那比他的生命还重要,他竟拿来做赎罪礼物。我深深地感动了。老人听了我们讲那本集邮簿的经历之后,沉思着。卡洛斐把那本视如生命的集邮簿送给了老人,用他最珍贵的东西来换取老人的谅解。【名师点睛:尽管卡洛斐没有说道歉的话,但是他的行动却说了道歉,可以看出,卡洛斐也是一个顶天立地的男子汉了。】

阅读与思考

1.卡洛斐把平日里费尽心血、爱如珍宝的集邮簿拿出来送给受伤的老人,这说明他是一个怎样的人?

2.你喜欢卡洛斐这样的人吗?说一说你的理由。

▶ 爱的教育

小抄写员(每月例话)

Ⓜ 名师 导读

12岁的叙利亚很想为父亲分担家庭的负担，但是还在念五年级的他不能放弃学业去打工赚钱。一天，他找到了一份"神秘兼职"工作，不仅为家里带来了一些收入，还让父亲很是高兴，你想知道这是什么工作吗？

12岁的叙利亚是小学五年级学生，品学兼优，是家中的长子，他有许多兄弟姐妹。他的父亲是铁路职工，一家人生活清苦，日子过得很拮据。可是父亲并不认为儿女是他生活中的累赘，总是很爱他们，对叙利亚也是百依百顺，只是对他在学校的功课，却毫不放松，总是督促他要用功。【名师点睛：开篇简单地介绍了叙利亚一家清苦的生活，以及父亲对他学业上的严格要求。】希望他快一些毕业，找着一个好一些的工作，帮助家人维持生计。

叙利亚的父亲年纪本来就大了，而且因为一向辛苦，看起来就更显老了。哎，一家人的生计全指着他呢。所以，除了白天在铁路上工作，他又从别处接了些文书抄写的工作，每天夜里伏案工作到很晚才睡。最近，某杂志社又托他帮着抄写杂志邮封，而且都要用大大的正书，每五百条才六角钱的报酬。这工作太累了，他每天都在饭桌上向自己家里人诉苦：

"我的眼睛好像不行了。这个赶夜工的活儿，可真要命呢！"

有一天，叙利亚对他父亲说："爸爸！我来替您写好吗？我会抄得和您一样好。您应该有充足的休息。"【名师点睛：由于叙利亚看到父亲过于辛苦，所以主动请缨要为父亲做点什么，承接上文贫困的家庭条件，又

引出了后面替父亲抄写的事情。】

父亲不肯答应:"不用了,你还是应该好好用功读书。复习完就去睡觉,免得第二天上课打瞌睡,耽误听课可不行。做好自己的功课,就是你的首要大事,哪怕只是一个小时,我也不愿夺了你的时间。你的好意我心领了,可我还是不能拖累你。这话,以后就不要再提了!"
【写作借鉴:运用语言描写将父亲对叙利亚的关心与爱护直接表达出来,语言真挚、质朴,使慈爱的父亲形象跃然纸上。】

叙利亚深知父亲是说一不二的。因此,也不敢再说了,便上床睡觉。可是,他每晚在床上,想着父亲的辛劳,就辗转反侧,难以入睡。每当教堂的大钟响了12下,他就听见椅子向后拖的声音,接着父亲慢慢地回到卧室来,边脱衣服,边唉声叹气。每晚都是如此。

叙利亚心里有了计划。一天晚上,叙利亚等父亲回屋睡觉之后,悄悄起身穿好衣裳,蹑手蹑脚地走进父亲写字的房间,把油灯点亮。看见案头摆着许多空白的纸条和订杂志的名册,叙利亚就拿起笔,模仿着父亲的笔迹抄写起来,心里既兴奋又紧张。写了一会儿,纸条渐渐多了起来,叙利亚放下笔,搓一搓手,提起精神继续往下写。就这样,他一边微笑着抄写,一边侧着耳朵聆听屋里的动静,担心父亲起来看见。直到写完一百六十张,算起来差不多值两角钱了,方才停下,把笔放回原处,熄了灯,蹑手蹑脚地回到床上去睡。【写作借鉴:"悄悄起身""蹑手蹑脚地走进父亲写字的房间""侧着耳朵聆听屋里的动静""蹑手蹑脚地回到床上",这一连串的动作描写生动地刻画了叙利亚既怕被父亲发现又期望多为父亲写邮封的心理。】

第二天吃午饭时,父亲很是高兴。原来他一点也没察觉,每天夜里只是机械地照簿誊写,十二点一到就放了笔头,早晨起来再把条子数好理清。那天父亲真高兴啊,拍着叙利亚的肩说:

"哈!叙利亚!你父亲还确实没老哩!昨天晚上三个小时的工作,竟比平常多抄了三分之一。看来,我的手还利索,眼睛也还没花。"

▶ 爱的教育

　　叙利亚嘴里虽然不说，心里却很快活。他想："父亲不知道我在帮他，还自以为不老呢。好哩！以后就这样接着干吧。"

　　那天夜里到了十二点，叙利亚又接着替他的父亲继续抄写。如此这般地过了好几天，父亲依然蒙在鼓里。只是有一回，父亲在晚饭时说了一句："真是奇怪！这些日子灯油突然多费了不少。"【名师点睛：以父亲的怀疑来设置伏笔，同时也使文章陡生波澜，引起读者的紧张与担忧：难道叙利亚就要被父亲发现了吗？】叙利亚听了暗笑，幸亏父亲没有发现别的。这以后，他都每夜起来抄写。

　　叙利亚因为每夜起来，渐渐感到睡眠不足，早上起来后觉得很是疲劳，晚间复习时还会打瞌睡。有一天夜里，叙利亚不知不觉就伏在案上睡熟了，那可是他有生以来第一次打盹哩。【名师点睛：以叙利亚的疲劳来衬托抄写工作的辛苦，使他的长期坚持显得更加难能可贵。】

　　"喂！用心！用心！做你的功课！"父亲拍着手叫道。叙利亚睁开了眼睛，又用功复习起来。可是第二夜，第三夜，又同样打盹，精神越来越差：不是伏在书上睡熟了，就是早晨迟到。复习功课的时候，也总是面带倦容，变得好像对功课很厌倦似的。父亲看到这种情形，总是一而再，再而三地提醒，虽然他向来不曾责骂小孩，可最后还是生气了。有一天早晨，父亲对他说：

　　"叙利亚！你真是太对不起我了！你怎么变得和以前不一样了呢？注意啊！一家人的希望都寄托在你身上呢。你知道吗？"【名师点睛：从父亲的首次动怒中可以看出父亲对叙利亚的期望很高，与前文"对叙利亚也是百依百顺"，以及不愿占用叙利亚时间的慈爱形成鲜明对比，更显现出父亲对叙利亚那种深沉的爱。】

　　叙利亚有生以来第一次受到这样的叱骂，心里很难受，他想："是的，这种事情怎么可能一直硬撑下去呢，不能再干了。"

　　这一天晚饭时，父亲又很高兴地说："大家听着！这月比上个月多赚了六元四角钱。"说着便从饭桌抽屉里取出一袋果子，说是买来跟一家人庆祝庆祝。小孩子们拍着手高兴地叫了起来。叙利亚也因此重新振作起来，精神面貌也好像恢复了许多，心里暗说："呀！还得继续努力哟。白天多用点功。夜里接着干吧。"父亲又接着说："六元四角，固然很好，只是这孩子——"说到这里，指了指叙利亚，"这么不争气，真让我讨厌！"叙利亚默默地承受着父亲的责备，硬是没让眼泪流出来，心里虽然委屈，却还是觉得欢喜。

从那以后，叙利亚仍在继续拼命工作，可是，积劳成疾的他，终于还是支撑不住了。两个月过去了，父亲虽然一直都在叱骂他，可是看着他的脸色，不禁渐渐担忧起来。有一天，父亲跑到学校去拜访老师，跟老师商量叙利亚的事。老师说："是啊，他的成绩还跟过去一样好，他本来就很聪明嘛。只不过，他对学习似乎不像以前那么热心了，每天总是打着呵欠，好像没睡够，上课时心思总是不能集中。叫他写篇作文，他只是短短几句了事，字也越来越潦草了，他本来可以更好的。"

那天晚上，父亲把叙利亚叫到他的旁边，用一种非常严厉的态度对叙利亚说：

"叙利亚！你知道我为了养活这一家子到底有多累吗？你不知道吧？为了你们，我一直都在拼命呢！你也不想一想，也不为你的父母兄弟多想一想！"【名师点睛：父亲因叙利亚的学习状态不好而责备他，照应下文中父亲知道真相之后的自责。】

"啊！不是这样的！父亲！请不要这样说！"叙利亚心里流着泪，喑哑着说。当他想把这一切都告诉他的父亲时，父亲却又打断了他的话头：

"你应该知道家里的境况。一家人要刻苦努力才可以支持得住，这是你早就应该知道的。我不是也在努力、加倍工作吗？本来这个月我还以为能从铁路局得到二十元的奖金，而且已经预先派上了用场，不料到了今天，才知道那笔钱已经没有指望了。"

叙利亚听了，只好把想说的话重新咽了回去，自己在心里反复说道：

爱的教育

"哎呀！不能说，还得继续隐瞒下去，再帮父亲一阵子。对父亲的伤害，还是另想办法补救吧。学校里的功课本来就是应该学好的，可是现在最要紧的还是帮助父亲养活一家人，也好让父亲稍稍减轻一点负担。"【名师点睛：经过复杂的内心斗争之后，叙利亚并没有说出实情，但是在他的心中父亲已经为这个家付出了太多，既而引出下一段主人公内心深处的矛盾。】

又过了两个月。叙利亚仍在继续赶着夜工，白天更加显得疲惫不堪，父亲也依然一见他就生气。最令人伤心的是，父亲对他越来越冷淡了，就好像对他已经完全失望似的，连话也懒得跟他说，甚至不愿再看见他了。看到这种情况，叙利亚心痛得不得了。当父亲背朝着他的时候，他几乎要从背后下拜。悲哀和疲劳，让他更加衰弱，脸色更加苍白，学习成绩也似乎更加说不过去了。他自己也知道不能再继续熬夜赶工了，每天晚上上床时，总是对自己说："从今天晚上起，不再半夜起来抄写了。"可是，一到了十二点，之前所下的决心又变得不那么坚定了，总觉得自己如果再躺着不起来，那便是逃避责任，就像偷了家里两角钱一样难受，于是又忍不住起来帮忙抄写。他以为父亲总有一天会起来看见他，或者在数纸条时发现他的作为。到了那个时候，自己即使不说，父亲自然也就知道原委了。

有一天晚饭时，妈妈觉得叙利亚的脸色比平常更差了，说：

"叙利亚！你不是不舒服吧？"说着又转向丈夫，"叙利亚不知怎么了，你看他的脸色青得——叙利亚！你怎么啦？"母亲说话时神色很是忧郁。

父亲瞟了叙利亚一眼："就算是生病，也是他自作自受。以前用功的时候，也没看见他这样。"

妈妈说："但是，你……会不会是因为他有病？"

父亲听妈妈这样说，回答说："我早已不爱理他了！"

叙利亚听了心如刀割。父亲竟不管他了！这还是他那个听他偶然一声咳嗽就会忧虑得不得了的父亲吗？！父亲确实不再爱他了，眼里早就没他这个人了！"啊！父亲！没有你的爱，我还怎么活啊？！——无论如何，请你不要再这样说，我——还是说实话吧，不再瞒着你了。只要你还爱我，无论如何，我都会像从前一样用功。哎！这次真的该下决心了！"【名师点睛：先用父亲前后的态度对比突出叙利亚当时痛苦的心情，进而又以内心独白的形式将叙利亚心中的苦楚推向顶峰。】

叙利亚的决心仍然是徒劳。那天夜里，因为习惯使然，一到点儿他又情不自禁地爬了起来，起来之后，忍不住想去这几个月来工作的地方再看最后一眼。他进去之后，点亮了灯，看见桌上的空白纸条，竟然觉得若是从此不再抄写还真是难过，就情不自禁地拿起笔来，又开始抄写。忽然，手臂一动，竟把一本书碰落在地。只觉得满身的血液轰的一声全部涌入心房：父亲要是醒了怎么办？本来这也算不上什么坏事，就算他发现了也没什么要紧，自己本来早就想说清楚了。【写作借鉴：通过心理描写突出了他想向父亲说明的强烈心理。】

可是，如果父亲现在醒了，走了进来，看见我这个样子，惊动了妈妈那该怎么办啊，而且，一旦父亲发觉自己一直以来误会了儿子，又该如何的懊悔惭愧啊！——一时间，叙利亚心如乱麻，七上八下，非常不安。他屏住呼吸，侧耳细听了一会儿，直到确定四周并无异响，静悄悄的，一家人似乎都还沉浸在睡梦之中，这才放下心来，重新工作。一片静谧之中，门外警察的皮靴声，渐渐远去的马车车轮碾过的声音；一会儿，又是货车经过时"轧轧"的滚轴摩擦声。然后，一切重又归于寂静，除了时不时地还会传来一两声遥远的犬吠之外，耳边就只有笔尖划过纸张时的"唰唰"声了。【名师点睛：笔尖"唰唰"的声音与叙利亚尽可能压低声音的举动，写出了叙利亚一边惧怕被发现，一边奋笔疾书的样子。】

叙利亚不知道，他的父亲已经站在他背后很久了。其实，早在书本落地时，他的父亲就被惊醒了，只是担心惊动了他，才不得不在门

▶ 爱的教育

外候着，一直等到那货车通过的声音可以掩住开门的声音，他才走了进来。现在，父亲那满是白发的头，就俯在叙利亚小黑脑壳上面，全神贯注地看着那笔头的运动。父亲对于此前的种种一下子恍然了，胸中满是无限的懊悔和慈爱，如钉子一样站在了那里。【名师点睛：父亲此时温柔的动作与前文父亲对叙利亚的责骂、失望形成鲜明对比。】

叙利亚忽然觉得有人用颤抖的双手抱住了他的头，不觉"呀"地一声惊叫起来。等他听到父亲嘴里发出的啜泣声，才歉声叫道：

"原谅我吧！父亲！请你原谅我！"

父亲咽着泪水，亲吻着他儿子的脸：

"应该请求原谅的是我，我的孩子！我知道了！我全都知道了！是我对不起你！快来！快过来！"说着，便抱起儿子到他妈妈的床前，把他儿子交到妈妈的手上。【写作借鉴：颤抖的双手、啜泣、咽着泪水、吻儿子的脸、抱起儿子，简单的白描手法，非常有力地表现出父亲的懊悔与慈爱。】

"快亲亲这可爱的孩子！可怜啊！三个月来，他竟睡也不睡，为了一家人熬夜赶工！而我却一直在责骂他！"

妈妈紧紧抱住自己的爱子，心疼得几乎说不出话来，"宝贝！快去睡吧！"又转过头来朝着父亲努了努嘴，"你来陪着他，去吧！"

父亲从妈妈怀里接过叙利亚，把他带到他的卧室里，让他躺好了，又帮他掖好了被角。其间，叙利亚已经不知说过多少次同样的话了：

"父亲，谢谢你！你快去睡！我很好，你快去睡吧！"

父亲一直伏在儿子的床边，等他儿子真正睡熟，才轻抚着儿子的手说：

"睡吧！睡吧！我的宝贝！"

叙利亚太累了，一直紧绷着的心弦这时突然松了下来，很快就进入了梦乡。几个月的劳累与担忧，一朝得解，就连沉睡之中的梦魂也不禁为之一快。

三个月来，他第一次睡得这样香甜，在睡梦中他还笑出了声。第二天当他睁开眼睛的时候,太阳早就高高地挂在天空上了。他突然发现满头白发的父亲把头埋在自己的胸前,正熟睡着,他睡得是那样安稳。

知识考点

1. 填空题。

一天晚上,叙利亚等＿＿＿＿＿＿之后,悄悄起身穿好衣裳,＿＿＿＿＿地走进父亲写字的房间,把油灯点亮。看见案头摆着许多空白的＿＿＿＿和杂志的＿＿＿＿,叙利亚就拿起笔,＿＿＿＿着父亲的笔迹抄写起来,心里＿＿＿＿＿＿。写了一会儿,纸条渐渐多了起来,叙利亚放下笔,＿＿＿＿＿,提起精神继续往下写。

2. 判断题。

当叙利亚听到父亲说早已不爱理他了的时候,他并没有觉得心如刀割。（　　）

3. 问答题。

为什么父亲在叙利亚的背后站了很久?父亲当时是怎样的心情?

＿＿＿＿＿＿＿＿＿＿＿＿＿＿＿＿＿＿＿＿＿＿＿＿＿＿＿＿
＿＿＿＿＿＿＿＿＿＿＿＿＿＿＿＿＿＿＿＿＿＿＿＿＿＿＿＿

阅读与思考

1. 叙利亚为什么要偷偷地抄写,不告诉父亲呢?

2. 叙利亚受到父亲的责骂、冷落后是否停止了工作呢?他当时的心理活动是怎样的?

爱的教育

坚忍的心

二十八日

M 名师导读

> 卡洛斐真诚的道歉感动了受伤的老人,老人不但送还了他的邮票簿,还赠送了三枚卡洛斐朝思暮想的邮票。与此同时,看起来像书呆子的斯蒂尔德居然得到了二等奖,真是让人大跌眼镜,他是如何得到这份殊荣的呢?

像小抄写员那样的事情,在我们年级里,只有斯蒂尔德可以做得到。今天学校里发生了两件事:一件是受伤的老人把卡洛斐的邮票簿送还给了他,而且还替他粘了三枚危地马拉共和国的邮票上去。这可把卡洛斐乐坏了,因为他寻求危地马拉邮票已经有三个月了。还有一件事,就是斯蒂尔德得了二等奖。那个看起来傻乎乎的斯蒂尔德居然只比戴洛西差了一等,大家都感到很奇怪!记得十月份斯蒂尔德的父亲带着他的儿子来学校时,还当着大家的面对老师说:

"这孩子什么都不懂,还要辛苦老师多关照多费心哩。"【写作借鉴:侧面描写,连父亲都不对自己的儿子抱有希望,更加突出了斯蒂尔德这次获奖的意外性。】当他的父亲说这话的时候,谁又会想到今天这一幕呢?!当时,我们都以为斯蒂尔德是个书呆子,可他自己却一点儿也不自卑,还说什么"死而后已"的话呢。从那以后,不论是白天、晚上,也不论是在校、在家,还是在大街、小路上,他总是拼命地用功。而且不管别人说什么、怎么说,他都毫不在意。遇到别人的干扰,他也总是能够及时排除,只管自己用功。【名师点睛:具体生动地展现了斯蒂尔德勤奋苦学的状态。】就这样不断努力不断进步,才使得傻乎乎的他取得了名列前茅的位置。刚开始的时候，他对算术一窍不通，写作文时更是废话连篇毫无头绪，该背诵的诗文更是一句也记不得。现在好了，算术学得得心应手，作文也是文从字顺，诗文更是熟得跟唱歌一样。

斯蒂尔德的脸上写着坚忍不拔，个子不高却很壮实，方面大耳的像是没长脖子，手短而大，嗓音低沉浑厚。不管是破报纸，还是海报、广告，他都会拿来阅读记熟。只要口袋里还有一毛钱，就会立刻拿去买书，据说他自己已经有了一个小小的私人图书馆，偶尔也会请我过去看看。他很少跟人聊天，也不和别人做游戏。上课的时候，总是爱把两个拳头摆在双颊上，像块石头一样安坐在那里听老师讲课。【写作借鉴：运用比喻的修辞方法，将认真听课的斯蒂尔德比作石头，形象地说明了他上课的认真。】他这个第二名，确实是费尽心血才得来的，很不容易哦！

今天，老师看起来好像心情不太好。但是在把奖状颁发到斯蒂尔德手上时，还是这样说道："斯蒂尔德！对你来说这样的荣誉非常不易！你给'有志者事竟成'这句话下了一个很好的注解。"

斯蒂尔德听完之后，既没有得意，也没有微笑，只是默默地回到座位上，听得比以前更认真了。最有趣的事情是在放学的时候：斯蒂尔德的父亲到学校大门口来接儿子，他是个门诊大夫，长得跟他儿子一样，也是个小个子四方脸、粗声粗气的人。起初，他还不相信自己的儿子居然能得奖状，等老师出来和他说了，才哈哈大笑着用力拍了拍儿子的肩头，说："好样儿的，看不出来啊，你还挺有出息嘛，将来有希望！"【名师点睛：父亲对斯蒂尔德的认可与前文形成鲜明的对比，更加突出了斯蒂尔德的进步之大。】我们听完都笑了，可斯蒂尔德却连一点儿微笑都没有，只知道抱着大脑门儿，预习他明天的功课。

Y 阅读与思考

1.文中哪些描写能表明斯蒂尔德学习刻苦？

▶ 爱的教育

2.斯蒂尔德成绩突飞猛进的原因是什么?

3.联系自身分析一下,自己能否做到和斯蒂尔德一样。自己还欠缺哪些品质?

学会感恩

三十一日

> M 名师导读
>
> 老师"拿着微薄的薪水,却做着最重要、最伟大的事业",他们的名字是"这世间最尊贵、最可仰慕的名字了",我们应该怎样对待我们的老师呢?

安利柯:

要是换作你的朋友斯蒂尔德,决不会编排老师的不是。你今天恨恨地说"老师态度不好",可你对自己的父亲母亲,不是也经常会有态度不好的时候吗?【写作借鉴:推己及人,用反问的语气强调了老师与安利柯之间亲密的师生情谊。】老师也是人,当然也有不高兴的时候,可他不是也为你们这些学生,不辞辛劳多少年如一日吗?学生当中有情有义的固然不少,可也别忘了那许多不知好歹的,对老师的辛劳与关爱视若无睹的。公平来讲,大凡做老师的,苦处总要多过快意。无论什么样的圣人,处在那样的境地,能不动气吗?更何况他们还得时不时地耐心辅导那些不听话的、生病的学生,脸上偶尔流露一丝不悦也是在所难免的。

你应该学会敬重爱戴自己的老师:

因为老师是父亲一生敬重爱戴的人,

因为老师是为了学生牺牲自己一生的人,

<u>因为老师是打开心灵之窗的人。</u>

老师是值得你去尊敬和爱戴的啊!【名师点睛:老师的付出都是不求回报的,无私奉献的,在此对"应该敬爱老师"做出了解释和说明。】

等你将来长大了,父亲和老师也都离你而去了,那时,你在想起你父亲的时候,会不会也想起老师来呢?那时,当你再一次地回想起老师那神情疲惫的样子,想起他脸上忧郁烦闷的神情,你就会深深地悔恨自己今日里的种种不是了。

要知道,如今的意大利有着五万多名学校教师,他们用知识来武装你们的头脑,他们都是你们这些未来的意大利公民精神上的父亲。这些老师站在荣誉的后面,他们拿着微薄的薪水,却做着最重要、最伟大的事业!你们的老师也是其中的一员,应该得到你们的尊敬和爱戴。<u>无论你有多么爱我,但是你若连自己的恩人——特别是老师——都不懂得爱戴,我也断然不会喜欢你。应该把老师当成自己的长辈那样去爱。不管他对你和颜悦色还是疾言厉色,都要一如既往地去爱他;不管老师是正确的,还是你以为他错了,都要一如既往地去爱他。老师高兴时,固然要去爱他,老师不高兴时,更要去爱他。无论何时何地,都要记住雷霆雨露皆是师恩,都要怀着感恩之心爱戴你的老师!当你称呼"老师"时,必须永远满怀敬意。因为除了父亲的名字,老师便是这世间最尊贵、最可仰慕的名字了</u>!【写作借鉴:此处几个"无论""不管"连用,更加强调了学生一定要爱自己的老师。】

这些,希望你有一天能够知道,能够理解。

——父亲

阅读与思考

1. 安利柯的父亲给他的这封信给了你哪些启发,请简要地说一说。
2. 你是怎样看待你的班主任老师的?

85

爱的教育

第四章 一月

助教老师

四日

> **M 名师 导读**
>
> 　　安利柯的班主任生病了，新来的助教老师性格温和，对于调皮的学生来说，助教老师的劝诱、告诫根本不起作用，导致教室里乱成了一团。面对这样的情况，会有人挺身而出、制止学生们的胡闹吗？

　　父亲的话不错，老师果然是因为生病了不高兴。这三天来，因为老师请了病假，只好让一位助教老师来代课。这是一位颏(kē)下无须、长相有些孩子气的老师。今天，学校里发生了一件糟糕的事情：这位助教老师，任凭学生嬉闹，毫不动怒，只会说："诸位！请遵守纪律！"
【名师点睛：生动地描写出了这位助教老师的好脾气。】

　　前两天，教室里就已经乱套了，今天更是难以收拾。这种情况实在是太少见了。老师的声音竟然被湮没无闻了，无论怎么提醒、劝诱，全被学生当成了耳旁风。校长先生曾来门口探看过两回，可是等他一转过身去，大家又依然如故地捣乱起来。戴洛西和卡伦在前面回过头来，示意大家安静，可是他们哪里肯静？

　　斯蒂尔德独自用手托着头靠在桌子上沉思，而那长着鹰钩鼻的集邮爱好者卡洛斐，居然从大家那里搜罗了一些铜币，以墨水瓶为彩头，玩起了彩票游戏。其余的呢，有笑的，有说的，有用钢笔尖钻课桌的，

还有用吊带上的橡皮弹纸团的……【名师点睛:将一群调皮捣蛋、不受老师管教的学生描写得活灵活现。】

助教老师只好一个一个地去制止他们,一会儿捉住这个的手,一会儿拉了那个去面壁。可是揿下葫芦又浮起了瓢,拿他们一点儿办法也没有,只好很和气地跟他们说:

"你们为什么这样?难道一定要我责罚你们吗?"

然后又用拳头敲着桌子,愤懑(mèn)[气愤,抑郁不平]而又沉痛地叫道:"安静!安静!"可是底下的学生硬是不听,捣乱如故。更可气的是,韦兰蒂竟然向老师掷纸团,其他学生有的吹口哨,有的抵着脑袋角力,完全无视老师的存在。【名师点睛:这些调皮的学生确实让老师束手无策。】

这时,一位校工跑过来说:"老师,校长先生有事找你。"

老师脸上现出一副很失望的样子,站起身急匆匆地去了。学生们的骚乱更厉害了。

卡伦突然站了起来,晃着脑袋,捏紧了拳,怒不可遏(è)地叫道:

"停下!你们这帮不识好歹的家伙!老师好说话,你们就欺侮他。要是老师真的使出严厉的手段,你们又会像狗一样乞怜!只知道欺软怕硬的坏东西!要是谁敢再耍老师,我就打落他的牙齿!就算他父母看见了,我也不怕!"【写作借鉴:语言描写表现出卡伦为老师打抱不平的激动心情。】

这下,大家不吵了。当时卡伦的样子可真够令人生畏的:威风八面地立在那里,眼中快要喷出火来,活像一头愤怒的小狮子。他的目光,从最坏的人身上开始,逐一扫视过去,瞅得大家连头也不敢抬起。

等到助教老师红着眼走进来时,课堂差不多静得连呼吸的声音都能听到。

助教老师见这模样,大出意外,只是呆呆地立住。后来看见卡伦怒气冲冲地站在那里,就猜到了八九分,于是用了对兄弟说话时的那

爱的教育

种充满了温情的语气说:"卡伦!谢谢你!"

阅读与思考

1. 卡伦的行为给了你哪些启发?请简要地说一说。

2. 你怎么看待同学们在助教老师课堂上的行为?结合自己的情况谈一谈。

斯蒂尔德的图书室

名师导读

斯蒂尔德的图书室有琳琅满目的书籍,精致细心的陈列,让安利柯十分羡慕。他们都是爱书之人,所以他们能够成为要好的朋友。那么,斯蒂尔德还有什么好的品质值得我们去学习呢?

斯蒂尔德邀请我到他家里玩,这是我企盼已久的了。他的家离学校很近,不一会儿,我们就来到了他家。一进屋,斯蒂尔德就把我领到他心爱的书架旁,观看他各种各样的藏书。我真是羡慕极了。

斯蒂尔德家并不富有,虽买不起太多的书,可他很会保管图书,无论是学校的课本,还是亲戚送他的礼物,他都好好地保存着。只要手里一有钱,他就用来买书。【名师点睛:斯蒂尔德不愿意把钱花在普通孩子感兴趣的东西上,突出了他对图书的喜爱。】他已经收集了不少图书,摆在华丽的栗木书架里,外罩一层绿色的幕布——据说这还是他父亲给他的。只要你将那细线轻轻一拉,那绿色的幕布便会聚拢到一边,露出三格图书。【名师点睛:通过描写斯蒂尔德的父亲给他绿色的幕布的细节,从侧面说明了父亲对斯蒂尔德藏书、读书的支持。】各种各样的图书,排列得非常整齐,书脊上的金字闪闪发光。其中有故事书、旅行记、诗集，还有课本。颜色配合也很和谐，远远地望去非常美观。比如说，白色的摆在红色的旁边，黄色的摆在黑色的旁边，蓝色的摆在白色的旁边。【名师点睛：前面表述了斯蒂尔德的图书室内的书籍颜色配合得很好，在这里详细地举出例子进行说明。】而且斯蒂尔德还经常把这许多书变着花样排列，自以为乐。他还自己做了一个书目，俨然是一位图书馆馆长。他在家的时候，总是待在书橱旁边，要么拂拭灰尘，要么把书换个位置，要么检查检查书籍的装订和锁线。当他用粗大的手指把书翻开，朝书脊夹缝里吹气或者做些什么时，那专注的神情，真是太有趣了。我们的书总是不免会有损伤，而他所有的书却都像刚买来的一般。他一弄到新书，总是要将其擦拭干净，再插入书架，而且还不时地拿出来看看，把它当成宝贝珍玩一样，似乎这才是他最大的快乐。我在他家里待了足足一个小时，除了图书以外，他什么都没拿给我看。

过了一会儿，他那矮矮胖胖的父亲出来了，用手拍着他儿子的背脊，跟他儿子一样，粗声大气地跟我说道："你觉得这家伙怎样？这个铁头，结实着呢，将来还能有点儿出息吧？"

斯蒂尔德像小豚犬似的半闭着眼，任由他父亲嘲弄了一番。可是不知道为什么，我竟一直不敢取笑斯蒂尔德。看上去总是令人难以相信他只比我大一岁。

我回家的时候，他送我出了门，煞有介事地说了一声："那么好吧，再见。"我也不知不觉地像个大人似的应了一句："祝你平安。"

回到家里，我和我父亲说："斯蒂尔德既不聪明，长得也不好看，模样更是令人发笑，可是不知怎么回事，只要我一见他，就觉得他特别实在，能从他那儿学到不少东西。"

父亲听了以后说："这是因为那孩子待人真诚啊。"【名师点睛：借用父亲的话，点明了斯蒂尔德待人真诚的高尚品质。】

我又说："到了他家，他也不多和我说话，也没有玩具给我看。我

爱的教育

却很喜欢到他家里去。"

"嗯！这是因为你敬佩他。"父亲又补充说，"这说明他的气质和意志吸引了你。安利柯，你要向他学习。"

阅读与思考

1.文章从哪些方面表现出了斯蒂尔德对图书的喜爱？
2.为什么安利柯喜欢到斯蒂尔德家去呢？

铁匠的儿子

名师导读

身材瘦弱的普来克西是铁匠的儿子，父亲经常喝醉酒后无故打骂他，让他吃不饱，甚至从楼上将他踢下去！面对这样的父亲，普来克西却从不在别人面前说父亲的坏话，也不损坏父亲的形象，这是为什么呢？

是的，父亲的话非常正确。普来克西，我也很佩服。不，不，仅用佩服这个词还不足表达我对普来克西的感情。普来克西虽说是铁匠的儿子，却偏偏生了一副瘦弱无力的身板儿，眼睛里还总是流露着悲哀，胆子也很小，逢人就说"对不起，原谅我"，可他却是很用功的。据说，他父亲一喝醉酒，回家以后就会平白无故地打他，把他的书或笔记簿扔掉。他来学校时，脸上经常带着黑痕或青痕，有时整个脸都是肿的，有时眼睛都哭红了。尽管如此，他也从不提起他和他父亲之间的事情。"父亲打你了吗？"每当朋友们这样问他时，他总是立刻替父亲遮掩说："怎么可能呢？从来没有的事。"【名师点睛：开篇交代了普来克西的出身、性格、家庭情况，将一个柔弱又可怜的孩子的形象展现在我们面前。】

有一天，老师见他的作文簿被火烧了一半，就对他说："该不是你自己烧的吧？"

"是的，是我不小心把它落到火塘里了。"他回答道。其实，是他父亲喝醉了酒，回来的时候不小心踢翻桌子，油灯倒下造成的。

普来克西的家就在我家屋顶的小阁楼上。门房时常会把他们家里发生的事情告诉给我妈妈听。【名师点睛：正是由于他家在安利柯家楼上，所以安利柯时常能听到一些"内幕"，从而引出了后面更多的故事。】西尔维亚姐姐有一天听到了普来克西的哭声。据说，他向他父亲要钱买语法课本，他父亲一抬脚就把他从楼梯上踢了下来。他父亲只知道酗酒，整天不务正业，害得一家人饥寒交迫。普来克西时常饿着肚子来到学校，吃卡伦给他的面包。一年级时曾经教过他的那个戴红色羽毛的女老师，也曾给过他苹果。可他从未说过"父亲不给食物"之类的话。

他父亲也曾来过学校里几回，脸色苍白，抖着双脚，一副怨天尤人的样子，头发长长地垂在眼前，歪戴着一顶帽子。普来克西在路上一碰见父亲，就会浑身发抖地立刻走上前去。可他父亲却从不顾惜自己的儿子，总是心不在焉似的。【写作借鉴：此处运用对比，把一位不负责任的父亲和一个小心翼翼生活的孩子进行对比，更激起我们对普来克西的同情。】

真是可怜啊！普来克西把他的破笔记薄补好了，有时还要从别人那里借来课本抽空用功。他的衬衣要破了，就用针别牢了再穿，脚上的皮鞋太大只好拖着，裤子长得拖到了地上，上衣太长就系了起来，袖口也是高高地卷到肘弯。尽管他看起来是那样可怜，可他却很勤勉。我想，如果他在家里可以自由自在地用功读书，肯定能够取得优良的成绩。

今天早晨，他的面颊上又带了爪痕来到学校，大家见了就说：

"又是你父亲吧，这次可不能再说'没有的事'了。把你弄到这步田地的，一定是你父亲。你去告诉校长先生，校长先生会把你父亲叫来，替你劝说他的。"

▶ 爱的教育

普来克西跳起来，红着脸，哆嗦着，怒声说："没有的事，父亲是不打我的。"

话虽如此，后来上课时他还是忍不住落泪了。别人去关心他的时候，他拼命忍住眼泪。真可怜！他还要硬装出笑脸来给人看呢！【名师点睛：明明委屈无比，却要在人前强颜欢笑，这一段神态描写精准而传神，深刻地表现出了普来克西的委屈与隐忍。】明天，戴洛西与克劳德、耐利原本说好要到我家里来，我打算让普来克西一块儿来。我想明天请他吃点好吃的，给他书看，带他到家里玩玩，回去的时候，再让他带点瓜果回去。那么善良勇敢的孩子，应该让他快快乐乐的，哪怕一次也好。【名师点睛：抒发了安利柯对普来克西的怜悯之情。】

Z 知识考点

1. 填空题。

普来克西的父亲面色_____，抖着双腿，普来克西经常从别人那里借来_____抽空用功，如果_____破了，就用针别牢了再穿，脚上的_____太大只好拖着，_____长得拖到了地上。

2. 判断题。

卡伦曾给过普来克西吃的。　　　　　　　　　（　　）

3. 问答题。

你认为普来克西是一个什么样的孩子？

_____

_____

Y 阅读与思考

1. 普来克西为什么不肯把父亲虐待他的事说出来？

2. 文中哪些句子表现出了普来克西的委屈和隐忍？

3. 如果普来克西就生活在你的身边，你会怎么帮助他呢？

友人的来访

十日

> **M 名师导读**
>
> 　　有朋友来自然是使人高兴的,戴洛西和克劳德、耐利都来了,小主人安利柯热情地招待了他们。大家玩得很开心,就连一向未曾开心笑过的耐利也非常快活,这快乐的背后,还有什么小秘密吗?

　　今天是这一年中最快乐的星期四。下午两点整,戴洛西和克劳德带着那驼背的耐利一起来了。

　　普来克西因为他父亲不允许,竟然没来。戴洛西和克劳德笑着对我说,他们在路上遇见过那菜贩的孩子克洛西,克洛西正提着一大颗卷心菜,说要卖掉之后再去买支钢笔。还说,他最近刚接到了父亲从美国寄来的信,正高兴着呢。

　　三位朋友在我家里待了两个多小时,我非常高兴。戴洛西和克劳德是这一年级中最有趣的同学,就连我父亲也很喜欢他们。克劳德穿了一条茶色裤子,戴着猫皮帽子,性情活泼好动,一刻也不能安静,哪怕是动动眼前的东西,或是把它翻个个也好。听他说,从今天早晨开始,他已经搬了半车柴火,但他看上去一点儿也没累着,在我家里跑来跑去,见了什么都好奇,嘴里不停地说着话,就像一只灵动的小松鼠。【名师点睛:详细介绍了克劳德勤劳、活泼的性格特点。】他甚至还跑进厨房,向女佣打听每捆柴的价格,还说他们店里才卖两毛钱一捆。他很喜欢讲述他父亲在翁贝托亲王麾下参加柯斯图察战争时的事迹。他的言行总是那样彬彬有礼,的确像我父亲说的那样:这小孩虽然生在柴店,可体内却是真正的贵族血统。

▶ 爱的教育

戴洛西给我们说了很多笑话。他对国家地理了如指掌，竟然可以像老师一样闭着眼睛讲述：

"我现在眼前好像看见了整个意大利。那里是亚平宁山脉，一直延伸到爱琴海中，河水在其间奔流，滋养着由白色的大理石堆砌的都市。周围有许多港湾，蓝色的内海，以及绿色的群岛。"他依次背诵着地名，如同眼前摆着地图一般。他穿着金色纽扣的青色上衣，微仰着满是金发的脑袋，闭着双眼，石像似的直立着。【名师点睛：大家羡慕戴洛西，不只是因为他穿得漂亮，更重要的是他很有才华。】明后两天大葬纪念仪式上所要背诵的长达三页的悼词，他只用了不到一个小时就全记牢了。我们都被他的风采倾倒了，就连耐利在看着他时，忧郁的眼睛里也露出了微微的笑意。

今天的聚会真快乐啊，就仿佛是在我的心中留下了一粒火种，暖暖的。他们仨回去的时候，两位个子高的分立在耐利两旁，携着他的手，一边走还一边跟他讲着有趣的话题，让一向未曾开心笑过的耐利非常快活。我看了，由衷地替他们感到高兴。当我回到餐厅时，才发现平日里挂着的驼背的滑稽画不见了，我知道，这是父亲一早故意撤去的，因为他怕耐利看见之后尴尬。

阅读与思考

1. 文章分别介绍了戴洛西和克劳德两位同学，请你说一说他们分别有什么特别和有趣的地方。

2. 安利柯的父亲为什么撤去了平日餐厅里挂着的驼背的滑稽画？说一说，安利柯有一位怎样的父亲。

国王的葬礼

十七日

M 名师导读

课堂上老师点名背诵课文的经历大家都曾有过,那种因惧怕出错的紧张心情,那种胸有成竹而跃跃欲试的激动,都让我们难以忘怀。那么,让我们看看,教室里戴洛西会有怎样精彩的表现呢?

今天下午两点,我们一进教室,老师就叫住了戴洛西。戴洛西立刻走了过去,站在讲台旁,面向我们背诵了那篇大葬悼词。刚开始背诵的时候,他还略微显得有些不大自然,后来就越来越清楚自如了,脸上也有了光彩。

"四年前的今天,前国王维托里奥·埃马努埃莱二世陛下的玉棺,就停在罗马王室墓地的正门。维托里奥·埃马努埃莱二世陛下的丰功伟绩,远远超过了意大利的开国君主。一直以来分裂成为七个城邦,饱受外敌入侵及暴君压制之苦的意大利,在陛下的手中得到了统一,真正取得自由和独立。陛下在位二十九年,勇武绝伦,临危不惧,胜不骄,败不馁,一心一意以发扬国威、爱抚人民为务。当陛下的灵车驶过掷花如雨的罗马大道时,意大利各族人民聚集在道路两旁肃立默哀,注目送行。将军、大臣和皇室成员引导着灵车,三百多个城市代表分列守卫在灵车左右,护送的仪仗,军旗如林,无不彰显着国家的威仪、民族的荣光。当灵车抵达庄严肃穆的王室墓地正门时,十二位盛装骑士抬起玉棺缓步入内,转瞬之间,阴阳相违,意大利即将告别这位令人永远追怀的前任国王,告别这治国二十九年的国父、将军、爱国的

> 爱的教育

同胞！在这个最为崇高庄严的时刻，举国同悲，山河失色，挥泪送别，军旗委垂。这军旗，经历了血与火的淬炼，代表着令人难以忘怀的牺牲与鲜血，凝聚着国家的荣誉，神圣的自由，以及悲惨的历史。骑士安放好玉棺，军旗随之倾倒。这中间既有崭新的队旗，更有许多历尽硝烟、残破不堪的古旧队旗。八十条黑色的流苏，向前低垂，无数的勋章在旗杆上撞击出金戈铁马的铮鸣，仿佛万千军中的呐喊汇成一个声音：'别了！我君！您的英灵与日月同辉！您的英名永远铭刻在我们心里！'

重新举起高扬的军旗。我们的维托里奥·埃马努埃莱二世陛下，将在神圣的王室殿堂里永享不朽的光荣！"

被逐的韦兰蒂

二十一日

M 名师导读

韦兰蒂的欺软怕硬是孩子们最厌恶的,他平时就常常调皮捣蛋耍无赖,为此,他的父亲已经将他赶出门三次了,母亲也为他得了忧郁症,但他却不知悔改,这样的一个坏学生,这次他又做了什么让大家讨厌的事情呢？

戴洛西声情并茂地朗诵维托里奥·埃马努埃莱国王悼词的时候，笑的只有一人，那就是韦兰蒂。

韦兰蒂真是太讨厌了，的确是个坏人。父亲跑到学校里来骂他，他反倒高兴；看到别人哭泣，他反而开怀大笑。他在卡伦面前胆小得像个老鼠，碰到怯弱的"小石匠"或者一只手不能动的克洛西，就会欺侮他们。他总是嘲笑大家敬佩的普来克西，甚至对因为见义勇为而跛了脚的洛佩蒂，也要冷嘲热讽。明明是他欺负弱小，自己却要发火，非要把对手弄伤才爽快。【名师点睛：对韦兰蒂的描写，表现他是一个坏学生的形象。】他的帽檐总是压得很低，却总也掩藏不住目光里饱含的恶意，他是个人见人怕的家伙。他对谁都很嚣张，就算是在老师面前也敢肆无忌惮地放声大笑。逮着机会，非偷即抢，事后装傻不肯认账。不仅经常跟人吵架，还带着一把大钻子到学校来刺人。看见上衣纽扣，不管自己的，还是别人的，就会摘下来，拿在手里玩。他的纸张、课本、笔记薄又破又脏，三角板是碎的，笔杆上面到处都是牙齿咬过的痕迹，而且还时常啃指甲，身上的衣服非破即脏。【写作借鉴：对韦兰蒂的行为动作的细节描写，充分表现了他的顽劣与可恶。】听说，他母亲为了他曾经一度抑郁生病，他父亲已经把他逐出家门三回了。他母亲经常到学校里来打探他的情况，离开的时候，眼睛总是哭得肿肿的。【名师点睛：韦兰蒂的母亲对不成器的儿子也是无计可施。】他既不爱学习，也没有朋友，更嫌恶老师。有的时候，老师干脆把他当成空气，对他的违纪行为，装作没看见。这样一来，他就变得更坏了，老师待他好一点，他不仅不心存感激反而还会捉弄老师；若是骂他呢，他就用手遮在脸上假哭，其实却在暗笑；学校曾经罚他停学三天，回来以后，反而更加地变本加厉了。

有一天，戴洛西好心劝他说："停下来吧，别这样！这会让老师很为难的，你不知道吗？"

他却反过来威胁戴洛西说："闭上你的臭嘴，小心我扎破你的肚皮！"

今天，韦兰蒂终于像狗一样地被逐出了校门。

事情是这样的：老师把《每月例话·少年鼓手》的草稿交给卡伦的时候，韦兰蒂在地板上放起了爆竹，爆炸声音震动了整个教室。一时间噼里啪啦乱如枪响的爆竹声，不仅让大家大为吃惊，就连老师也吓得跳了起来：

"韦兰蒂出去！"

▶ 爱的教育

"不是我。"韦兰蒂笑着摊开双手，又开始装傻了。

"出去！"老师反复强调。

"我不愿意。"韦兰蒂开始耍赖。

老师大怒，赶到他座位旁，一把抓住他的手臂，将他从座位里拎了出来。韦兰蒂咬着牙拼命挣扎不肯就范，可终究敌不过老师，被老师拖到校长室里去了。

过了一会儿，老师一个人回到教室里，坐在位子上，用手捂住了头面，一声不响的，好像很疲劳的样子。【名师点睛：老师对于韦兰蒂的屡教不改行为也是伤透了脑筋。】老师那种苦闷至极的神情，真令人不忍目睹。

"做了三十年的教师，没想到竟会碰上这种事情！"老师悲哀地说，把头向左右摇。

对于老师，我们大家除了默不作声，什么忙也帮不上。老师气得连手都在发抖，额头上的皱纹更深了，好像伤痕。【写作借鉴：这里运用了比喻的修辞手法，将皱纹比作伤痕，体现了老师心中的痛苦，但是老师更多的不是生气，而是恨铁不成钢的情绪。】大家开始不忍起来。这时戴洛西站了起来：

"老师！请您不要伤心！我们都是敬爱老师的。"

老师听了，慢慢平静了下来，说：

"做功课吧。"

Z 知识考点

1. 填空题。

韦兰蒂非常淘气，有一天，_____好心劝他不要淘气，却被他骂了。不过，他还是被逐出了班级，当老师在上课的时候，韦兰蒂突然放起了_____，爆炸声很大，_____大声呵斥叫他出去，他不肯，老师立刻抓住他的_____，将他拎出来，拖到了校长室。

2. 判断题。

韦兰蒂最怕的同学是卡伦。　　　　　　　　　（　　）

3. 问答题。

平时老师对韦兰蒂的态度是什么样的？

_____

_____

阅读与思考

1. 为什么老师最后不能再忍韦兰蒂了？

2. 试想韦兰蒂在家中是什么样的表现。

3. 造成韦兰蒂这种性格的原因是什么？

少年鼓手（每月例话）

名师导读

爱国是一个永恒的话题，我们每个人都该有颗爱国心。正如文中的少年鼓手一样，在自己部队受到围困时，能勇敢地冒着生命危险，完成上尉交给他的任务，而他也因此失去了一条腿，他成为所有人眼中当之无愧的英雄。

这件事情发生在1848年7月24日，柯斯特寨战争[意大利第一次独立战争中的一场重要战役，战斗双方为意大利萨丁王国与奥地利，战斗的结果为奥军胜利]爆发的第一天。

当时我军步兵一个连队约六十人，被派往某处抢占一处空屋，忽然遭到了奥地利两个中队的攻击。敌人从四面八方攻了上来，子弹如雨一般地飞来，我军只好丢下若干死伤人员，退入空屋，关紧了大门，

爱的教育

跑到楼上从窗口向外射击抵御。敌军列队呈半圆形包抄上来，步步紧逼。【名师点睛：准确精练的场面描写表现出战争形势异常激烈，也暗示了"我军"所处境地之危险。】

当时指挥我军这一连队的上尉是个勇敢的老兵，身材高大，须发花白。这六十人中，有个少年鼓手，赛地尼亚人，虽然年纪已经过了十四岁，身材却还似十二岁不到，是个肤色浅黑、目光炯炯的少年。【名师点睛：有神的目光暗示这个少年是一个勇敢的少年。】

上尉在楼上指挥防御，时不时地发出尖利如手枪声的号令。他那生铁铸就般的刚毅的脸上，没有一丝表情，神情威武，令人望而生畏。少年鼓手的脸上都已经急得发青了，可他还是很沉着地跳上桌子，探头朝着窗外，透过烟尘，观察身着白色军服的奥地利军队的动向。

这座空屋筑在一处高崖上，靠近悬崖的一面，除了屋顶的阁楼上开着一扇小窗，其余的都是严实的墙壁。奥军只在其他三个方向进行攻击，悬崖这边倒是安然无事。奥军的攻势非常凌厉，弹如雨下，破壁碎瓦，屋顶、窗户、家具、门板，一击就碎。只见木片在空中飞舞，玻璃和陶器的破碎声，此起彼伏，听起来就像是人的头骨正在破裂。在窗口射击的士兵，一旦受伤倒在了地板上，立刻就会被拖到一旁。还有一些士兵用手捂住伤口，一边呻吟一边在屋里转着圈子。厨房里躺着几个脑袋已被击碎的死尸。敌军的半圆形包围圈渐渐缩小，收拢，逼近。

过了一会儿，一向镇定自若的上尉脸上突然流露出一丝不安的神色，带着一名少尉军官急急忙忙跑出了那间屋子。【名师点睛：上尉此时的不安与前文的"刚毅""威武"形成对比，更加突出了此时情势的危急。】过了两三分钟，那名少尉跑了回来，朝少年鼓手招了招手。少年立刻跟在少尉身后快步登上楼梯，来到了那间屋顶阁楼里。上尉正倚在小窗边，拿着纸条写字，脚边摆着一根汲水用的绳子。上尉折叠好了纸条，目光炯炯地注视着少年，疾声叫道：

"鼓手！"

鼓手应声举手到帽旁。

"你有勇气吗？"上尉说。【名师点睛：少年肩上的责任重大，反映了少年的勇敢和灵活。】

"是的，上尉！"少年回答，眼睛炯炯发光。

上尉把少年推到窗口边，指了指窗外下方：

"往下看！看到那间屋子旁边枪刺的反光了吗？那里就是我军的营地。你拿着这张纸条，从窗口溜下去，尽快翻过那道山坡，穿过田野进入我军阵地，一遇到军官，就把这条子交给他。现在，解下你的皮带和背囊！"

鼓手解下皮带和背囊，把纸条放入口袋。少尉将绳子一端缠在自己的臂上，然后又把绳子从窗口放了下去。上尉将少年扶出窗口，让他背朝着外面：

"记住！我们这支小分队的安危，就全部维系在你的勇气和脚力上了！"

"保证完成任务！上尉！"少年一边回答一边往下溜。

上尉和少尉握住了绳子：

"下到山坡的时候，记着伏下身子！"

"放心吧！"

"祝愿你成功！"

鼓手很快降到了崖下的地面。少尉收起绳子走开了。上尉很不放心地在窗户旁边踱来踱去，看着少年下坡。

差不多快要成功了。忽然，在少年前后几步远的地方冒起五六处烟团。原来奥军发现了少年，正从高处向他射击。正在拼命往前飞跑的少年，突然倒下了。"糟了！"上尉咬着牙焦急地叫了一声。这时，却见那少年又站了起来。"啊，啊！还好还好，只是跌了一跤！"上尉

爱的教育

总算松了口气。

少年拼命跑着，一条腿看起来有点儿跛。【写作借鉴:将少年的动作与上尉的语言结合在一起，渲染了一种紧张、危急的氛围，让读者有一种身临其境之感。】上尉想:"踝骨好像受伤哩!"接着，烟尘又在少年的近旁冒起，离得有些远，没打中。"好呀!好呀!"上尉欢快地叫着，目光一寸也不离开少年。一想到这是一件十分冒险的举动，他心中忍不住一阵战栗!要是那张纸条能够如期送进军营，援兵一到，自然可以解围;万一误事，这六十多人所要面临的就只有战死与被俘两条路了。

【名师点睛:要么战死，要么被俘，在上尉的头脑里压根就没有"投降"二字，体现了一个爱国军人的铮铮铁骨。】

远远望去，少年跑了一会儿，忽而放缓脚步，跛着跳着走了一段。等他起身再次奔跑时，力气已经越来越弱，不得不停下来休息了好几回。

"大概是子弹打穿了他的脚。"上尉一边这样想，一边目不转睛地注视着少年，急得直拍手。他目测了一下少年所在位置与军营之间的距离，眼睛都要迸出火星来了。而楼下呢，依然是密集的子弹撕裂空气的啸声，军士们的怒叫声、被敌人子弹击中时的惨叫声，重伤员的呻吟声、哭喊声，器具碎裂和落在地上摔碎的声音。【写作借鉴:运用了夸张的修辞手法，说明上尉的紧张和焦虑，营造了紧张的气氛。】

一位士官默默地跑上楼来，说敌军进攻太猛，自己一方伤亡惨重，对方正在挥动白旗示意招降。

"不要听他们的!"上尉回答得很坚决，双眼仍然紧盯着那个少年。少年虽然已经翻过山坡踏上平地，可是他已经跑不起来了，正在把脚拖着一步一步勉强地往前走。

上尉咬紧牙关，握紧了拳头:"走呀!快走呀!该死的!走!走!"过了一会儿，上尉泄气地说了一声:"哎呀!真是没用的东西!倒下了!"

田野里，刚才还若隐若现的少年的脑袋，忽然不见了，好像已经倒下。隔了不过一分钟，少年的脑袋又重新现了出来，不久又被篱笆挡住，再也看不见了。

上尉急忙穿过一阵密集的弹雨，来到了楼下大厅。只见屋子里到处都是硝烟和灰尘，周围的东西都快看不清楚了。满屋子的人，差不多已全部负伤，有的如醉汉似的乱滚，有的扳住家具硬撑在那里，墙壁上、地板上满是血迹，门口已经堆满了残缺不全的尸体，就连副官的手臂也被打折了。

上尉高声鼓励着他的部下：

"坚决守住，不可后退！我们的援兵马上就要来了！生死荣辱，立见分晓！注意！射击！"

敌军渐渐逼近，透过烟尘已经能够看见敌人的五官，枪声、骂声更是听得清清楚楚。听，敌人正在叫嚣：快投降吧，否则就没命了。我们的士兵开始害怕了，从窗口后退了。军官们赶着他们，逼迫着他们，命令他们向前，可是防御火力还是渐渐稀薄了下来，士兵们的脸上露出了绝望的神情，看来已经抵挡不住了。这时，敌军的火力忽然弱了下来，随之而来的是一阵阵如雷的呼喝："投降！"

"不！"上尉朝着窗口大声回应道。

枪炮再次猛烈起来。我方的士兵又有不少受伤倒下了，其中一扇窗户已经没人守卫了，最后的时刻快到了。上尉一边绝望地叫着："来不及了！来不及了！"一边像个受伤的野兽似的跳了起来，颤抖着双手紧握着军刀，准备战死。【名师点睛：上尉在等不到援兵的时候，尽管绝望，但是却很有胆识，这说明了他的勇敢与坚持。】这时，少尉从屋顶阁楼上跑了下来，惊喜地尖叫着：

"援兵来了！"

"援兵来了！"上尉高呼着。于是，所有受伤的、未受伤的士兵和军官又都立刻冲向窗口，朝着敌人猛烈还击起来。

过了一会儿，敌军气馁了，阵地上纷乱起来。上尉急忙收集残兵，让他们把刺刀套在枪口，预备冲锋，自己则迅速跑上楼去瞭望。

▶ 爱的教育

这时，一阵惊天动地的呐喊声、枪炮声、杂乱的马蹄声传了过来。从窗口望去，一个中队的意大利骑兵，正穿过烟尘全速奔来。远处明晃晃的枪刺和马刀，不断地落在敌军头上、肩上、背上。屋里的士兵也抱着枪刺呐喊着冲了出去。敌军阵地动摇了，混乱了，开始退却了。转瞬之间，两大队步兵带着两门大炮迅速占领了制高点。

上尉率领残兵回到了自己所属的联队。战争依然在继续，在最后一次冲锋时，他被流弹射中，击伤了左手。

这一天的战斗，以我军的胜利结束。次日之战，我军虽然表现勇敢，但终因寡不敌众，于二十七日早晨，退守浑恰河。

上尉负了伤，仍率领部下的士兵徒步行进。困顿疲惫的士兵，没有一个不服从的。天黑时分，终于抵达浑恰河畔的盖特。那位手腕负伤的少尉副官，在被救护队救起后，先行到达了这里。上尉走进一所设在修道院中的临时野战医院，里面住满了伤兵。双层架子病床分作两列，两位医师和他的许多助手正在应接不暇地忙碌着，啜泣声、呻吟声此起彼伏。

上尉正四处寻找副官，忽然听见有人用低弱的声音叫了一声"上尉"。上尉凑过去一看，原来是那位少年鼓手。他正躺在吊床上，脖子以下盖着一块粗布的窗帘，苍白而瘦弱的双腕露在外面，眼睛仍然像宝石一样地发着光。上尉惊叫道：

"你也在这里？真了不起！你的任务完成得很好！"

"我已尽了我的全力。"少年答道。

"你受了什么伤？"上尉一边问着，一边在附近寻找着副官。

"真没想到啊，竟然吃了敌人一弹。"少年答道。看来他依然沉浸在完成任务的巨大满足和快感中，体力也恢复了不少，否则，恐怕就没力气跟上尉说话了。"我拼命地跑啊跑啊，担心被敌人发现，尽量弯着身子，后来一不留神竟被敌人射中了。不然的话，还可以再快二十分钟的。可是被打伤后，想快也快不了，口渴得要命，好像快要死了。我知道，消息送达越迟，我们死伤的人就越多。我一想到此，几乎快要哭出来了。还好！幸亏我遇到了一位上尉参谋，把纸条交给了他。总算拼着命完成了我的任务。别为我担心，上尉！你要多照顾一下你自己，你还流着血呢！"

的确，一滴滴的血，正从上尉臂上的绷带里顺着手指往下流。

"请把手给我，让我帮你包好绷带。"少年说。【名师点睛：在自己身受重伤的情况下仍想着为别人包扎，这样的战友情谊怎能不让人感动。】上尉伸过左手，用右手扶起少年。少年把上尉的绷带解开重新系好。可是，少年一离开枕头，面色就一下苍白起来，不得不再次躺下。

"好了，已经好了。"上尉见少年那个样子，想把包着绷带的手缩回来，少年怎么也不肯放开。

"不要管我。还是小心你自己要紧！即使是小小的伤口，稍不注意也会变得很厉害的。"上尉说。

少年把头摇了摇。上尉注视着他：

"可是，你这样疲惫，一定流了许多血吧？"

"许多血？"少年微笑着说，"不只是血哦，请看这里！"说着就把盖在身上的窗帘掀了开来。

上尉一看，大吃一惊，向后退了一步。原来，这少年一只腿没了！他的左腿已齐膝截去，切口上的纱布已经被血浸透了。【名师点睛：微笑的神情、轻松的语言和动作，均表现出了少年在面对伤痛时乐观的心态，他这种大无畏精神更是让人深深地为之赞叹。】

这时，一位矮矮胖胖的军医穿着衬衣走了过来，在少年耳边嘀咕了一会儿，对上尉说：

"啊！上尉！这也是迫不得已啊，要不是硬撑着，就不会感染得如此严重，这腿本来是可以保住的。没办法，只好把腿齐膝截断。真是了不起啊，勇敢的少年！既不流泪，也不惊慌，连喊也不喊一声。我在帮他动手术时，他正为意大利男儿自豪哩！他的身世一定很不简

105

> 爱的教育

单！"【名师点睛:通过军医的话描述了当时的情景,并解释了少年被截肢的原因,使少年英勇无畏的形象更加高大。同时侧面描写的方式也增加了故事的可信度,更容易引起读者的共鸣。】军医说完就急忙走开了。

上尉蹙起浓浓的花白的两眉,注视了少年一会儿,替他掖好身上的窗帘。他的眼睛一直都没有离开过少年,不知不觉之中,竟挺直身躯慢慢把手举到帽沿边上,行了一个军礼。

"上尉,"少年惊叫,"您这是做什么!"

这位冷漠的、从来没说过一句温柔话的上尉,张开了双臂,把小鼓手紧紧地抱在怀里,并深情地吻着他的前胸,亲切地对他说:

"我只是个上尉,可你却是个小英雄!"

知识考点

1.填空题。

上尉急忙穿过一阵____,来到了楼下大厅。只见屋子里到处都是____和____,周围的东西都快看不清楚了。满屋子的人,差不多已____,有的如醉汉似的乱滚,有的扳住家具硬撑在那里,____上、____上满是血迹,门口已经堆满了____的尸体,就连副官的手臂也被打折了。

2.判断题。

鼓手很快降到了崖下的地面,差不多快要成功时,他被炮弹击中了一条腿,但很快他又站了起来继续跑。　　　　　　(　　)

3.问答题。

故事最后军医对上尉说的一段话在文中起什么作用?

_____

_____

阅读与思考

1. 如果少年在被子弹打中之后偷偷躲起来,那么他的腿就不会被截肢了,可是少年为什么没有这么做呢?
2. 从少年鼓手的身上,你学到了什么?

从小爱祖国

二十四日

名师导读

祖国是我们生长的地方,我们每个人都应该热爱自己的祖国,爱这里的一切,没有人能阻挡我们爱国的热情。那么在安利柯父亲的眼中,怎样做才算是爱国呢?

安利柯:

热爱祖国是每个公民都应具备的美德。那个撒丁岛的小英雄就是一个典型的爱国者。

我们为什么要爱我们的意大利呢?

因为,我们都流着意大利祖先的血。我们的祖先死在意大利,葬在意大利。而意大利是生我们、养我们的地方。我们说意大利语,我们读意大利文。我们的兄弟姊妹、亲戚朋友,以及其他接触到的人,都是意大利人。我们周围的高山、流水、树木、花草,以及我们所欣赏的、所喜爱的、所研究的、所崇拜的……全都是意大利的。

所以我们爱意大利。

你长大后,假如有一天从国外久住回国,当你站在船的甲板

> 爱的教育

上，望见祖国的青山时，你一定会热泪盈眶。

因为你爱意大利。

那种爱，就是爱国心。

在国外，偶尔在街上听到有人说意大利语，就会欢喜地走过去和他亲切地聊上几句。

如果有人要恶意地批评意大利，我们听见了必定会怒火燃烧。

若敌人的铁蹄要践踏我们的锦绣山河，意大利的青年必定奋起保卫山河。意大利的人民必定忍着离别的苦，勉励爱子去奋勇杀敌，为国效命。全国人民，必定有钱的出钱，有力的出力，积极支援前线，夺取光荣的胜利。

这都是爱国心的表现。

安利柯！每逢国庆日，你在祈祷之后，应该向祖国这样献词：

意大利！我热爱的神圣国土！

我的父母认为，生在这里、死在这里是最幸福的。

我也认为生在这里、死在这里是光荣的。

我们子子孙孙都愿意为意大利而生，为意大利而死。

你拥有悠久的光辉历史，你拥有众多国民。

我还不能完全理解你，但却衷心地热爱你！

我为生在你的怀抱深感荣耀！

我爱你浩瀚的碧海，也爱你妩媚的青山。我敬仰你神圣的古迹、光辉的历史。

意大利！我的祖国！我愿意把我的身心全献给你。

安利柯，我们的祖国是神圣而不可侵犯的。如果将来的某一天，你去参加保卫战，我会鼓励你说："奋勇杀敌！"并祈祷你凯旋。但是，如果你是一个懦弱的士兵，你将失去父亲，失去整个意大利！

——父亲

嫉　　妒

二十五日

M 名师导读

我们应该由衷地羡慕那些比我们优秀的人,然后"见贤思齐",让自己变得和他一样优秀。但渥特尼却不这么认为,看到戴洛西受到表扬后,他不停地嘲弄戴洛西,甚至当着校长的面对戴洛西的成绩嗤之以鼻……而戴洛西又是怎么面对他的这种行为的呢?

以爱国为题的作文,得第一的仍然是戴洛西。【名师点睛:戴洛西是班上学习最好的学生,第一名是他本无可厚非,但也正是因为这次考试,才引出了下面的故事。】本来,渥特尼是自认为必得第一的——渥特尼虽然有些虚荣,喜欢显摆,我却并不讨厌他。只不过,当我见到他嫉妒戴洛西时,就觉得不喜欢他了。他平时总想着要和戴洛西一决高下,拼命用功,可到底还是敌不过戴洛西,无论在哪一方面,戴洛西都要胜他十倍。渥特尼很不服气,总是对戴洛西冷嘲热讽。卡罗·罗宾斯也很嫉妒戴洛西,只不过是藏在心里,而渥特尼则表现在脸上。据说,他在家里曾经批评老师不公。每回戴洛西很快、很圆满地答完老师的提问,他总是板着脸,垂着头,故作不知,甚至还故意发笑。他笑起来的样子很不好,大家早就心知肚明了。只要老师一夸赞戴洛西,大家就会发现渥特尼的苦笑。"小石匠"经常在这种时候装兔脸给他看。

今天,渥特尼很难为情。校长先生到教室里来报告成绩:

"戴洛西第一,100分。"校长先生的话还没说完,渥特尼就打了一个喷嚏。

校长先生见了他的那种神情就猜到了:"渥特尼!不要在心里养着

▶ 爱的教育

一条嫉妒的蛇！它会吞噬你的头脑，毒害你的心胸。"【名师点睛：校长通过直白而又中肯的话语想要告诫嫉妒心强的渥特尼，要正确看待自己和同学的差距。】

除了戴洛西，大家都应声朝渥特尼看去。渥特尼张了张嘴像是要回答些什么，可终究还是说不出来，脸孔青青的像石头般纹丝不动。等老师开始授课时，他在纸上写了一行大大的字：

"我们不羡慕那些因为老师的不公与偏见而得第一的人。"

当然，这是他故意要写给戴洛西看的。坐在戴洛西旁边的人看了，都情不自禁地窃窃私语起来，其中一位竟用纸做了一面大大的奖牌，还在上面画了一条大黑蛇。这些情况，渥特尼一点儿也不知道。后来，老师因事暂时出去的时候，戴洛西旁边的人站起身来，离开座位，打算把那奖牌送给渥特尼。一时之间，教室里充满了敌意。【名师点睛："敌意"表现出教室内的紧张，由于渥特尼单方面的挑衅，以及几个不知天高地厚的小子的起哄，教室里的气氛一时剑拔弩张起来。】渥特尼更是气得全身发抖。忽然，戴洛西说："把这东西给我！"说着便一把抢过奖牌，撕得粉碎。恰好这时，老师进来继续上课。渥特尼的脸红得像火一样，把自己所写的纸片揉成团塞进了嘴里，嚼糊了吐在椅子旁边。下课的时候，渥特尼好像有些昏乱了，经过戴洛西旁边时，竟连吸墨水纸也落在了地下。戴洛西帮他拾了起来，放进了书包，系好了扣子。渥特尼一直看着地下，抬不起头来。

Y 阅读与思考

1. 你觉得渥特尼对待戴洛西的态度有什么不好吗？说一说为什么。
2. 文章最后，为什么渥特尼会一直看着地下，抬不起头来？

韦兰蒂的妈妈

二十八日

M 名师导读

韦兰蒂的妈妈带着他来到了学校,面对调皮的儿子,无计可施的母亲痛苦地跪了下来,苦苦哀求校长,希望有生之年能看着韦兰蒂回到教室学习。面对病重的母亲的良苦用心,韦兰蒂是否能改邪归正呢?

渥特尼仍然是死性不改。昨天早晨上宗教课的时候,老师当着校长的面问戴洛西是否记住课本中"无论朝向哪里,我都看见你,上帝"的句子。戴洛西老老实实回答说没记住。渥特尼突然说:"我知道!"说完之后还对着戴洛西一阵冷笑。【名师点睛:渥特尼总希望在众人面前战胜戴洛西,好不容易有一次机会,他岂肯放过。】这时,韦兰蒂的妈妈刚好走进教室,让渥特尼失去了一次好不容易等到的表现机会。

韦兰蒂的母亲白发蓬松,全身都被雪打得湿湿的。她屏了气息,把前礼拜被斥退的儿子推了进来。【名师点睛:将一位心力交瘁的母亲形象展现在读者眼前,让人不禁同情这位可怜的母亲。】我们都不知道接下来将发生什么事情,忍不住地咽着唾液。真是可怜!韦兰蒂的妈妈跪倒在校长先生面前,恳求说:

"啊!校长先生!请您发发善心,网开一面,允许这孩子重回学校吧!这三天里,我一直把他藏着。要是被他父亲知道了,或许会弄死他的。这该如何是好啊!求您了,校长,求您救救我们吧!"

校长先生想要把她领到外面去,可她却不肯,只是哭着恳求:

"啊!先生!我为了这孩子,不知受了多少苦楚!如果先生知道,必能怜悯我。对不起!我怕不能久活了,先生!死是早已预备了的,但

▶ 爱的教育

总想见到这孩子改好以后才死。确是这样的坏孩子——"她说到这里，呜咽得不能再说下去，"——在我眼里总是儿子，总是爱惜的。——我要绝望而死了！校长先生！请你当作救我一家的不幸，再一次，许这孩子入学！对不起！看在我这苦命女人的面上！"她说完用手掩着脸哭泣。

韦兰蒂好像一点儿也不觉得什么，只是低垂着头。校长先生看着韦兰蒂想了一会儿，说：

"韦兰蒂，坐到位子上去吧！"

韦兰蒂的母亲把手从脸上放了下来，反复地说了许多感谢的话，连校长先生要说的话都被她遮拦住了。她擦着眼泪走到门口，又连连说：

"你要给我当心啊！——诸位！请你们大家原谅他！——校长先生！谢谢你！你做了好事了！——要规规矩矩的啊！——再会，诸位！——谢谢！校长先生！再会！原谅我这个可怜的母亲！"

她走到门口，又一次回过头来，以恳求的眼神盯着儿子看了好一阵子才走。她脸色苍白，身体已有些向前弯，捂着嘴，下了楼梯，才听到她撕心裂肺的咳嗽声。

全班再次沉静了下来。校长先生向韦兰蒂注视了一会儿，极其郑重地说："韦兰蒂！你在谋杀你的妈妈呢。"

我们都朝韦兰蒂看去，那不知羞耻的家伙居然还在那里笑。【名师点睛：对母亲身上的病和心里的苦完全视而不见，韦兰蒂真是一个无药可救的坏家伙。】

Y 阅读与思考

1. 韦兰蒂的母亲为什么一定要将被学校斥退的儿子送回学校，并跪倒在校长面前苦苦哀求呢？

2. 如果你是韦兰蒂的同学，你会怎么劝说韦兰蒂呢？

希　　望

二十九日

> **M 名师 导读**
>
> 妈妈写给安利柯的信,真诚且极富有爱意,她将所有母亲对儿女期盼的心愿都表达出来了。安利柯的妈妈希望他一生都拥有一颗纯洁的心,并且拥有善良、高尚、勇敢、温和、诚实等高贵的品格。你身上是否也有这些高贵的品格呢?

安利柯:

你听完宗教课回来,深情地趴在妈妈怀里的样子,可真美啊!老师一定已经跟你讲过了!上帝拥抱着我们,我们俩从此永远也不会再分开。无论是在我死的时候,还是在你父亲死的时候,我们都不必再说"妈妈,父亲,安利柯,我们就此永别了吗?"那样绝望的话了,因为我们最终还能在另一个世界里相会。无论在这个世界里有多苦,在那个世界里终将得到回报;在这个世界里付出真爱的人,在那个世界里就会遇到自己所爱的人。在那里没有罪恶,没有悲哀,也没有死亡。但是,我们一定要努力,以便将来能够进入那个纯净无瑕的世界。安利柯!凡是一切善行,如真诚的爱,诚挚的友情,以及其他高尚的行为,都是进入那个世界的阶梯。而且,一切的不幸,只会让你与那个世界更加接近。悲悯可以消罪,眼泪可以冲刷心灵的污浊。你一定要坚定这样的信念:今日须比昨天好,待人须得更亲切!每天早晨起来的时候,都要在自己心里下定决心:"今天,凡事都要对得起自己的良心,要做让父母高兴的事,要做让朋友、老师、兄弟姐妹更爱我的事。"还

▶ 爱的教育

要一直向上帝祈祷,请求上帝赐予你实现这些决心的力量。

"主啊!给我善良、高尚、勇敢、温和、诚实,帮助我,让我在每天晚上妈妈吻我的时候,可以说一声:'妈妈!你正在吻着的少年比昨夜更高尚更有价值了!'"你时时刻刻都要这样祈祷。

等到来世,安利柯一定要像天使般纯洁,无论何时何地,都要坚定这样的信念,不可忘记,坚持祈祷。也许对你来说,还未能想象得出祈祷的欢悦,但是,每当见到儿子虔(qián)敬[诚敬,恭敬]地祈祷,做妈妈的是怎样欢喜啊!当你祈祷的时候,我确信大慈大悲、至真至善的上帝正在那里看着你、听着你。我也因此更爱你,更能忍受辛苦,更能真心宽恕别人的罪恶,更能以平静的心态去面对死亡。啊!无所不在的主啊!请您让他在那个世界里再次听到妈妈的声音,请您让我再和孩子们相会,再遇到安利柯,让我和圣洁永生的安利柯永不分离!啊!祈祷吧!时刻祈祷着,让我们大家互相关爱,施行善事,并让这神圣的希冀,铭刻在我们心里,铭刻在我高贵的安利柯的灵魂里!

——妈妈

第五章 二月

颁奖仪式

四日

M 名师导读

普来克西获得了金灿灿的二等奖奖章,这枚奖章是对普来克西心志、勇气及坚定的孝行的嘉奖。督导专员当着普来克西父亲的面,对普来克西高度的赞扬会触动这位父亲的灵魂吗?

今天,督导专员来到学校,说是来颁发奖状奖章的。那是个须发斑白、身穿黑色礼服的绅士,在我们上课即将结束时,和校长先生一起来到了我们的教室,坐在老师的旁边,提问抽查了三四个学生的学业。他把一等奖的奖状和奖章发给戴洛西之后,又和老师及校长低声交谈起来。

"二等奖不知道要发给谁呢?"我们这样想着,一边还在默然地咽着唾液。一会儿,督导专员高声说:

"这一次,佩特罗·普来克西获得二等奖。他答题、功课、作文、操行,一切都好。"大家都看着普来克西,心里替他感到高兴。【名师点睛:同学们此时的态度是对普来克西的最大肯定,从侧面印证了普来克西获得二等奖绝对是实至名归。】而普来克西却紧张得不知如何是好。

"到这里来!"督导专员说。普来克西离开座位走到老师的讲台旁边,督导专员关爱地打量着普来克西蜡色的脸和满是补丁的不合身的

▶ 爱的教育

服装，亲自把奖章别在他的胸前，深情地说：

"普来克西！今天给你奖状，并不是因为没有比你更好的人，也不单单因为你的才能与勤奋，而是奖励你的心志、勇气及坚定的孝行。"【名师点睛：普来克西不单是同学们学习上的榜样，更是同学们孝行上的典范。】说完又问我们：

"大家说，他是这样的吧？"

"是的，是的！"大家齐声答道。普来克西喉头一动一动的，好像在那里吞咽着什么，过了好一会儿，他才把兴奋得红润起来的脸转向我们，目光充满了感激之情。【写作借鉴：这一段神态描写既细腻又传神，形象地表现出了普来克西此时激动的心情，以及他对老师和同学们的感激之情。】

"回去好好用功，要更加努力哦！"督导专员对普来克西说。

下课了，我们这个班比别的班级先出教室。刚走出门外，就发现接待室里来了一位意想不到的人——普来克西的铁匠父亲。他脸色仍很苍白，歪戴着帽子，一头长发快要盖住眼睛，哆哆嗦嗦地站着。老师一看见他，就凑近督导专员耳边低声说了几句。督导专员转身找来普来克西，拉着他的手一起来到他父亲的身边。普来克西情不自禁地浑身颤栗起来，同学们全都集中到了他的周围。

"你是这孩子的父亲？"督导专员很轻快地问着铁匠，如同遇见熟识的朋友一样。并且不等他回答，又继续说道：

"恭喜你啊！你看！你儿子超越了五十四位同学，得了二等奖呢。作文、算术，一切都好。既聪明，又用功，将来一定能够成就一番大事业。他为人善良，得到了大家的尊敬，真是好孩子！你应该为他感到骄傲才是。"【名师点睛：督导专员明知普来克西父亲对普来克西的虐待行径，对他却没有丝毫的指责与埋怨，只是夸奖了普来克西的勤奋、善良，希望以此唤醒普来克西父亲的良知，可见督导专员的用心良苦。】

铁匠张着嘴一动不动地听着，看了看督导专员，又看了看校长，然后把目光停在他浑身发抖的儿子身上。好像到了这个时候，他才知道自己的儿子是如何一直坚强地忍受着自己的虐待的。他的脸上情不自禁地露出既惊又喜、且愧且爱的神情，一把将儿子的头抱在自己的胸前，就连我们从他们前面走过也恍然未觉。【名师点睛：父亲的一个拥抱，表达出了此时的欣喜。】临别时，我约普来克西下个礼拜四和卡伦、克洛西一起到我家里来。大家也都以各种方式向他表达着自己对他的祝贺：有的拉拉他的手，有的摸摸他的奖状。普来克西的父亲用惊异的目光注视着我们，把正在啜泣的儿子的头一直抱在胸前。

阅读与思考

1. 普来克西得了二等奖之后为什么一点儿也不开心呢？
2. 普来克西的父亲听了督导专员的话之后，会想些什么？

决　　心

五日

名师导读

安利柯看到普来克西得奖后，进行了深刻地自我反省，他决定磨炼自己的心志，坚决革除自己身上的惰性，以获得游戏的乐趣和生活的快乐，从而得到老师亲切的微笑和父亲深情的亲吻。你有过安利柯这样自我反省的决心和行动吗？

看见普来克西得了奖状，我的心里真不是滋味，我还一次都未曾得过呢。可是，谁让我近来不用功呢？！自己固然觉得无趣，老师、父亲、妈妈也因此很不开心。像从前那样用功学习时的愉快氛围，现在已经荡然无存了。以前，当我离开座位出去玩耍时，感觉就像已有

> 爱的教育

一个多月不曾玩耍的样子，总是高兴得又蹦又跳的。然而现在，就连一家人在饭桌上，也不如以前那样欢快了。我的心里仿佛存着一个阴影，它总在里面提醒着我："这不对劲！那不对劲！"【名师点睛：普来克西得了奖状，为此，安利柯进行了深刻反思，这一点是值得我们学习的。】

一到傍晚，当我看到许多小孩夹杂在下班工人中间从工厂往家里赶时，当看到他们拖着疲惫的身躯，却一脸快活地挥动着被煤熏黑或被石灰染白的双手，大家相互拍着肩头高声谈笑时，我的心里禁不住会想：日出即起，日落方息，他们都已经劳动了整整一天，我在读书时受的那点儿累又算得了什么？！而且比起那些年纪比我还要小得多的童工，比起那些终日待在阁楼上、地下室里，在炉子旁或水盆里不停劳作，却只能换得一小片面包充饥的人，我是多么幸福啊！【名师点睛：安利柯的反思很深刻。】可是，我呢，除了勉强写出三四页作文以外，却什么都不会做，也什么都不曾做，想想，真是觉得可耻！哎！连我自己都觉得无趣，父亲对我又怎么会感到满意呢？！

我知道，父亲原本是要责骂我的，只不过因为爱我，才忍住了！父亲一直不停地工作，家里的东西，哪一件不是父亲努力工作换来的？我所用的、穿的、吃的，教我懂得的、给我快乐的种种，又有哪样不是父亲劳动的结果？！我整日里只知享受，既不会做一件事，也不好好学习，白费了父亲许多苦心，从未给他一丝一毫的帮助。啊！我错了，真的错了！我发誓，从今天起，我要像斯蒂尔德那样捏紧拳头，咬紧牙关，拼命用功！坚持再坚持，夜深了也不打呵欠，天亮就要起床！一定要磨炼自己的心志，坚决革除自己身上的惰性！就算病了也不能松懈。用功吧！刻苦吧！像现在这样，不仅自己郁闷，别人也难受，这种倦怠的生活必须到此为止了！勤奋！勤奋！全心全意地用功，拼命努力！这样才能真正获得游戏的乐趣和生活的快乐，才能得到老师亲切的微笑和父亲深情的亲吻。

阅读与思考

1. 为什么安利柯觉得必须结束倦怠的生活，全心全意地用功，拼命努力学习呢？

2. 你觉得安利柯身上还有什么可贵的品质值得你学习？

玩具火车

十日

名师导读

卡伦和普来克西来安利柯家中做客，安利柯一家人热情地招待了他们，其中也发生了一件特别感人的事情，这件事情到底是什么呢？

今天普来克西和卡伦一起来看我，这让我非常高兴——就算见到皇室贵胄，也未必能够让我如此高兴。卡伦还是头一次来我家，他是个很沉静的人，个子长高了，都已经上四年级了，见了人还是很害羞的样子。门铃一响，我们都迎了出去。听说，克洛西的父亲刚从美国回来，所以不能来了。父亲亲了亲普来克西，又把卡伦介绍给妈妈，说：

"这就是卡伦。他不但是个心地善良的少年，而且还是一位正直的很重名誉的绅士呢。"

卡伦低着小平头，一直看着我微笑。普来克西胸前挂着奖章，听说，他的父亲又重新开始做起铁匠的工作，已经五天滴酒不沾了。【名师点睛：普来克西父亲的重新振作，说明了儿子对他的影响真的很大。】偶尔会让普来克西到工场去帮帮忙，跟以前相比就像换了个人似的。这让普来克西感到很欣慰。

我们开始游戏了。我把所有玩具都拿出来给他们看，跟他们一起

▶ 爱的教育

玩。【名师点睛：通过安利柯的举动，说明了他对朋友的真心和热情。】看起来，普来克西好像很喜欢我的火车。那火车附带着一个车头，只要上满发条，就会自己开动。普来克西从来没有看见过这样的火车玩具，惊诧极了。我把开发条的钥匙递给他，他低着头，专心致志地玩了起来。当时，他的脸上流露出来的那种高兴劲儿，是我从未曾见过的。

我们都围在他身旁，注视着他枯瘦的脖子，曾经流过血的小耳朵，以及他那向里卷着的袖口和瘦削的手臂。这个时候，我恨不能把我所有的玩具、书物，都送给他，即使把我自己正要吃的面包、正在穿着的衣服全都送给他，也绝对不会感到可惜。【名师点睛：充分表现了安利柯的善良。】甚至，我还想伏倒在他身旁去亲吻他的手。我想："那我就把这小火车送给他吧！"又觉得这件事情非得先和父亲说明不可。正踌躇间，忽然觉得有人把一张纸条塞到我手里，一看，原来是父亲。纸条上用铅笔写着：

"普来克西很喜欢你的火车呢！他还不曾有过玩具，你不想个办法吗？"

我立刻双手捧了火车，交到普来克西手中："这个送给你！"

看着普来克西迷茫的、没弄明白的样子，我又说道：

"这个，送给你啦。"

普来克西很惊异，一边看我父母，一边问我：

"这是为什么？"

"因为安利柯和你是好朋友。他把这个送给你，祝贺你得奖！"父亲说。【名师点睛：爸爸的话语既真诚又委婉，保护了孩子的自尊心。】

普来克西难为情地搓着手：

"那么，我就不客气了？"

"当然啦。"我们大家答应他。普来克西出门时，高兴得嘴唇直发抖，卡伦帮他把火车包在手帕里。

"什么时候我带你到我父亲的工场里去，送你一些钉子吧！"普来克西向我说。

妈妈把一朵小花插进卡伦的纽孔中，说："替我送给你的妈妈！"卡伦点着头大声说："多谢！"眼睛里闪着高贵而谦和的神色。【名师点睛：说明安利柯的妈妈也是一位善良的女人。】

Z 知识考点

1. 填空题。

看起来，普来克西好像很_____我的火车。那火车_____一个车头，只要_____，就会自己开动。普来克西从来没有看见过这样的火车玩具，_____极了。我把开发条的钥匙递给他，他低着头，_____地玩了起来。当时，他的脸上_____的那种高兴劲儿，是我_____的。

2. 判断题。

安利柯的父亲送了一双鞋给卡伦。　　　　　　　（　　）

3. 问答题。

文中对普来克西的外貌描写有什么作用？

_____
_____

Y 阅读与思考

1. "普来克西胸前挂着奖章，听说，他的父亲又重新开始做起铁匠的工作，已经五天滴酒不沾了。"这句话表明了什么？

2. 从文中哪句话中可以看出安利柯的善良？

▶ 爱的教育

傲　　慢

十一日

M 名师导读

卡罗·罗宾斯倚仗自己家中有钱,对各方面都比他强的戴洛西特别敌视,对于比他家境差的同学更是瞧不起。他待人自私且冷漠无礼,他的这些行为会引起老师和同学的强烈反感吗?

走路时偶尔碰上普来克西,便要故意用手拂拭衣袖的正是卡罗·罗宾斯那个家伙。他自以为父亲有钱,便不可一世。戴洛西的父亲也有钱,可他从不因此看低别人。【名师点睛:用对比的方式来表现出罗宾斯与戴洛西本质的不同,让优者显得更优。】

罗宾斯有时企图独自霸占一整张长椅,别人若是去坐,他就会憎这嫌那,好像别人玷辱了他似的。他总是瞧不起人,唇角之间总是浮着一丝轻蔑的冷笑。平时哪怕一点点小事,他也要当面骂人,甚至恐吓别人,说要叫他父亲到学校里来等等。排队出教室时,如果有人不小心踩着他的脚,那就更不得了了。

其实,在他当着卖炭人家的儿子贝蒂的面骂他的父亲是叫花子的时候,他就已经被自己的父亲责骂过一回了。我还不曾见过如此令人讨厌的同学呢,谁也不爱跟他讲话,离开学校时也从没有人对他说"再见"。在他忘了功课的时候,连狗也不愿教他,更别说是人了。【名师点睛:性格不好的人总是交不到真心的朋友。】他敌视周围所有的人,戴洛西更是他的眼中钉肉中刺一般,因为戴洛西是班长。而戴洛西即使是在罗宾斯的旁边,也从不理会他的敌意。

另外,因为大家都很喜欢卡伦,他也嫌恶卡伦。有人告诉卡伦说罗宾斯老在背后说他的坏话，卡伦却毫不在乎地说："怕什么，他什么都不懂，管他呢！"

有一天，罗宾斯看见克劳德戴着猫皮帽子，便很轻侮地嘲笑了他一通。克劳德说：

"嘿嘿，凭你也配？还是到戴洛西那儿去学习学习礼貌吧。"

昨天，罗宾斯告诉老师，说格拉勃利亚少年踩了他的脚。

"故意的吗？"老师问。

"不，无心的。"格拉勃利亚少年辩道。于是老师说："罗宾斯，诸如此类的小事，有必要计较吗？"

罗宾斯煞有介事地说："我会去告诉我父亲的！"

老师怒道："即使你的父亲，也一定会说你不对的！更何况在学校里，赏善罚恶的尺度，自有老师掌管！"说完又和气地劝解说："罗宾斯啊！还是改改你的脾气，善待周围的同学吧。你早就应该知道，这里既有出身劳动者之家的，也有出身豪门的，有家境富裕的，也有家境贫寒的，但是只要大家同在一个课堂，就没有贫富贵贱之分，应该像兄弟一样友爱。别人都能做到，为什么唯独你不行呢？要让大家和你好本来是件很容易的事情，这样，你自己也会快乐起来哩。你说对吗？你还有什么要说的吗？"【名师点睛：对于同学之间的矛盾，老师能重视并公平地予以调解，对于思想、行为有错的同学，老师予以开导，这才是帮助学生成长的好老师。】

罗宾斯听着，仍像平常一样冷笑着。老师问他，他只是冷淡地回答："不，没有什么。"

"请坐下吧。待人如此冷漠，真是无趣得很啊！"老师对他说。

本来这事儿算是结束了，却不料坐在罗宾斯前面的"小石匠"又回过头去，冲着罗宾斯做了一个非常可笑的鬼脸儿。大家又都哄笑起来，就连老师虽然口中呵斥着"小石匠"，可他自己却也忍不住掩口笑了起来。罗宾斯也笑了，只是笑得十分勉强。

爱的教育

阅读与思考

1.为什么所有的同学都不喜欢罗宾斯呢？

2.面对老师的调解与教导，为什么罗宾斯会表现得很冷淡？你觉得他这样做对吗？请说说你的理由。

负伤的劳动者

十五日

名师导读

安利柯目睹了一次意外伤亡事件，心中有很多的感慨。哪个学生伤心了？哪个学生却笑了出来？安利柯又想了什么？

罗宾斯和韦兰蒂真是一对难兄难弟，今天眼见如此悲惨的场景，依然冷漠如故的，就只有他们俩了。

离开学校回家的时候，我和父亲正在观看三年级淘气的孩子们在街上溜冰，街头尽处忽然跑来一大群人，无一不是满脸忧容，三三两两地不知是在低声谈论着什么。人群之中，夹杂着三个警察，后面跟着两个抬担架的。小孩们都从四面八方聚拢来观看，人群也渐渐向我们靠近。只见那担架上卧着一个脸色铁青如同死人一般的男子，头发上粘着血，耳中口里也都是血，一个抱着婴儿的妇人跟在担架旁边，发狂似的哭叫道："死了！死了！"

妇人后面还有一个背着皮包的男子，也在那里哭着。

"怎么了？"父亲问。据说，这人是个石匠，工作时从五层楼上摔了下来。担架暂时停了下来，许多人都转过脸避开了，那个头戴红羽的女老师，也用身体支撑着几乎快要晕倒的我的二年级女教师。这时，

"小石匠"拍了拍前面那个人的肩膀,挤了进去,他的脸色青得跟鬼似的,全身战栗(lì)[因恐惧、寒冷或激动而颤抖]不已。想必,他是想到他的父亲了。因为连我也情不自禁地想起了他的父亲。【名师点睛:由人及己,看到别人的不幸而痛苦的人,心地也不会坏。】

啊!像我这样的孩子自然可以安心地在学校里读书,因为我的父亲只是在家里伏案工作,并没有什么危险。可是,许多朋友却不然,他们的父亲或是在高高的桥梁工地上施工,或是在机车的齿轮间劳动,一不小心,就会有生命危险。他们就和出征军人的儿子一样,无时不在牵挂着自己父亲的安危。"小石匠"一见到这种惨相,当然会战栗不安了。父亲发现了"小石匠"的异样,就跟他说:"回家去吧!到你父亲那儿看看!你父亲一定没事的,快回去吧!"

"小石匠"一步一回头地去了。【名师点睛:说明"小石匠"非常同情死者及家属,也很担心自己的父亲。】人们还在继续行动着,那妇人仍在伤心地叫着:"死了!死了!"

"哎呀!不会死的。"周围的人安慰着她,可她还是恍若未闻似的,只是不停地哭。

忽然,一声怒骂传出人群:"混蛋!你居然还能笑得出来!"

我急急赶去一看,却见一位绅士正怒视着韦兰蒂,用手杖把韦兰蒂的帽子打落在地:"去把帽子拿开!蠢货!因工负伤的人正要通过呢!"

拥挤的人群过去了,长长的血迹像一道伤痕般刻在雪地上。

阅读与思考

1. "小石匠"看到受伤的石匠,"脸色青得跟鬼似的,全身战栗不已",这说明他是一个怎样的人?

2. 面对不幸的事故,人们心情都是悲痛的,而韦兰蒂居然还能笑得出来,由此可见他是一个怎样的人?

▶ 爱的教育

七十八号囚犯

十七日

M 名师导读

故事以墨水瓶为线索,借用他人之口,讲述了一个对生活充满热情的罪犯对自己的精神救赎,这到底是一个怎样让人感动的故事呢?

这真是一年中最可惊异的事情:昨天早晨,父亲带我到蒙卡利埃利附近寻租别墅,准备在夏天的时候去那里避暑。掌管那栋别墅钥匙的是一位学校教师。他领着我们过去看了看,然后又邀我们去他房里喝茶。他面前的案上摆着一个奇妙的雕成圆锥形的墨水瓶,父亲便留心注视了一会儿。这位老师说:

"这个墨水瓶对我来说真是个宝贝,它的来历可不简单哩!"【名师点睛:由一个墨水瓶引出一个故事,既激发了读者的阅读兴趣,也自然地引出下文。】接着,他就给我们讲述了下面的故事——

数年前,这位老师也在丘林任教。有一年冬天,他奉命去监狱,给囚犯们授课。授课的地方就在监狱的礼拜堂里。那礼拜堂是个圆形的建筑,周围有许多小且高的窗户,窗口全都装着铁栅栏。每扇窗户里面各有一间小室,囚犯们就站在各自的窗口,把笔记本摊在窗槛边上听课,而老师则在暗沉沉的礼拜堂中央走来走去讲课。礼堂里光线很暗,除了囚犯们胡子蓬松的脸以外,什么也看不见。这群囚犯当中,有个标着七十八号的,比别人更用功,对老师也更感激。【名师点睛:着重指出七十八号犯人不同于其他人的特征——用功,与前文所提到的监狱的艰苦环境相对应,更体现了他与众不同的毅力。可谓先声夺人,使读者对他有了一个良好的印象。】他是一个留着黑须的年轻人,与其说他是个恶人，还不如说他是个不幸者。他原本是一名细木工，因为一时动怒，用刨子砸了虐待他的主人，没想到却误中其头部，致其死亡，因此被判几年监禁。他只用了短短三个月，就把读写全都学会了，每天认真读书，进步很快，性情也因此变好了许多，反省了自己的罪过，感到非常悔恨。有一天，下课以后，那位囚犯向老师招了招手，请老师走近窗口，说他次日将要离开丘林监狱，转往威尼斯监狱去了。他深情地向老师告别，请老师把手让他握一握。老师伸过手去。他吻着老师的手，真切地说了一声"谢谢"。老师缩回手时，上面还沾着许多眼泪。后来，老师就再也没有看见过他了。

沉默了一会儿，老师又继续说道：

"差不多过了六年啦，我都快把这个不幸的人忘记了。不料，前天突然来了一个素不相识的人，胡子黑黑的，头发已经花白，穿着一身粗布衣裳，见了我就问：

"'你是某老师吗？'

"'你是哪位？'我问。

"'我就是那个七十八号的囚犯。六年前承蒙老师教我读写。老师想必还记得：在最后那天，老师曾把手递给我。我已经服刑期满了，今天过来拜望您，是想送您一个小小的纪念品。请把这个收下，当作一个纪念！老师！'【名师点睛：七十八号犯人的语言虽平实而质朴，却蕴含着诚挚的情感，表现了他对教师恩情的难忘。】

"我无言地呆站在那里。他还以为我不愿意接受他的赠品呢，注视着我的眼睛，好像在说：

"'六年的苦刑，还不足以洗净手上的污秽吗？'

"看到他的眼神里充满了愧疚与苦痛，我伸过手去，收下了他的赠品，就是这个。"

我们仔细看着那墨水瓶——好像是用钉子凿刻出来的，真不知费了多少工夫！盖上雕刻着一支钢笔搁在笔记本上的图案。周围刻着"七

▶ 爱的教育

十八号敬呈老师，以为六年的纪念"的字样。下面还用小字刻着"努力与希望"。【写作借鉴：对墨水瓶的外观进行细致的描摹，突出了囚犯雕刻的艰难及他的用心，更加凸显了囚犯内心深处对教师所怀有的感恩之情。】

接下来，老师便不再说什么，我们也就跟他告了别。在回丘林的路上，我心里总在描摹着那个囚犯站在礼拜堂小窗口的情景，他向老师告别时的神情，以及他在狱中认真琢刻那个墨水瓶的身影。以至于昨天夜里做了这样的梦，今天早晨还记忆犹新。

今天到学校里去，不料，又听到一件出人意料的怪事。我坐在戴洛西旁边，刚演算好一道算术题，就把那墨水瓶的故事告诉给戴洛西听，并把墨水瓶的由来，以及上面雕刻的图案、"六年"等文字，大略跟他述说了一番。没想到，戴洛西听完，竟跳了起来，看了看我，又看了看那卖菜人家的儿子克洛西。当时，克洛西正坐在我们前面，背对着我们在那里一心演算。戴洛西把手指放在嘴边，冲我做了个噤声的手势，然后抓紧了我的手："你不知道吗？前天，克洛西对我说，他见过他父亲在美洲雕刻的墨水瓶了。也是用手工做成的圆锥形的墨水瓶，上面也雕刻着钢笔摆在笔记本上的图案。对吧？克洛西说他父亲在美洲，其实是在牢里呢。他父亲犯罪时，克洛西还小，所以不知道，而他妈妈也不曾告诉他。他还什么都不知道呢，最好别让他知道啊！"【名师点睛：戴洛西嘱咐的话语表现了他凡事替他人着想、不愿同学受到伤害的善良品质，也凸显出同学们之间的深厚感情。】

我默然地看着克洛西。戴洛西演算完了算术题，从桌子底下递给克洛西一张纸条，又从克洛西手中取过老师叫他抄写的每月例话《爸爸的看护者》的稿子，说是请他代写的，还把一支钢笔塞到他的手心里，拍了拍他的肩膀。放学时，戴洛西又把我叫住，急急地让我一定要保守秘密："昨天克洛西的父亲曾经过来接他儿子，今天也会来吧？"

我们走到大路口，看见克洛西的父亲站在路旁，黑色的胡须，头发已有点花白，穿着粗布的衣服。他的脸上看起来有些失神，似乎

128

正在思考什么。戴洛西故意地去握了握克洛西的手,大声说道:"克洛西!再见!"说着还把手托在颏下,示意他笑一笑;我也照样地把下颏托住。【名师点睛:夸张搞笑的动作表现出了两个孩子极力掩饰慌张的情形,充满了童真童趣。】

可是这时,我和戴洛西脸上都有些红了。克洛西的父亲亲切地看着我们,眼中流露出一丝不安和疑惑,让我们觉得自己的胸口,正在浇着冷水!

阅读与思考

1.克洛西的父亲为什么要把墨水瓶送给管家老先生?

2.克洛西的父亲在看到安利柯和戴洛西夸张的行为后,眼中"流露出一丝不安和疑惑",你能猜到他当时想到了些什么吗?

爸爸的看护者(每月例话)

名师导读

老吾老,以及人之老,是一种博爱的精神。一位农村少年进城看护从国外回来的、病重住院的爸爸。故事曲折感人,小小少年的孝心与善良深深地打动了大家,这究竟是怎样一个故事呢?

正当三月中旬,春雨绵绵的一个早晨,有一位农村少年浑身沾满了泥水,手中抱着刚刚换下来的衣服,来到尼普尔森市某著名的医院门口,把一封信递给门房,说要见见他新近入院的父亲。少年的脸圆圆的,面色青黑,眼睛中微露出一丝沉思的神色,厚厚的双唇间露出雪白的牙齿。他父亲去年离开祖国前往法国做工,前天回到意大利,在尼普尔森刚一登陆就忽然患病,进了这家医院,写信给他妻

> 爱的教育

子，告诉她自己已经回国，以及因病入院的事。妻子得信后很是担心，因为她的一个儿子正在病中，还有一个正在哺乳期间的小儿子需要照顾，根本无法分身。她迫不得已只好让大儿子前往尼普尔森探望父亲——在家时唤作爸爸。少年天一亮就动身，步行了三十多英里才到医院。

医院的门房把信大略瞥了一眼，叫来一位护士，让她领着少年进去。"你父亲叫什么名字？"护士问。

少年担心病人有了什么变故，心里很是焦急疑虑，战战兢兢地说出了他父亲的姓名。

护士一时记不起他所说的姓名，又问道：

"是从国外刚回来的老工人吗？"

"是的，工人倒是工人，年纪还不太老，刚从国外回来。"少年越发担心了。

"什么时候入院的？"

"五天以前吧。"少年看了看信上的日期说。

护士想了一想，好像突然记起什么似的，说："对了，对了，一直住在第四号病室里呢。"

"病得很厉害吗？怎么样？"少年焦急地问。

护士看着少年，也不回答他的问题，只是说："跟我来！"

少年跟着护士上了楼梯，来到长廊尽头的一间很大的病房，里面的病床左右分列着。"进来。"护士说。少年鼓着勇气进了房间，但见左右两边的病人脸色发青，骨瘦如柴，有的闭着眼，有的向上凝视，还有的像个小孩似的在那里哭泣。昏暗的病房里药气氤氲，两个护士拿着药瓶正在病房里穿梭往来。在病房的一个角落里，护士站在一张病床前，扯开床幕说："就是这里。"

少年失声哭了出来，急急地丢下衣服包裹，将脸贴近病人的肩头，一手握住了那露在被外的手。病人仍然一动不动地躺着。【名师点睛：

【此处的动作描写，表达了男孩的伤感之情。】

少年站了起来，看着病人半死不活的样子又哭泣起来。病人忽然把眼睁开，注视着少年，似乎有了一些知觉，可是仍然不能开口。病人很瘦，看上去几乎已经快要认不出来了——头发白了，胡须也长了，脸色青黑肿胀，好像皮肤都快要破裂似的。眼睛更小了，嘴唇更厚了，几乎完全不像父亲往日里的模样，仅从面部轮廓和眉宇间，似乎还能找出一些父亲的样子。病人的呼吸已很微弱。少年叫道：

"爸爸！爸爸！是我啊，你不记得了吗？我是西西洛呀！妈妈自己不能来，叫我来接你呢。快看看我吧！你怎么了？快跟我说句话啊！"

病人盯着少年看了一会儿，又把眼睛闭上了。

"爸爸！爸爸！你怎么了？我是你儿子西西洛啊！"

病人仍然不动，只是艰难地呼吸着。少年一边哭着一边把椅子拉到床边坐下等待，眼睛牢牢地注视着他父亲，一眨也不眨。他心里一边想着："医生想必快来了，那样就可以知道详细病情了。"一边又独自伤心地陷入了沉思，想起有关父亲的种种事情：去年送他上船，分别的时候，他说赚了钱就回来，所以一家老小一直都很乐观地等着他的归来；接到信后，妈妈脸上的悲愁以及父亲若是不幸死去，妈妈穿了丧服和一家人哭泣的样子，也在脑中一一浮现出来……正在他胡思乱想之间，忽然觉得有人用手轻轻拍了拍他的肩膀。他吃惊地抬起头来一看，原来是护士。

"我父亲怎么了？"少年急忙地问道。

"这真的是你父亲吗？"护士亲切地反问道。

"是的，我是来服侍他的。请问我的父亲患了什么病？"

"不要担心，医生就快来了。"她一边说着一边就离开了，别的什么也不说。

过了大约半个小时，铃声响了，医生和助手从病房的那边走了过来，后面跟着两个护士。医生照着病床的顺序一一巡诊，费去了

▶ 爱的教育

不少工夫。医生越来越近了，西西洛心中的忧虑也越来越重。终于，医生巡诊到相邻的病床了。这位医生是个身材修长而后背微曲的老人。西西洛不待医生过来，就站了起来。等医生走到身边，他再也忍不住地哭了起来。医生注视了一下少年，又把头转向护士，似是要问些什么。

"这是这位病人的儿子，今天早晨刚从乡下赶来。"护士连忙说道。

医生一手搭在少年肩上，一边给病人检查了脉搏，摸了摸病人的额头，又向护士问了一些问题，了解了一下病情。

"嗯，没有什么特别的变化，仍照以前调理就是了。"医生对护士说。

"我的父亲怎么样了？"少年鼓起勇气，噙着泪问。

医生将手放在少年肩上：

"不要担心！只是铅汞中毒。虽然看起来很厉害，但也还有希望。请你用心服侍他吧！有你在旁边，再好不过了。"

"可是，我和他说话时，他好像一点儿也不明白呢。"少年呼吸急迫地说。

"这种情况，等到了明天，就会好些了。总之，这病应该有救，请不要伤心！"医生安慰他说。

西西洛本来还有一些话想问，还没来得及说，医生就走了。

从此，西西洛就一心一意地服侍起他爸爸的病——要么替病人整理枕被，要么经常用手按摩按摩病人的身体，或者帮病人赶赶蚊蝇，或者听听病人发出的声音，留心病人的脸色。护士送来药物时，就帮忙用调羹代为喂饲。病人时不时地张开眼睛看看西西洛，好像仍然有些不明白，不过每次注视他的时间渐渐长了一些。西西洛捏着手帕遮着眼睛哭泣时，病人总是凝视着他。

到了晚上，西西洛拿来两把椅子，在病床旁边拼在一起当床睡了。天一亮，就赶紧起来照看。一天下来，病人好像已经清醒了不少，西西洛就说了一些安慰的话给病人听，病人眼中似乎流露出一丝感激的神情来。有一次，他竟然动了动嘴唇，似乎要说些什么，刚刚昏睡一会儿，忽又睁开眼睛，四处寻找看护他的人。医生来看过两次，说是已经好转了一些。傍晚时分，西西洛把茶杯凑近病人嘴边的时候，那双唇之间已经可以露出微微的笑意了。西西洛自己也高兴了些，就忍不住和病人说着话，把妈妈的事情，妹妹们的事情，以及平日里盼望爸爸回国的情形一一说给他听，而且还不断地安慰病人放心养病。他虽然也怀疑病人能否听懂他所说的，但还是一直不停地和病人说着。而这病人，不管他懂还是不懂西西洛的话，都似乎很喜欢听西西洛深情的声音，总是侧着耳朵认真地听着。

　　第二日，第三日，第四日，都这样过去了。病人的病情刚有些起色，忽而又变坏起来，反复不定。西西洛总是一如既往地尽心服侍着，毫无怨言。护士每天给他送两回面包或干酪，他只略微吃一点儿就算了，除了病人以外，好像什么都不存在似的。比如患者当中突然有人病危了，护士深夜里跑进来了，探病的人聚在一起痛哭之类，他竟然毫不留意。每日每时，他只一心照看着爸爸的病，无论是轻微的呻吟，还是病人眼神略有变化，他都会担心不已。有时因着病情减轻而安心，有时又会因病情反复而失望、烦闷。

　　第五日，病人的病情忽然沉重起来，少年跑去问医生，医生也摇着头，表示为难，西西洛一听，立即哭倒在了椅子下面。然而，使人安心的是病人的病情虽然变重，神志却似乎清醒了许多。他热切地看着西西洛，脸上露出一丝愉悦，不论药物还是饮食，别人喂他都不肯吃，除了西西洛。有时他的双唇也会蠕动，似乎想要说什么。看见病人这个样子，西西洛就上前扳住他的手，装出很高兴的样子说：

　　"爸爸！你已经好多了，很快就会痊愈的！马上就可以回到妈妈那里去了！很快！耐心些！"

　　这天下午四点左右，西西洛依旧在那里独自流泪，忽然听到室外传来一阵脚步声，而且还听到一声告别：

● 爱的教育

"阿姐！再见！"这声音一下子就让西西洛吃惊地跳了起来，双手捂住了自己的嘴，把已到唇边的叫声掩住。

这时，一个手臂上缠着绷带的人走进了病房，后面跟着一位领路的护士。西西洛站在那里，发出一声惊叫，那人回过头来，一看见西西洛，也叫了起来："西西洛！"一个箭步跨到他身边。

西西洛一把抱住父亲的手臂，情不自禁地啜泣起来。

护士们惊奇地围拢过来，看着他们。西西洛一直在那里哭泣着。父亲不断地亲着儿子的小脸，又盯着那病人看了一阵子。

"哎呀！西西洛！这是怎么回事啊！你找错人了！你妈妈来信说已经让西西洛到医院来了，可左等右等你总是不来，我的心一直悬着呢！啊！西西洛！你什么时候来的？怎么会认错人了呢？我已经痊愈了，你妈妈还好吗？孔赛德拉呢？小宝宝呢？大家怎样？我现在正准备出院呢！这下好了，大家可以一起回家了！啊！我的上帝啊！谁知道竟会出了这样的事情！"

西西洛本想说说家里的情形，可就是说不出话来。

"啊！太高兴了！我真是太高兴了！我曾一度病重，很危险呢！"父亲不断地亲着儿子，可儿子却站在那里一动也不动。

"快走吧！今天晚上就可以赶到家里了。"父亲说着，拉了儿子就要走。西西洛回头一直看那个病人。

"怎么了？你不想回去吗？"父亲奇怪地催促着。

西西洛又回头看着那病人。那病人也睁大了眼睛注视着西西洛。这时，西西洛不自觉地从心坎里流出这样的话来：

"不是的，爸爸！请等我一下！我不能马上回去！还有那个爸爸啊！我在这里住了五天了，一直把他当成了爸爸。我很同情他，你看他也在那里望着我呢！这些日子，一直是我在喂他吃东西。要是离开了我，他可怎么办呀？他病得很重，今天我无论如何也不能回去。明天回去吧，等我一下。我不能就这样丢下他自己走了。他也不知是哪里人，我一走，他就会孤独地死在这里了！爸爸！请给我一点时间，让我再在这里照看他一阵子吧！"

"好善良、好勇敢的孩子！"周围的人齐声说。

父亲一时间犹豫不决，他看了看儿子，又看了看那病人。问周围的人："这人是谁？"

"跟你一样，也是个乡下人，刚从国外回来，刚好和你同一天住进医院。是个与他素昧平生的人送他来医院的，也是什么都不知道，而他当时连话也不会说了。他的家人大概都在远方。他把你的儿子当成自己的儿子了呢。"

病人仍在看着西西洛。

"那你就留在这儿吧。"父亲对他儿子说。

"不必留很久了。"那护士低声说道。

"留在这儿吧！好儿子，你做得太好了！我先回去，让你妈妈放心。这两块钱就留给你零花。就这么说定了，再见！"说完，父亲亲了亲儿子的额头，就出去了。

西西洛一回到那个病人的床边，那个病人似乎就安心了。西西洛仍旧照看着他，哭是已经不哭了，热心与坚忍却是丝毫不亚于从前。递药呀，整理枕被呀，按摩呀，说话安慰他呀，从白天到夜晚，都一直陪在床边。到了次日，病人的病情日渐危重，不断地呻吟着，体温也骤(zhòu)然[来得很突然，没有任何的征兆，一下子就发生了，没给任何准备]升高。傍晚，医生说恐怕再也挨不过今夜了。西西洛更加小心地留意起来，眼睛一直不离病人左右，病人也只管直直地看着西西洛，时不时地蠕动着嘴唇，似乎要说些什么。眼神里虽然透着和善，但是瞳孔渐渐收缩而且越来越无神了。那天晚上，西西洛整夜地服侍着他。天快亮的时候，护士来了，一见病人的情形，急忙跑了出去。过了一会儿，助理医师就带着护士赶了过来。

"已经进入弥留期了。"助理医师说。

▶ 爱的教育

西西洛握着病人的手，病人睁开眼睛朝西西洛看了看，就把眼睛闭上了。

这时，西西洛觉得病人握住他的手紧了紧，就叫道："他正紧握着我的手呢！"

助理医师俯下身子仔细观察着病人，不久又摇了摇头，站了起来。

护士从墙上取下十字架。

"他死了！"西西洛叫道。

"回去吧，没你什么事情了。像你这样的人，上帝会保佑你得到幸福的！快回去吧！"助理医师说。

护士把窗台上的一束插花拿了下来，交给西西洛：

"这里也没什么东西可以送你的，请你拿上这束花做个纪念吧！"

"谢谢！"西西洛一手接过了花，一手拭着眼泪，"但是，我还要走很远的路呢，这花会枯掉的。"说着，就把鲜花分散在病床四周："把这留下当作纪念吧！谢谢，阿姐！谢谢，先生！"又转过头望着死者说了一声："永别了！……"

这时，西西洛忽然想起该如何称呼他呢？西西洛踌躇了一会儿，想起这五天来已经叫惯了的称呼，不知不觉脱口而出：

"永别了！爸爸！"说完，就拿起衣服包裹，忍着疲劳，慢慢地走了出去。

天已亮了。

Z 知识考点

1. 填空题。

春雨绵绵的一个_____，有一位_____浑身沾满了泥水，手中抱着_____的衣服，来到尼普尔森市某著名的医院门口，把一封信递给_____，说要见见他新近入院的_____。少年的_____的，面色青黑，眼睛中微露出_____的神色，厚厚的双唇间露出雪白的牙齿。

2. 判断题。

当西西洛向父亲请求多给他一点时间,让他再在这里照看那位素昧平生的可怜人一阵子时,父亲没有同意。（   ）

3. 问答题。

为什么护士会把窗台上的一束插花送给西西洛呢？而西西洛又是怎么做的呢？这表现了西西洛什么样的品格？

_____
_____

阅读与思考

1. 为什么西西洛在得知自己认错了父亲后,依然留下来照顾那位陌生的病人？

2. 你觉得西西洛还有哪些值得我们学习的好品质？

铁器作坊

十八日

名师导读

安利柯受邀来到普来克西的父亲工作的铁器作坊参观。普来克西的父亲为安利柯演示了栏杆中使用的花式部件的制作过程,令人感动的还有普来克西的父亲对儿子的态度,这是怎么回事呢？

普来克西昨晚过来约我去看铁器作坊,今天,父亲就领我到普来克西的父亲的作坊里去。我们快要到作坊时,看见卡洛斐抱了个包裹从里面跑了出来,口袋里还装了许多东西,外面用外套罩着。哦！我知道了,卡洛斐经常用来换破报纸的废炉渣,原来是从这里拿去的！

▶ 爱的教育

走到作坊门口一看，普来克西正坐在砖瓦堆上，把书摊在膝上用功呢。他一看见我们，就站起来招呼我们，带我们参观。作坊很大，里面到处都是炭和灰，还有各式各样的锤子、钳子、铁棒及废铁之类的东西。屋子的一角燃着小小的炉子，一位少年正在拉着风箱。普来克西的父亲正站在铁砧面前，另一位年轻小伙子正将一根铁棒插入炉中。【名师点睛：这段对铁器作坊的摆设、工人的工作进行了详细的描述。】

那铁匠一看到我们，就脱下帽子，微笑着说："难得请你们过来看看，这位就是送我儿子小火车的小哥儿吧！想看看我工作是吗？等着，我这就做给你看。"

在他脸上，已经再也看不到从前那种骇人的神气和凶恶的眼光了。年轻的小伙子刚把赤红的铁棒取出，铁匠就在砧上敲打起来。他所做的似乎是栏杆中使用的花式部件，一边不停地移动、转动铁棒，一边用大锤迅速地敲打着。转眼之间，那铁棒就弯成了花瓣模样，手艺精纯，真让人佩服。【名师点睛：劳动创造财富，使人羡慕，无论从事什么工作，只要用心做好，都是值得大家敬佩的。】普来克西很自豪地看着我们，好像在说："你们看！我父亲真的很能干吧！"

铁匠把这做好以后，举起来给我们看："觉得怎么样？小哥儿！这回，你可知道做法了吧？"说着把它安放在一旁，又取出一根新的铁棒插入炉中。

"做得真好！"父亲说，"你能像这么干，看来已经恢复元气了吧？"

铁匠涨红了脸，拭着汗：

"已经能够像从前那样专心工作了。我能痛改前非，你知道是谁的功劳吗？"

父亲一时之间好像没弄明白他的意思，铁匠用手指着自己的儿子：

"全是托了这家伙的福啊！做父亲的只管自己喝酒，像对狗一样地虐待他，他不仅一直忍着，还拼命用功学习，让父亲恢复了名誉！我看见那块奖章的时候——喂！小家伙！过来，再让父亲好好看看！"【名

138

师点睛：铁匠朴实真挚的话语再一次表明了他的觉醒和愧疚。普来克西用自己的努力唤醒了父亲的爱与责任，让父亲重新找回了生活的勇气，也让自己重新获得了幸福。】

普来克西跑到父亲身边，铁匠将儿子抱到铁砧上，拉着他的双手说："喂！你这家伙！还不把你父亲的脸揩一下吗？"

普来克西马上抱着他父亲墨黑的脸孔亲了亲，把自己也弄黑了。

"哈哈，好儿子！"铁匠说着又把儿子重新从砧子上抱了下来。

"真好啊！普来克西！"我父亲欣喜地说。

我们告别了铁匠父子出来。普来克西跑到我身边，说了一句"真抱歉！"就把一束小铁钉塞进了我的口袋。我约普来克西在"谢肉节"[谢肉节源于东正教。在东正教为期40天的大斋期里，人们禁止吃肉和娱乐。因而，在斋期开始前一周，家家户户都抓紧吃荤，以此弥补斋戒期苦行僧式的生活]到我家里来玩。

到了街上，父亲跟我说：

"你曾把那火车送给了普来克西。其实呢，就算那火车是用黄金制成的，里面装满了珍珠，相对于那孩子的孝心来说，也只是一件微不足道的赠品罢了！"【名师点睛：以"火车是用黄金制成的，里面装满了珍珠"来对比普来克西的品质，突出了他的高尚品德。】

阅读与思考

1. 文中的铁匠与从前比有哪些不同了？

2. 从文中哪段话可以看出，是普来克西用自己的努力唤醒了父亲的爱与责任，让父亲重新找回了生活的勇气？

爱的教育

马戏班的孩子

二十日

M 名师导读

安利柯和爸爸一起看了马戏表演,他们对马戏班班主一家的生活状况十分同情。在爸爸的画家朋友的建议下,他们决定一起帮助他们,这又将是一个怎样感人的故事呢?

"谢肉节"快过完了,街市上非常热闹。空地里,到处搭满了变戏法或说书的棚子。我家的窗子下面也有一个布棚,是从威尼斯来的马戏班,带了五匹马在这里卖艺。棚子搭在空地的中央,一边停着三部马车。艺人们睡觉、打扮全都在这些车里,看起来就像是三间房子,不过多了几个轮子罢了。马车上既有窗子,也有不断冒着烟的烟囱。

窗户外面晒着婴儿的衣服,女人们有时还抱着婴儿在那里哺乳,有时弄些食物,有时还要走绳。真是不容易啊!平常大家说起变戏法的好像都不把他们当人看,其实他们是以娱乐的方式给人以快乐,自己不也一样要过日子吗?!啊!他们是何等的勤劳艰苦啊!在这样寒冷的冬日,整日里只穿着一件汗衣在布棚与马车间奔波。即便是站在那里吃上一两口食物,也还要等休息的时候。

棚里聚满了观众之后,若是一旦刮起风来,把绳索吹断或者把灯吹灭,一切就都完了!他们不仅要退还观众的门票钱,还要向观众们道歉,然后还得连夜把棚子修好。【名师点睛:这段描述表现了底层社会劳动者生活的艰辛,也体现了作者对他们的同情。】这戏班子里有两个小孩。其中小的一个在空地里行走时,我父亲看见了他,知道他就是班

140

主的儿子，去年在维托里奥·埃马努埃莱馆乘马卖艺时，我们曾经见过他一回。现在已经长大许多了，大概也有八岁了吧。他有一张可爱的圆脸，漆黑的头发露在圆锥形的帽子外边，一副小丑装扮，上衣的袖子是白的，衣服上绣着黑色的花样，脚上穿着一双布鞋。【写作借鉴：对孩子的外貌和衣着进行了简略地描写，让一个俏皮、可爱的小丑形象跃然纸上。】那可真是一个天真活泼的小孩子，大家都很喜欢他。

他什么都会做，早晨一起床就披了围巾去取牛奶，从小巷里暂租的马房牵出马来，有时还要看管婴儿，搬运铁圈、踏凳、棍棒及绳网之类，打扫打扫马车，点点灯什么的，都能做得很好。【名师点睛：详细列举了孩子每天所从事的繁重劳动，表现了他勤劳懂事的品质。这么小的孩子就懂得与父母一起承担家庭的重任，这种精神着实让人感动。】空闲的时候呢，也会缠在他妈妈身边。我父亲时常从窗口看着他，说起他。他的父母看起来似乎不像下等人，而且据说都很爱他。

晚上，我们到棚里去看戏。这天确实太过寒冷，观众并不多。可是那孩子为了要让这些人数不多的观众看得高兴，便非常卖力地或从高处飞跳下来，或是拉着马尾巴，或者独自走绳，那张可爱的小黑脸上正浮现着微笑呢。【名师点睛：在天气环境恶劣、观众人数少的情况下，孩子仍然坚持演出，而且十分卖力。作者在突出孩子的敬业精神时，用了一组排比句，使文章更富有感染力。】他的父亲穿着红色的小背心和白色的裤子，穿着长靴，拿着鞭子，看着自己的儿子玩着各种把戏，脸上似乎流露出一丝悲哀之情。

我父亲一直很同情那个小孩子，到了第二天，还跟来访的画家戴利斯谈起了他：

"他们一家总是拼命地干着，可生意总是不好，生活很困苦！尤其是那个小孩子，我很喜欢他。不知道有没有什么可以帮助他们的？"

画家拍着手：

"我有个好办法！不妨请你写些文章投给《格射蒂报》，你的文笔很

爱的教育

不错，完全可以将那个小艺人的绝技巧妙地描写出来。而我呢，就给那孩子画一幅肖像。《格射蒂报》差不多是无人不看的，这样一来，他们的生意一定会好起来哩。"

于是，父亲就动起笔来，把我们从窗口看见的情形，很有趣、很认真地记录了下来；画家先生又画了一张与真人无二的肖像，一起登在了星期六的晚报上。【名师点睛：爸爸和他的朋友积极帮助不相识的人，说明了他们善良和博爱的品质。】果然，第二天白天，来看戏的观众大增，场子里几乎没有了立足的地方。观众们手里都拿着《格射蒂报》，有的还给那孩子看了。那孩子欢天喜地地跳来跳去，班主也感到非常的高兴，因为他们的名字还不曾上过报纸呢。父亲坐在我的旁边，欣慰地看着这一切。

观众中有许多相识的人，在靠近马车的入口处，我们的体操老师正站在那里，就是那位曾经当过加里波第将军部下的先生。而我的对面，"小石匠"也正翘着小小的圆脸孔，靠在他那高大的父亲身旁。他一看见我，立刻装出一张兔儿脸来。再过去，卡洛斐站着，正扳着手指在那里计算观众人数与戏班的收入哩。靠近我们旁边的，是那个可怜的洛佩蒂，正倚在他父亲炮兵大尉身上，双膝之间放着一根拐杖。【名师点睛：从前来观看演出的"我"的这些老师、同学中，便可以看出当天的观众已涵盖了社会上的各行各业。】

好戏开场了。那小艺人在马上、踏凳上、绳索上表演着各式各样的绝技。他每次飞跃下地时，观众们都会惊呼鼓掌，还有人伸出手去摸他的小脑袋呢。当然了，别的艺人们也都轮换献演着种种拿手好戏。可观众心里，却只有那个小艺人，只要他不出场，观众们就表现出很不耐烦的样子。【名师点睛：观众们对孩子及他所表演节目的关注与喜爱，也说明了报纸宣传十分有效。】

过了一会儿，站在靠近马车入口处的体操老师靠近班头的耳边，不知道说了些什么，然后又寻人似的四处张望起来，终于朝着我们这里看来。我想，大约是他把谁给报纸写文章的事情告诉了班头吧。父亲似乎怕受他们感谢，赶紧对我说："安利柯！你在这里看吧，我到外面去等你。"说完就出去了。【名师点睛：父亲的言行说明了父亲是一个不图回报的人，有着高贵的品质。】

那孩子和他父亲谈了一会儿，又开始向观众们献演各种节目。只见他立在飞奔的马背上，扮演着天使、水手、士兵及走绳的样子来，而且每次经过我面前时，总要看我一眼。一下马，他就手拿着小丑的帽子在场子里溜上一圈，观众们有投钱在里面的，也有投果子的。我正预备着要把两个铜币等他经过的时候给他，却不料他一到我身边，不但没有举起帽子，反而缩了回去，眼睛注视着我走了过去。这让我很不高兴，心想，他为什么要这么做呢？

表演结束了，班头出来向观众们道了谢，大家也都起身离场。我被挤在群众里，正要出门的时候，忽然觉得有人碰了碰我的手。回头一看，原来就是那个小艺人。小黑脸上垂着黑发，正在向我微笑，手里捧满了果子。我看了他的样子，立即明白了他的意思。

"你不愿意接受这些果子吗？"他带着地方口音说道。

我摇了摇头，从他手里拿了两三个。

"让我亲你一下吧！"他又说。

"亲我两下！"我把头凑了过去。他用手拭去自己脸上的白粉，勾住我的脖子，在我脸上亲了三次，说："这里还有一个，请帮我带给你的父亲！"

阅读与思考

1. 安利柯的爸爸是通过什么方法来帮助马戏班的？
2. 小男孩在经过安利柯面前时为什么缩回了手呢？

爱的教育

"谢肉节"的最后一天

二十一日

M 名师导读

化装游行通过时，发生了一件小插曲，所幸没有引起意外的灾祸，这到底是怎么一回事呢？

在今天的化装游行通过时，发生了一件非常可怕的事情，幸亏没有出现什么严重后果，也没有造成意外的灾祸。当时，桑·卡洛的空地上聚集了数也数不清的装饰着红花、白花、黄花的人们。各色各样的化装队列来回巡游，有装饰成戏棚子的马车，有小小的舞台，还有载着小丑、士兵、厨师、水手、牧羊妇人等等的旱船，让人看得眼花缭乱，目不暇接。喇叭声、鼓声震耳欲聋。马车中的假面人或饮酒跳跃，或与周围行人及窗台上观望的人们攀谈。同时，对方也会竭尽全力地大声应答，有的还把橘子、果子扔给他们。马车上，人们的头上，到处都是飞扬着的旗帜，闪闪发光的帽子，颤动的帽羽及摇摇摆摆的厚纸盔。大喇叭呀，小鼓呀，几乎闹翻了天。我们的马车进入空地时，正好赶在一辆四匹马的马车后面。马上除了镶金嵌银的马具，也装饰着许多纸花。车里载着十四五个绅士，全都装扮成了法兰西贵族，穿着发光的绸衣，戴着白发蓬蓬的假面和带羽毛的帽子，腰间挂着小剑，胸前装饰着花边和流苏之类。样子非常好看。他们齐声唱着法兰西的歌，把果子抛洒给周围的人群，人们也都拍手喝起彩来。

这时，突然有一位男子从我们的左边挤了过来，双手抱着一个五六岁的小女孩，高高地举在人们的头顶上方。那可怜的女孩已哭得不成样子，浑身正在痉挛，双手更是颤栗不已。那男子挤到绅士们的马

车旁,见车中一位绅士正俯身看着他,他就大声喊道:

"快,快帮我抱着这个孩子。她一个人走失了。请你把她高高举起来。她的妈妈大概就在这附近,正寻着她呢,说不定会看见她的。除此之外,也没什么更好的办法了!"

那绅士接过小孩,举了起来,而其他的绅士也没心思再唱歌了。小孩拼命地哭着,绅士除下假面,让马车缓缓地朝前行进。

后来,听说当时空地那边正有一位贫穷的妇人,发狂似的在人群中挤来挤去,哭着喊着:"玛利亚!玛利亚!我女儿丢了!被人拐走了!被人踩死了!"就这样狂号悲哭了好一阵子,被人们挤来挤去,都快发疯了。【写作借鉴:语言描写,突出了母亲在女儿走失之后的焦急与恐慌。】

车上的绅士把孩子抱在他装饰有花边、流苏的怀里,一边向四处张望搜寻,一边哄着小孩子。小孩子也不知自己落在了什么地方,只顾着用手遮住脸,哭得一抽一抽的,几乎要把小胸膛弄破了。这哭声听着真让人揪心,绅士更是急得手足无措。其他的绅士只好把果子、橘子塞给小孩,想要哄住她,可小孩子却用手推了开来,哭得更厉害了。

绅士只好朝周围的人们招呼说:"快,大家一起帮我找找她的妈妈!"【名师点睛:绅士确实是一位好心人,能够急人之所急。】大家向四方留心察看,却总不见有像她妈妈的人。一直到了罗马街,才看见有个妇人跟在马车后面狂追过来。啊!当时那感人的情景,让我永远也不会忘记!那妇人急得都已不成人样了,头发乱了,脸也歪了,衣服破了,喉管里发出一种怪异的声音——令人悲喜莫辨。她跑到马车跟前,突然伸出双手想要去抱那孩子,而马车还未停稳呢。

"在这里呢。"绅士说着亲了一下那小孩,然后把她递到她妈妈手里。孩子的妈妈发狂似的抱着孩子紧紧地贴在胸前,丝毫也没注意到那小孩的一只手还握在绅士手里呢。那绅士从自己的右手上脱下一个镶有宝石的指环,迅速地套在小孩手指上:

"这个给你,将来做嫁妆吧。"

145

▶ 爱的教育

那孩子的妈妈一下子愣住了,像化石一样站在那里一动不动。四面八方响起了人们的喝彩声。绅士又把假面重新戴上,和着同伴又唱起歌来,指挥着马车慢慢随着拍手喝彩的人群移动了。

Y 阅读与思考

1.绅士为什么要把自己镶有宝石的指环送给小孩当嫁妆呢?

2.你遇到过和妈妈走失的情况吗?和大家交流下,遇到这种情况该怎么办?

盲　童

二十四日

M 名师导读

代课老师曾经做过盲童学校的教师,他讲述了有关盲童的生活,讲述了他们的痛苦、他们的渴望以及他们的与众不同。你能够理解这种不幸、真正懂得并同情这种不幸吗?

我们的老师得了大病,只好由五年级的老师帮他代课。这位老师以前曾经做过盲童学校的教师,也是我们学校年纪最大的老师。他的头发白得像棉花做成的假发一样,说话的语调非常优美,如同是在吟唱一首深情哀婉的歌。【名师点睛:对老师的形象描写非常有特点,让人印象深刻。】而且,他的口才极佳,非常博学。他一进教室,看到一位眼部缚着绷带的小孩,就走到他的身边问他患了什么病。

"一定要保护好自己的眼睛!我的孩子!"他这样说。

"听说老师在盲童学校教过书,真的吗?"戴洛西问老师。

"噢,教过四五年吧。"

"可以将那里的情况说给我们听听吗？"戴洛西低声问道。

老师回到了讲台，回到了自己的位置。

"盲童学校在维亚尼斯街吧。"克劳德大声说。

老师于是语调略显幽幽地说道：

"你们口中说着'盲童盲童'，似乎很平常。可是你们懂得一个'盲'字意味着什么吗？请想一想，盲人！什么都看不见，分不清白天和夜晚，天空的颜色，太阳的光辉，自己父母的长相，以及周围的环境里用手可以触摸得到的一切，全都无法看见。说来就好像是一出生就被埋进了土中，永远无法摆脱黑暗包围似的。

"啊！请你们暂时把眼睛闭住了，想象一下，想象一下自己若是终其一生都生活在这样的黑暗里，你们的心里会不会难过？会不会觉得可怕？会不会觉得自己无论如何也无法忍受地想要大哭，甚至发狂呢？！事实尽管如此可怕，可是，当你进入盲童学校，若是正巧赶上休息时间，你就可以看到盲童们在这里或那里拉提琴呀，吹笛子呀，在楼梯上跑上跑下呀，在走廊里或寝室中笑闹呀，互相大声交谈呀，你们也许觉得他们的境遇还不算太坏吧。其实，真正的情况非用心细察是不会明白的。

"他们在十六七岁之间，大多年少气盛，好像不太把自己的残废当回事。可是，看到他们那种自矜的神情，我们心里更加沉重，担心他们一旦将来进入社会，明白自己是多么无助时会如何痛苦！当然，其中也有一些人似乎已经觉察到自己的不幸——这一点从他们发青的脸上就可以看得出来，他们是那么的悲伤，可以想象得出他们不知已在暗地哭泣过多少回了。"【名师点睛：老师能深刻地理解残疾带给盲童们的痛，也深深为他们而心痛。由此可以看出，这是一位多么善良且富有爱心的老师啊！】

"啊！各位同学！那里面既有患了两三天眼病就瞎了的；也有受过几年病痛折磨之苦，接受了可怕的手术，仍然不免于失明的；还有一生

147

▶ 爱的教育

下来就已经双目失明，如同生于黑暗，而一辈子生活在一个大坟墓之中的，他们连人的脸长什么样子都还不知道啊。你们试着想一想：他们一旦得知自己与别人的差异，又该如何面对？当他们问自己'为什么会有这样的差别？啊！如果我们的眼睛能够看见……'的时候，心里又将是怎样的苦闷，怎样的烦恼啊！

"在盲童世界里生活过几年的我，永远都不会忘记那些生活在黑暗之中远离光明和欢乐的小孩们。现在见了你们，觉得你们之中无论哪一个都不能不说是极幸运的。试想一想：在意大利全国，至今仍然生活着两万六千名盲人啊！也就是说，有两万六千人活生生地把自己隔离在了光明世界之外啊！【名师点睛：老师对盲童的数量如此清楚，说明老师对盲童的关注与关心不仅仅是停留在这一所盲校的盲童身上的。】知道吗？如果这些人排成行列在这窗口前通过，至少要四个小时呢！"

说到这儿，老师突然停了下来，教室里也一片肃静。戴洛西问道："盲人的感觉，要比一般人灵敏，真是这样的吗？"

老师点了点头，说道：

"是的，在盲人身上，除了眼睛之外的所有感官都有着超越常人的灵敏，因为他们目不能视，只好更多地动用别的感官来代替视觉，天长日久也就变得特别敏感，特别熟练了。记得有人曾经给我讲过这样一个故事：天刚亮，寝室里的一个盲童就问：'今天出太阳了吗？'那最先穿好衣服的立即跑进院子，伸手在空中感受了一下外面的温度，跑回来答道：'出太阳了。'而且，有的盲童还能通过别人说话，辨别出说话者的高矮来。我们平常都是通过别人的眼色判断别人内心的活动，而盲人通过声音也能知道，甚至还能把一个人的声音存在记忆里许多年。若在一个房间里，只要有一个人在那儿说话，那么即使别人都不出声，他们也能辨别出房间里的人数。

"他们通过触摸汤匙，即可知晓其发光的程度，而女孩子们则可以分别染过的毛线与未染过的毛线。当他们排成两列在大街上行走时，一般的商店，他们都可以通过气味辨别出它们经营的范围。

"当陀螺在地上旋转时，他们仅凭那呜呜的声音，就能准确地把它拿到手中。他们可以滚铁环玩，可以跳绳，能够用小石块堆砌小屋子，采花，还能很巧妙地将各种各样的草编织成席子或篮子。他们的触觉是如此的敏捷，以至于他们把自己的双手当成了眼睛。他们最喜欢探摸物品的形状。当我带着他们参观工业品陈列馆时——那里是特许盲人触摸所有陈列品的，他们就热切地近前抚摸那些陈列的几何形体呀、房屋模型呀、乐器等等，满脸惊喜地抱着它们不停地、翻来覆去地摸来摸去，或是比量着大小，或是探索其结构和式样！他们把这叫作'看'。"【名师点睛：老师对盲童的特点了如指掌，说起他们言语饱含怜爱，这是一位拥有仁爱心的好老师！】

卡洛斐举手打断了老师的话头，问盲人是否真的工于计算。

"当然是真的。他们也学习算法与读写。他们也有课本，所不同的是，那些文字是突起在纸面上的，他们一边用手摸，一边朗读，而且读得很快！他们也能够写，不过不用墨水，而是用针在厚纸上刺出小孔——那些小孔排列各不相同，正可以代表各个字母。而且只要把扎有小孔的厚纸翻过来，那些小孔就突了出来，用手一摸就可以拼读了。他们就是使用这种方法来作文、通信的，数字当然也用这种方法来表示，可写可读，自然也能计算。他们的心算很巧也很快，可能也是因为目不能视、用心专一的缘故吧。

"盲童们对读书都很热心，而且还能将读过的内容记牢，就连小小的学生也能互相讨论时政历史及语言文学方面的问题。他们通常四五个人在一张长椅上坐着，虽然彼此无法看见辩论的对手在哪里，有时第一位与第三位成了一组，第二位与第四位又相互配合，大家高声争论，极有条理，问答分明，一句都不会误听。

"盲童们比你们更看重切身的体验，与老师也很亲热。他们能凭着脚步的节奏与气味辨认出不同的任课老师。只要老师一句话，他们就

> 爱的教育

能马上辨别出老师心里是高兴还是懊恼。当老师称赞他们的时候,他们就会扳着老师的手或臂,高兴得又叫又跳。他们之间的同学友情很深,常常在一块儿玩耍。在女子学校中,还有根据不同乐器种类自己组织的小团队,比如什么提琴组、钢琴组、管乐组等等,各自聚在一起练习嬉戏,是不会轻易分开的。他们的直觉很准确,孰为善孰为恶更是知道得明明白白,只要是听到真正有益的话,就会热情地加以回应。"

渥特尼问他们是不是善于使用乐器。

"他们非常喜欢音乐,就好像音乐是他们的快乐,音乐是他们的生命。才入学的小盲童只要站在那里听上三个小时左右的演奏,马上就能学会,而且能够立刻投入火热的激情把它重新演绎出来。

"要是你对他们说'你演奏得不好',他们虽然会很失望,但也会因此更加拼命地去学习。在黑暗里,他把头后仰,唇上绽着微笑,红着脸,激动地、全神贯注地听着和谐的乐曲。由此可见,音乐对于他们是何等神圣的安慰啊。要是有人对他们说,你可以成为音乐家,他们的脸上就会流露出真正的开心。在他们看来,音乐总是最好的——提琴拉得最好或者钢琴弹得最好的人,通常会被大家敬若王侯。

"他们之间若是起了争执,首先就会跑到音乐最好的人那里,请他出来做出评判,跟他学音乐的小学生们更会把他当作父亲一样看待,晚上睡觉的时候,大家也都要对他道一声'晚安'后才会散去休息。他们总是谈着有关音乐的话题,在床上固然如此,田间疲劳打盹时,也仍然会小声谈论戏剧、音乐名人、乐器或乐队之类的事情。禁止读书与音乐,对他们而言,无疑是最严厉的处罚,使人不忍看到他们那时的悲哀,更不忍心如此责罚他们。正如光明在我们眼中是不可或缺的东西一样,音乐对他们来说也是不可或缺的。"

戴洛西问我们可不可以到盲童学校里去参观一下。老师说:

"当然可以!但是对你们这些孩子而言,还是不去为好。等你长大了,能够完全理解其中的不幸,真正懂得同情这种不幸以后,才可以去。那里的情况看起来实在令人不忍。【名师点睛：老师处处为盲童着想，既怕冒昧的到访伤害他们，也担心盲童学校的不幸会让同学们伤心不忍。】

当你们路过盲童学校门前时，你们可以经常看见有些小孩子坐在窗口，一动不动地沐浴着新鲜的空气。

"在常人看来，他们似乎正在眺望那开阔的绿野或苍翠的山峰呢，然而当你一想起他们什么都看不见，永远也无法欣赏这美丽的大自然时，你的心就好像猛地受到了压迫，憋闷得如同自己也成了盲人一般。其中，那些生来就盲了的，心中的痛苦还稍微轻一些——因为他们从未见过这世界的美丽。至于两三个月之前刚刚盲了的，心里明明还装着各种各样的记忆，现在却已不能再见，而且不得不任由那些美好的记忆日渐淡漠消退，眼看着自己心爱的人的身影渐渐模糊，感受着自己的内心一天天昏暗起来，那才是真正痛苦而又可怕的事情啊。

"有一天，一位盲童非常悲哀地跟我说：'哪怕只一瞬间也好，让我眼睛再亮一亮，再看看我妈妈的脸，我已快记不清楚妈妈的面容了！'当他们的母亲来探望他们的时候，他们把手放在妈妈的脸上，从额至颏，再到耳朵，一点点地抚摸着，反复地呼唤着：'妈妈，妈妈！'任谁见了那种情景，任谁心肠再硬，也不能不流着眼泪走开！任谁离开那里以后，也会觉得自己有一双明亮的眼睛，是件多么幸运的事情！看得见人们的脸，辨得出哪是自己的家，悠闲地望着蓝蓝的天空飘过一片白云，这是多大的特权啊！我想，你们若是见了他们，只要有可能，谁都会心甘情愿地分出自己的一部分视力给那些可怜的——太阳无法帮助他们驱走黑暗，母亲无法以微笑鼓励他们的孩子们吧！"

阅读与思考

1.文章讲述了在生活中盲童与常人的哪些不同？

2.你知道盲童心理与生理承受的痛苦吗？我们应该怎么关心身边那些身有残疾的人呢？

爱的教育

病中的老师

二十五日

M 名师 导读

安利柯和妈妈去看望积劳成疾的老师,病中的老师依然非常关心学生的学业,对安利柯充满了殷切的希望。挂在墙上的许多照片引起了安利柯的注意,这些都是老师引以为豪的学生的照片,由此可见,在老师的心目当中,学生才是最重要的!

今天下午从学校回来,我和妈妈顺便过去探望了一下生病的老师。老师是因为过于劳累而生病的。【名师点睛:老师是无私而伟大的,真是让人既感动又心疼。】他每天要教五个小时的课,带着大家运动一个小时,晚上还要去夜校讲两个小时的课,吃饭时总是胡乱咽上几口,从早到晚一直忙个不停,根本无暇休息,终于把身体拖垮了。这些都是妈妈说给我听的。到了老师家门口,妈妈在外面等我,让我一个人进去。在楼道里,遇见了黑发的考蒂老师,他就是那位只会吓唬小孩子而从不加责罚的老师。他睁大了眼睛看着我,假装板着面孔,模仿着狮吼的声音跟我开了几句玩笑。这让我觉得很好笑,直到上了四楼去按门铃时,我还忍不住在笑。保姆把我带进那间狭小阴暗的房里,我才停止了笑。老师躺在铁制的床上,胡子长得老长,一手放在眼睛边上。一看见我,他就深情地说:

"啊!安利柯吗?"

我走近床前,老师一手搭在我的肩上:

"来得好啊!安利柯!没想到啊,我都病成这个样子了!学校里怎么样?你们大家怎么样?都还好吗?啊!老师虽然不在那里,你们也

要好好用功，不是吗？"【名师点睛：病中还不忘记学校和学生，表现出老师的敬业和无私奉献。】

我想回答说"不"，老师却拦住了我的话头：

"是的，我知道，你们都很看重我！"说着便叹了口气。

我看着墙上挂着的许多相片。

"哦，你看，"老师讲给我听，"这都是二十年前的了，都是我教过的孩子呢。个个都是好孩子，这就是我最珍贵的纪念品。我打算将来去见上帝的时候，也要一直看着这许多相片，不然的话可就不能瞑目了。我的一生是在这群生龙活虎、健康淘气的孩子中度过的。你要是毕了业，也要送我一张相片！行吗？"说着，又从桌上取过一个橘子塞在我手里，说：

"没什么东西好给你的，这些都是别人送来的。"

我凝视着那橘子，不觉悲从中来，自己也不知道是为了什么。

"我和你说啊，"老师继续说道，"我也盼着这病快好起来呢。万一我的病不好，希望你用心学好算术，因为你算术不好。要好好用功啊！万事开头难嘛，只要你肯用心，就没有做不成的事情，困难总是暂时的。所谓不能，无非是不肯用心、用功不足的缘故罢了。"【名师点睛：从这段描写中，我们能感受到老师对安利柯的教导和殷切的希望。】说到这里，老师的呼吸忽然急促起来，神情很是痛苦。

"发烧呢！"老师叹道，"我快没用了！所以希望你在算术、练习上好好用功！做不出的时候，不妨暂时休息一下再做，要一步一步地来，不要心急！太勉强自己不好，不要过于拼命！快回去吧！帮我问候你的妈妈！不要再来了！将来回学校里再见吧！要是不能再见面了，你可要时时记起我这爱着你的四年级老师啊！"

听到这里，我都快要哭了。

"把头伸过来些！"老师说完，自己也从枕头上抬起头来，在我头上亲了一下，说道："快回去吧！"然后便把眼睛转向了墙壁。我飞快地

> 爱的教育

跑下了楼梯，因为我是那样地急于投到妈妈的怀里去。

阅读与思考

　　1.安利柯的老师最珍贵的东西是什么？这表明他是一位怎样的老师呢？

　　2.为什么安利柯听了老师的话快要哭了？

街　　路

二十五日

名师导读

> 　　大家都知道在家时要言行得体，走在街道上不也要一样吗？街道，其实就是千万人的家呢！文中安利柯的父亲就街道言行对安利柯展开了教育，那么，他会讲述什么呢？

安利柯：

　　今日你从老师家里回来，我在窗口望你。你碰撞了一位妇人。上街走路最要当心呀！在街路上也有我们应守的义务，既然知道在家样子要好，那么在街路也应如此。街路就是万人的家呢！安利柯，不要把这忘了！遇见老人，贫困者，抱着小孩的妇人，拄着拐杖的残疾人，负着重物的人，穿着丧服的人，总须亲切地让路。我们对于衰老、不幸、残废、劳动、死亡和慈爱的母亲，应表示敬意。

　　见人将被车子碾轧的时候，如果是小孩，应去救援他；如果是大人，应注意关照他。见有小孩独自在那里哭，要问他原因；见老人手杖落了，要替他拾起。

　　有小孩在打架，要把他们拉开；如果是大人，不要走近去。打架是看不得的，看了自己也不觉会残忍起来了。

有人被警察抓住了走过的时候，虽然有许多人集在那里看，你也不该加入，因为那人或是冤枉被抓也说不定。如果有医院的担架正在通过，不要和朋友谈天或说笑，因为在担架上的或是临终的病人，或是葬式都说不定。

明天，自己家里或许也要有这样的人哩！遇着养育院的小孩，要表示敬意。——无论所见的是盲人，是驼背者的小孩，是孤儿，或是弃儿，都要想到此刻我眼前通过的不是别的，是人间的不幸与慈善。如果那是可厌可笑的残废者，装作没看见就好了。路上有未熄的火柴梗，应随即踏灭，因为弄得不好要酿成大事，伤害人的生命。

有人问你路，你应亲切而仔细地告诉他。不要无缘无故见了人笑。非必要勿奔跑，勿高叫。总之，一国国民的教育程度可以从街上行人的举动看出来。如果在街上有不好的样子，在家里也必定同样有不好的样子。

还有，研究市街的事也很重要。自己所住着的城市，应该加以研究。将来不得已离开了这个城市，如果还能把那地方明白记忆，能把某处一一都记出来，这是何等愉快的事呢！你的生地是你几年中的世界。

你曾在这里随着母亲学步，在这里学得第一步的知识，养成最初的情绪，求觅最初的朋友。

这地方实在是生你的母亲，教过你，爱过你，保护过你。你要研究这市街及其住民，而且要爱。如果这市街和住民遭逢了侮辱，你应该竭力保卫他们。

——父亲

爱的教育

第六章　三月

夜校生活

二日

M 名师导读

夜校是由众多的求学者组成的大家庭。他们的身份、职业可能不尽相同,但相同的是他们对知识的渴望、对梦想的执着。安利柯被父亲带着参观了夜校,他看到了什么呢?

昨晚,父亲领了我去参观夜校。校内已上了灯,劳动者渐渐从四面集拢来。进去一看,校长和别的先生们正在发脾气,说方才有人投掷石子,把玻璃窗打破了。校工们奉命跑了出去,从人群中揪出了一位小孩子。这时,住在对门的斯蒂尔德跑来说:

"我看见的不是他。扔石子的是韦兰蒂。韦兰蒂曾对我说过:'你要是敢去告状,我是一定不会放过你的!'但我不怕他。"【名师点睛:铿锵有力的话语表现了斯蒂尔德面对威胁毫不畏惧、坚持正义的高尚品格。】

校长先生说韦兰蒂是非除名不可的。这时,工人们已聚集了两三百人。我觉得夜校真的很有趣,里面既有十二三岁的小孩子,也有才从工厂下班的留着胡须拿着书本笔记簿的大人;有木匠,也有满脸煤灰的锅炉工,还有手上沾满石灰的石匠和头发上满是白粉的面包店学徒;漆的气息,皮革的气息,鱼的气息,油的气息——各种各样的职业气息,可以说是应有尽有。【写作借鉴:此处运用排比的修辞手法,描述出了前来参加夜校的各种各样的人，突出了夜校生活的别样性和趣味性，以及不同阶层、不同职业的人对知识的渴望。】另外，炮兵工厂的工人师傅们，穿着军服式样的制服，也在班组长的率领下浩浩荡荡地来了。大家匆匆忙忙地找着空座，埋头用功起来。

有的翻开笔记簿，跑到老师跟前请求说明。我看见那个平常被人唤作"小律师"的漂亮老师，正被四五个工人围着，用笔批改着什么。有个印染店工人把笔记簿用红色、青色颜料装饰了起来，引得那跛足的老师开心地笑了。我的老师也已病愈，明天就能照常给我们上课了，他晚上也赶到了学校里。教室的门是开着的，从外面可以望见里面的一切。开始上课以后，工人们全神贯注地盯着书本，那种求知的热切真令我佩服。听校长先生说，工人们为了不迟到，大多没有正经吃过晚餐，有的甚至还是空着肚子来的。

有些年纪稍小的听了不到半个小时，就伏在桌上打盹了，其中一位竟然把头靠在椅上睡着了。老师用教棒动了动他的耳朵，把他弄醒。大人们一般都不打瞌睡，只是目不转睛地张了嘴注意听讲。看到那些留着大把胡须的人也坐在我们的小椅子上用功，我真是非常感动。我们又上楼来到了我这一年级的教室门口，看见我的座位上坐着一位胡子拉碴、手上系着绷带的人——他的手大概是在工厂劳动时被机器轧伤的，正在慢慢地写着字呢。【名师点睛：这一段着重描写了几个夜校学生学习的细节：他们有的因为太累而打起了瞌睡，有的即便累也硬撑着听课，有的带伤上课。从不同的角度表现了学生们对知识的渴求，令人动容。】

最有趣的是"小石匠"的人高马大的父亲，就坐在"小石匠"的座位上，把椅子挤得满满的，一手托着头，专心地在那里看着书。【写作借鉴：通过对"小石匠"父亲的身形及读书时的动作描写，刻画出了一个珍惜学习机会、热爱读书的父亲的形象。】当然，这个座次肯定不是偶然的。据说，他第一天到夜校里来就和校长商量：

"校长先生！请让我坐在我家'兔子头'的位子上吧！"他无论何时

爱的教育

都称自己的儿子为"兔子头"。【名师点睛：语言描写，从"小石匠"父亲亲切、俏皮的语言中足可看出他与"小石匠"之间的父子深情。】

父亲一直陪我看到下课。走到街上，见妇人们都抱了儿女等着丈夫从夜校出来。

在学校门口，丈夫从妻子手里抱过儿女，把书册、笔记簿交给妻子，大家一齐回家。一时街上满是人声，过了一会儿即渐渐静下来。最后只见校长高高瘦削的身影在前面消失了。

阅读与思考

1. 为什么许多不同阶层、不同职业的劳动者都来夜校学习？

2. "小石匠"人高马大的父亲，坐在"小石匠"的座位上专心学习，这表明他的父亲是一个怎样的人？

3. 安利柯在看到夜校的学生后，产生了怎样的感想？你从这些求学者身上又得到了怎样的启示呢？

打　　架

五日

名师导读

斯蒂尔德勇敢地揭发了韦兰蒂投掷石子、打破窗户玻璃的"罪行"，证明那个无辜小孩的清白。蛮横无理的韦兰蒂伺机报复。面对身材高大的韦兰蒂，身材短小的斯蒂尔德能取得这场"战役"的胜利吗？

这原是意料中的事：韦兰蒂被校长勒令退学，他想向斯蒂尔德报仇，有意在路上等候他。斯蒂尔德每日都去女校接他妹妹回家，西尔维亚姐姐一走出校门，见他们正在扭打，就吓慌了逃回家里。据说情形是这样:韦兰蒂把那蜡布的帽子歪戴在左耳旁,悄悄地走到斯蒂尔德背后,故意把他妹妹的头发向后猛拉。他妹妹几乎仰天跌倒,就哭叫了起来。

斯蒂尔德回头一看是韦兰蒂,轻蔑地看着他。斯蒂尔德毫不害怕,他身材虽小,竟跳过去按住他,举拳打去。不料他打不赢,反被对方打了一顿。

这时街上除了女生没有别的人,没有人前去把他们拉开。韦兰蒂把斯蒂尔德翻倒在地,乱打乱抓。

只一瞬间,斯蒂尔德耳朵也破了,眼睛也肿了,鼻中流出血来。虽然这样,斯蒂尔德仍不屈服,怒骂着说:"要杀就杀,我就不饶你!"

两人或上或下,互相扭打。一个女子从窗口叫道:"但愿小的那个胜!"别的也叫道:

"他是保护妹妹的,打呀!打呀!打得再厉害些!"

又骂韦兰蒂:"欺侮弱者!卑怯的东西!"

韦兰蒂发狂似的扭着斯蒂尔德。

"服了吗?"

"不服!"

"服了吗?"

"不服!"

斯蒂尔德忽然掀起身来,拼命扑向韦兰蒂,用尽力气把韦兰蒂按倒在阶石上,自己骑在他身上。

"啊!这家伙带着小刀呢!"旁边一个男子叫着,跑过来想夺下韦兰蒂的小刀。斯蒂尔德愤怒极了,忘了自己,这时已经用双手捉住韦兰蒂的手臂,咬他的手,小刀也就落下了。韦兰蒂的手上流出血来。恰好有许多人跑来把二人拉开,韦兰蒂狼狈地跑掉了。斯蒂尔德满脸都是伤痕,一只眼睛发青,带着胜利者的姿态站在正哭着的妹妹身旁。有两三个女孩子替他把散落在街上的书册和笔记簿拾起来。

爱的教育

"能干！能干！保护了妹妹。"旁人说。

斯蒂尔德把文具袋看得比打架的胜利还重。他将书册和笔记簿等检查了一遍，看有没有遗失或破损的。用袖把书拂过，又把钢笔的数目点过，仍旧放在原来的地方。【名师点睛：通过对斯蒂尔德一系列的动作描写，表明他是十分爱书，也很镇定的。】然后像平常一样向妹妹说："快回去吧！我还有一门算术没有做哩！"

阅读与思考

1.斯蒂尔德虽然身材矮小，但他并没有被韦兰蒂吓倒，而是勇敢地战胜了他,这说明斯蒂尔德是一个怎样的人呢？

2.你喜欢斯蒂尔德吗？假如你是斯蒂尔德的同学,你会对他说些什么呢？

学生家长

六日

名师导读

斯蒂尔德的父亲担心他再次与韦兰蒂打架,决定去学校接他回家。他这次碰到了很多学生的父母,他们见了面会聊些什么呢？又做了些什么？

斯蒂尔德的父亲担心自己的儿子再遇着韦兰蒂，今天特地过来接他。其实，韦兰蒂已经被送进了感化院，不会再出来了。

今天学生家长来得很多。克劳德的父亲也到了,他的长相跟他儿子很相像，是个瘦小敏捷、发硬如针的人，上衣的纽孔上佩着一枚勋章。我差不多已把学生们的家长都认全了，有一位稍稍有些驼背的老妇人，孙子读二年级，不管刮风下雨还是飞雪满天，每天总要到学校里来转上三四回——替孙子穿外套呀、脱外套呀、整好领结呀、拍打灰尘呀、整理笔记簿呀。【写作借鉴："穿外套""脱外套""整好领结""拍打灰尘"这一系列的动作，使这位驼背老妇人对孙子的疼爱之情跃然纸上。】

这位老妇人除了这孙子以外，似乎对于这个世界上的事物都已经别无所恋了。还有那被马车碾伤了脚的洛佩蒂的父亲炮兵大尉，他也是常来的。

洛佩蒂的朋友在离校回家时拥抱了一下洛佩蒂，他父亲也去拥抱他们一下，作为回礼。对穿着粗布衣服的穷人家的孩子，他总是特别爱惜，向他们一一致谢。

也有很可怜的事：一位绅士原先每天都要来接他的儿子们的，现在因为其中一个儿子不幸夭折，一个月来，只让家中保姆帮他接送孩子。昨天偶然来校，见了孩子的朋友，躲在屋子一角掩面哭了起来。校长先生见了，就拉着他的手，一起到校长室里去了。

这许多家长之中，有的能记住自己儿子所有朋友的姓名。隔壁女校或中学里的学生们，也有前来领着自己弟弟的。有一位以前曾经担任过上校的老绅士，看见学生们中有书册、笔记簿掉落了的，就代为拾起。在学校里，时常看见有衣服华美的绅士和头上包着手巾或是手上拎着篮子的人，聚在一起谈论儿子们的事情，【名师点睛：穿着不同的人聚集在一起，共同讨论着孩子们的事情，突出了父母疼爱孩子、关心孩子的温情。】说什么：

"这次的算术题目很难呀！"

"那个语法课今天是教不完了。"

同年级中如果有学生生病，大家都会知道。病一痊愈，大家都很高兴。今天克洛西的卖菜的妈妈身边，围着十来位绅士和工人，探问起和我弟弟同级的小孩子的病情。这孩子就住在克洛西家附近，病得很重。在学校里，无论出身何种阶级的人，全都成了一律平等的友人。

▶ 爱的教育

【名师点睛：此句点明了文章的主题，即"父母因为疼爱孩子而成了朋友"，增加了文章的感染力，起到了"画龙点睛"的艺术效果。】

Y 阅读与思考

1．本节内容分别介绍了几位家长，他们有什么共同的特点吗？

2．你的父母或家人也去学校接送过你上学或放学吗？说一说你们平时都会说些什么。

七十八号的犯人

八日

M 名师导读

出身贵族世家，又是班长的戴洛西无私地帮助父亲坐过牢、一只手残疾的克洛西，面对其母亲的馈赠和感谢，他婉言拒绝了。对我们而言，戴洛西这种助人为乐的精神也是值得我们每个人学习的。

昨天午后见了一件令人感动的事情。这四五天来，那个卖菜的妇人一遇到戴洛西，总是用敬爱的眼光注视着他。

因为戴洛西自从知道了那个七十八号犯人和墨水瓶的事，就一直爱护着那卖菜的妇人的儿子克洛西——那个一只手残废了的红发小孩，在学校里经常帮他，辅导他不明白的功课，送他铅笔和纸。戴洛西很同情他父亲的不幸遭遇，所以像爱护自己的弟弟一样爱护着克洛西。

【名师点睛：这些细节的描写，都表达出戴洛西对克洛西无微不至的关爱。】

克洛西的妈妈是个心地非常善良的妇人，似乎一心只为她儿子而活着。戴洛西出身贵族世家，又是班长，竟能如此爱护自己的儿子，在她看来，戴洛西早已成了王侯或圣徒一样高尚可敬的人物了。所以，当她每次注视着戴洛西好像有什么话要说时，她总是不敢开口。到了昨天早晨，她终于在学校门口把戴洛西叫住了，跟他说：

"小哥儿，真是对不住你！你这样爱护我的儿子，肯不肯收下我这穷妈妈的一点心意呢？"说着就从菜篮子里取出一个小小的果盒来。

戴洛西红着脸，明明白白地谢绝说：

"请给你自己的儿子吧！我是不会收的。"

那妇人难为情起来了，支吾着辩解说：

"这又不是什么了不得的东西，只是一些方糖！"

戴洛西仍旧摇着头说："不。"

于是，那妇人便红着脸从篮里取出一束萝卜：

"那么，就请你收下这个吧！这很新鲜——代我送给你妈妈！"

戴洛西微笑着说：

"不，谢谢！我什么都不要。我能尽我所能帮助克洛西，已经让我很开心了，这些东西我不能收。谢谢！"

那妇人很惭愧地问：

"你生气了吗？"

"不，不。"戴洛西笑着说，准备离开。【写作借鉴：对动作和语言的描写，突出了戴洛西总是关爱同学，不求回报。】

那妇人高兴得不得了，自言自语说：

"呀！从没见过这么漂亮的小哥儿哩！"

本来以为这事儿就这样结束了，却不料下午四点左右，克洛西的妈妈没来，他那瘦弱而脸上带着忧伤的父亲来了。他叫住了戴洛西，好像觉得戴洛西已经知道了他的秘密。他一直注视着戴洛西，悄悄地用温和的声音对戴洛西说：

"我知道你很关心我的儿子，可是你为什么要如此爱护他呢？"

戴洛西脸红得像火一样，他大概是想说：

"我之所以关心他，不只是因为他的不幸，还因为他父亲也是个不

> 爱的教育

幸的人，是个勇于认罪敢于偿罪的人，是个实诚汉子。"可他终于还是没有说这话的勇气。大概是见了曾经杀过人、蹲过六年监牢的人，心里不免有些畏惧吧。克洛西的父亲似乎也觉察到了这一层，就附在戴洛西耳边颤着身子低声说道：

"你是不是很爱我的儿子，却不喜欢我这个做父亲的？"

"哪里，哪里！没这回事。"戴洛西从心底里喊了出来。

克洛西的父亲于是走近前去，想用腕勾住戴洛西的颈项，但终于不敢这样，只是把手指插入那黄金色的头发里抚摸了一会儿。又泪眼汪汪地对着戴洛西，将自己的手放在嘴上触吻，好像在说，这个吻是给你的。然后他携了自己的儿子，就急速地走了。

阅读与思考

1.戴洛西是怎样爱护和照顾克洛西的？

2.克洛西的父母亲怎样感谢戴洛西对他儿子的爱护与照顾？

死去的朋友

十三日

名师导读

死亡是我们最不愿面对的事情，有时候它还来得那么突然，让人猝不及防。安利柯弟弟的朋友，一位品学兼优的二年级的学生，就是这样离开了他们，他们该用怎样沉痛的心情去参加他的葬礼呢？

住在克洛西家附近的那个二年级的小孩子——我弟弟的朋友——死了。【名师点睛：交代了故事发生的背景，引出下文的故事。】

星期六下午，戴尔凯蒂老师哭丧着脸，赶过来通知了我们的老师。

卡伦和克劳德自己请求说让他们来抬那小孩子的棺材。

那小孩子很乖巧,上个星期刚刚得过奖章,和我弟弟非常要好。我妈妈每次看见那孩子,总要去抱一抱他。他父亲戴着缠有两道红杠的帽子,是个铁路扳道工——昨天(星期日)下午四点半,我们到他家里去送葬,才认识的。

他们家就住在楼下。当我们赶到时,二年级学生都已经在妈妈们的引领下,手里拿着蜡烛等在那里了。老师到了四五个,此外就是附近的邻居了。从窗口望进去,戴着红色羽帽的女老师和戴尔凯蒂老师正在屋子里啜泣,而死者的妈妈已经快哭晕过去了。另外,还有两个贵妇人(死者的朋友的妈妈)手里各拿了一个花圈,站在屋里。【名师点睛:从窗口望见的是老师们与孩子的母亲在哭泣,以及两个贵妇人手拿花圈的情景,烘托出了悲恸得令人伤心欲绝的气氛。】

葬礼,整五点时开始。前面是举着十字架的小孩,其次是神父,再其次是棺材——小小的棺材,那孩子就躺在里面!棺上罩着黑布,上面饰着两个花圈,黑布的一方,挂着那孩子刚得来的奖章。卡伦、克劳德跟附近邻居家的两个孩子分列两旁负责抬棺。棺材后面跟着的就是戴尔凯蒂老师,她如同失去亲生孩子一样地哭着,其次是别的女老师,再其次就是同年级的小伙伴们。另外,还有许多年幼的孩童,一手拿着绢花,好奇地打量着棺材,一手拉着妈妈。妈妈们手里拿着蜡烛。我听见有一个小孩这样说:

"我不能和他再在学校里相见了吗?"

棺材出门的时候,窗户旁边传来一阵阵哀哀欲绝的哭泣声,正是那孩子的妈妈。有人立刻过去把她扶进屋里。送葬的队伍行进到了街上,正好遇见排成两列的大学生,他们看见挂着奖章的棺材和女教师们,都把帽子脱了下来。

啊!那孩子带着奖章长眠了!他那红色的帽子,我再也无法见到了!他本来是那样的健壮,想不到仅仅四天就死了!听说:他在临终的

165

▶ 爱的教育

那天还说要做老师布置的作业题呢,起来的时候,怎么也不肯让家里人把奖章放在床上,还说那样会弄丢的!【名师点睛:以插叙的形式,从细微之处表现了那孩子对奖章的珍爱。】哎!现在,你的奖章已经永远不会遗失了啊!再会!我们无论到什么时候也不会忘记你!安安稳稳地长眠吧!我的朋友!

Y 阅读与思考

1.安利柯弟弟的朋友去世后,是谁请求来抬那小孩的棺材?这说明了什么?

2.送葬的队伍行进到了街上,正好遇见排成两列的大学生,他们为什么都把帽子脱了下来?

三月十三日

M 名师导读

"三月十三日"对孩子们来说,是一个特殊的日子。孩子们一直盼呀、盼呀,终于在他们热切的期待中迎来了这一天,这个让孩子们如此向往的日子究竟意味着什么呢?

今天比昨天更快活,三月十三日——一年当中最有趣的维托里奥·埃马努埃莱馆颁奖仪式的前夜!因为这一次挑选颁奖嘉宾的方法很有意思。今天快放学时,校长先生来到我们的教室:

"各位!现在有个很好的消息要告诉你们!"

说着,又叫了那个格拉勃利亚少年:"可拉西!"

看到格拉勃利亚少年应声起立,校长又说:

"你愿意成为明天颁发奖状给获奖者的嘉宾吗?"

"愿意!"格拉勃利亚少年答道。

"很好!"校长说,"现在,就连格拉勃利亚的代表也已经有了,真是再好不过了。今年市政厅方面想从意大利全国各地选出十几个少年担任颁奖嘉宾,而且还说要从小学生里选拔。我们这座城市共有二十个小学和五所分校,共有七千名小学生,其中就有代表着意大利十二个地区的孩子。本校负责派出的孩子是代表詹诺亚人和格拉勃利亚人的,怎么样?这个办法很有趣吧。记着,给你们的最高奖赏就是意大利同胞们的喝彩,明天,就请你们拭目以待[形容期望或等待某件事情的实现]吧!当这十二个人一齐登上舞台时,你们可要热烈喝彩啊!这几位代表虽然还只是少年,可是他们却和大人们一样代表着整个国家呢。小小的三色旗也和大三色旗一样,都是意大利的标志嘛!所以你们一定要热烈喝彩,即便是像你们这样的小孩子,也要毫无保留地把你们心中对神圣祖国的满腔热忱(chén)[热情]充分表达出来!"

校长说完就走了,我们的老师微笑着说:

"可拉西已经当上格拉勃利亚的代表了!"

说得大家都拍手笑了。到了街上,我们抱住了可拉西的腿,将他高高抬起,大声叫着:"格拉勃利亚代表万岁!"

这并不是一句戏语,而是为了真心祝贺他。可拉西笑了,他本来就是很受朋友们欢迎的人嘛。我们一直把他抬到转弯路口,不小心撞着一位留有黑须的绅士。绅士笑了笑,可拉西介绍说:"这是我父亲!"

我们一听这话,马上就把可拉西交到他父亲手里,领着他们到处跑了起来。

阅读与思考

1. 说一说:校长为什么要选可拉西当颁发奖状的嘉宾?
2. 校长为什么反复强调要同学们在明天颁发奖状的时候热烈喝彩呢?

爱的教育

授奖仪式

十四日

M 名师导读

在一切准备就绪之后,授奖仪式也正式拉开了帷幕。此时,偌大的剧场中早已人山人海,开心的欢笑声和美妙的音乐声环绕着整个大厅。大家焦急地等待着,到底哪些孩子会获得奖品呢?

两点光景,大剧场里人已满了——池座[剧场正厅中的座位]、厢座、舞台上都是人。各式各样的人都有。好几千张面孔,有小孩子、绅士、教师、官员,也有女人和婴儿。头动着,手动着,帽羽、丝带、头发动着,欢声悦耳。剧院内到处装饰着白色、红色和绿色的花朵,从观众席上舞台共有左右两个阶梯。得奖的学生从右边上去,领完奖品以后再从左边下来。舞台正中排着一列红色椅子,正中的一把椅子上挂着两顶桂冠,后面插满了旗帜。

靠边一些的地方,放着一张绿色的小桌子,桌子上摆着用三色丝带扎着的奖状。乐队就在舞台下面的乐池里。学校里的老师们的座席设在包厢的一角。观众席正中排列着合唱队的许多小孩子,后面及两旁,是给得奖的学生们坐的。男女老师们东奔西走地安排着他们。许多学生的家长也挤在各自儿女的身旁,替他们的儿女整理着头发和衣领。

我跟我的家人一同坐进了包厢。戴红色羽帽的年轻女老师坐在对面微笑,连笑靥也都现出来了。她的旁边,有我弟弟的女老师,还有那位穿着黑衣服的"修女"老师,以及我的二年级女老师。我的女老师脸色苍白得令人心疼,咳得也很厉害。【名师点睛:通过对女老师脸色及咳嗽的描写,突出了老师在安利柯心中的位置及安利柯对老师的关心,浓

厚的师生情谊一览无遗。】

再过去，我看到了卡伦的大头和靠在卡伦肩下的金发的耐利。再过去一些，那个鼻如鹰钩的卡洛斐正在搜集印有得奖者姓名的传单，一定又是拿去作交换的，明天就能知道了。

入口的旁边，开柴火店的夫妇穿着新衣服领着克劳德进来了。克劳德今天换掉了猫皮帽和茶色裤子，打扮得像个绅士，连我见了都禁不住要为之吃惊。【写作借鉴：对克劳德的外貌进行了细致描写，突出了克劳德令人吃惊的打扮。】在包厢座里，穿着条纹领襟的渥特尼，一晃就不见了。在舞台围栏旁边的人群中坐着那位被马车碾跛了脚的洛佩蒂的父亲炮兵大尉。

两点一到，乐队开始奏乐。与此同时，市长、区长、法官以及其他的绅士全都穿着黑色礼服，从右边走上舞台，坐在正中间的红椅子上。学校里教唱歌的老师拿着指挥棒站在观众席的正前方，合唱队的孩子们在他的指挥下一齐起立，唱起歌来。七百个孩子齐声合唱，场面非常壮观，大家都情不自禁地肃立静听着，听着那庄严肃穆的歌曲——好像教堂里的赞美诗。

唱完之后，便是一阵鼓掌，接着又肃静了下来。颁奖仪式就此拉开了序幕。我三年级时那个红头发的眼光锐利的小个子老师走到舞台前面，做好了朗读获奖人姓名的准备。大家都焦急地盼望着负责颁奖的十二位少年登场——因为报纸早已刊登了今年由意大利各区代表颁奖的消息，所以从市长、绅士到一般的观众都望眼欲穿地注视着舞台的入口。

场内又一次静默起来。这时，十二位少年走上舞台，排成一列，在那里微笑着。全场三千人蓦地同时起立，一时间掌声如雷，弄得十二个少年站在那里不知所措。【写作借鉴："微笑着"一词，将这十二个少年当时的兴奋、激动心情传神地表现了出来，同时，"不知所措"又突出了这些孩子遇到这种宏大场面的紧张心情。】

▶ 爱的教育

"请看，这就是意大利如今的气象！"场中有人如此喊道。格拉勃利亚少年仍然穿着平常的黑色服装。和我们同坐的一位市政厅官员对这十二个少年的来历可以说是如数家珍，一一解说给我的妈妈听。十二人当中，有两三个是绅士打扮，其余都是普通市民的儿子，衣着很随便。最小的佛罗伦萨少年，脖子上缠着青色的围巾。少年们经过市长前面时，市长一一亲吻了他们的额头，坐在旁边的绅士们则把他们的出生地一一告诉市长。每个人通过时，全场都会为之鼓掌。

当他们走近绿色的小桌子取奖状时，我的老师就把获奖者的校名、年级、姓名高声朗诵出来。获奖者从右边走上舞台领奖。当第一个学生走下舞台时，舞台后面远远传来提琴的声音，一直持续到获奖者完全通过方才停止。那柔婉平和的乐曲，听起来就像是女人的低语。

获奖者们一个一个经过绅士们的前面，绅士们就把奖状递给他们，有的在跟他们说话，有的则用手去抚摸他们的脸。

每当遇到年纪很小的孩子、衣着褴(lán)褛(lǚ)[衣服破烂]的孩子、头发蓬乱的孩子、穿着红色衣服或白色衣服的孩子通过时，乐池里及包厢里的孩子们都会大拍其手。

有个二年级的小学生上了舞台之后，突然手足无措，迷了方向，不知该向哪里走才好，全场观众见了大笑。还有一个小孩子，背上系着桃色的丝带，勉勉强强地爬上了台，被地毯一绊就跌倒了，区长扶他起来时，大家又拍手笑了。

另外一个在下台时跌进了乐池，吓哭了，幸好没有受伤。【名师点睛：通过对这几个小学生上台领奖时出现的种种失误的细节描写，展现了孩子们天真可爱的憨态。】各式各样的孩子都有：有性情活泼的，有老实巴交的，有脸红得像樱桃的，也有见了人就笑的。他们一下舞台，各自的家长都立刻上前领了他们回到原来的座位。

轮到我们学校的时候，我真是快活极了。我认识的学生很多，克劳德从头到脚焕然一新，露齿微笑着通过了。谁知道他今天一早已经搬了多少捆柴火呢！

市长把奖状颁给他时，问他额上怎么会有一道红痕，他把原因说了出来，市长把手放在他肩上，轻轻地拍了拍。我向他的父母看去，他们都在那里掩着嘴笑呢。

接着，戴洛西也来了。他穿着纽扣发光的青色上衣，昂着满头金发的脑袋悠然自得地走上前去，真可说是风度翩翩。我恨不得远远地送给他一个吻。绅士们都争着跟他说话，或是跟他握手。

接着，老师叫到了叙利亚·洛佩蒂。大尉的儿子应声而起，拄着拐杖上了台。许多小孩都已经知道那次的灾祸，议论声一下子哄然而起，鼓掌喝彩的声音几乎快把整个剧院震动了。男人们都起立致敬，女人们则挥动着手帕，洛佩蒂站在舞台中央快被惊呆了。市长先生过去把他拉到自己身边，颁给他奖品，亲了亲他的面颊，取下椅上悬着的二月桂冠，替他系在拐杖头上。又携着他一起来到他父亲——大尉坐着的舞台围栏边上。大尉抱过自己的儿子，在满场雷鸣般的喝彩声中，让他坐在自己身旁。

和缓的提琴声还在继续演奏。其他学校的学生也上场了，有的是商会学校里的商人子弟，也有工会或农会学校里的工农子弟。全数通过后，观众席里的七百个小孩又开始合唱童歌。接着是市长演说，其次是法官演说。法官演说到最后，对小孩们说道：

"在你们即将离开这里以前，请你们向那些为了你们的成长费尽无数心血的人致谢！为了你们，许多人尽心竭力，为你们而生，为你们而死！这些人就在那里，你们看！"

说时便用手指着包厢里的教师席。于是坐在包厢里的、乐池里的、观众席上的学生全都起立,把手伸向老师们所在的方向热烈欢呼起来！老师们也站起身来向人们挥手，或者举着帽子、手帕以示回答。接着，乐队又奏起乐来。

<u>代表意大利各区的十二位少年来到舞台正前方,手拉手排成一列。</u>

▶ 爱的教育

满场再次响起喉管喊裂似的喝彩声，一阵花雨从少年们的头上纷纷洒落。【写作借鉴：此句运用夸张的手法，写出了授奖仪式上人们激动的心情及热闹非凡的场面，给人以深刻的印象。】

Y 阅读与思考

1."十二位少年走上舞台，排成一列，在那里微笑着。全场三千人蓦地同时起立，一时间掌声如雷，弄得十二个少年站在那里不知所措。"这句话表现出什么？

2.当老师叫到了叙利亚·洛佩蒂时，他应声而起，拄着拐杖上了台，而台下的观众又是怎样做的？

吵　架

二十日

M 名师导读

今天，一向温和有礼的安利柯竟然与克劳德吵架了，对待他的好朋友很是无礼。安利柯意识到了自己的过失，却开不了口道歉，最后，他们能重归于好吗？

今天我和克劳德吵了一架，并不是因为嫉妒他获奖，而是我误解了他。【名师点睛：开门见山，文章的开篇便把争吵的过失定位为自己，表现了"我"内心深处的愧疚与懊悔。】当时，我正坐在他的旁边，替生病的"小石匠"誊写这次的每月例话《洛马格那的血》，他碰了一下我的胳膊，墨水把纸弄污了。我骂他，他却笑着说："嘿嘿，我不是故意的。"本来以我对他的了解，照理应该信任他，不与他计较。可他脸上的微笑实在令我不快，心想："这家伙刚一获奖，就变得煞有介事了，哼！"

172

于是忍不住也在他的胳膊上碰了一下，把他的习字帖也弄污了。

克劳德涨红了脸："你是故意的！"说着就举起手来。正好赶上老师把头转了过来，他缩回了手，对我说："我在外面等你！"

我一下子难过起来，气也消了，觉得实在是自己不对。克劳德是不会故意做出那种事情的，他一向品格高尚。同时也回忆起自己到克劳德家里去探望他，看到克劳德在家劳动，服侍生病的妈妈的情形，以及他来我家时大家欢迎他，父亲看重他……想到这些，我一时间心乱如麻，心想：我真不该误会他，若是不做那么无聊的事，该有多好啊！接着又想到父亲平日教诲我的话："你若是知道自己错了，就该立刻赔礼道歉！"【名师点睛：表达了安利柯内心的挣扎，明明知道自己错了，但是缺乏勇气承认错误。】可是，赔礼道歉是件多么难为情的事啊，怎么开得了口啊？而且心里觉得还有些不甘：他碰了我一下，我也碰了他一下，一报还一报嘛，有必要道歉吗？【名师点睛：这一段心理描写尤为精彩，安利柯认识到错误之后想要道歉，却又有些难为情。这里将安利柯犹豫、矛盾的心理细致地刻画了出来。】我偷偷瞄了一眼克劳德，看见他上衣的肩部已经破了，大概是搬了许多柴火的缘故吧。看见这个，我又觉得克劳德的可爱。自己对自己说："真惭愧呀！还是道歉吧！"可口里怎么也说不出"对不起"的话来。克劳德这时也斜着眼往我这里看了过来，神情之中好似并不恼我，反而像是在同情我呢。哼，为了表示自己并不怕他，便扬起下巴给了他一个白眼。

"我在外面等着你！"克劳德又说了一遍。我回答说："好！"可是，忽然又记起父亲说过的话："遇到有人想伤害你，尽量保持防御姿态，不要发出挑衅！"我想："只是防守，不是打架。"尽管如此，心里还是觉得很难过，老师讲的一句也没听进去。终于，放学时间到了，我走到街上，克劳德在后面跟着。我拿出一把尺子站住，等克劳德一走近，就把尺子举了起来。

"不！安利柯！"克劳德一边说着，一边微笑着用手把尺子撩开，

173

> 爱的教育

对我说，"我们还像从前那样和好吧！"这出乎意料的结果把我彻底搞蒙了，张口呆站在那里一言不发。忽然，觉得有人把手放在我的肩上，把我抱住了。【名师点睛：克劳德的语言和动作与安利柯的动作形成鲜明的对比，更加凸显了他的宽容与大度。】他亲了亲我的脸，说：

"吵架就此结束！好吗？"

"算了！算了！"我不知所措而又欣喜万分地答应了他，两人又很要好地道了别，各自回家。

我回到家里，把事情告诉了父亲，意思是要让父亲高兴。不料父亲却把脸板了起来，说：

"你怎么不先道歉呢？明明是你不对呀！他是你的好朋友，你居然要用尺子打他，太不像话了！"说着，父亲从我手中夺过尺子，折成两截，狠狠地向地板上摔去。我低下了头，感觉自己死要面子的心理，已随着那尺子的破裂而消失了。我被这一幕惊呆了，吓得在那儿站了好久。【名师点睛：父亲的反问句表达了强烈的感情。安利柯没有道歉还试图要打架，父亲将尺子折成两段，表达了他的气愤，也间接告诉安利柯，朋友之间不必用打架来解决问题。】

Z 知识考点

1. 填空题。

安利柯与克劳德起了冲突，可是＿＿＿＿不愿意主动致歉，他认为很难为情，当他又看向克劳德的时候，发现克劳德上衣的＿＿＿＿已经破了，大概是搬了＿＿＿＿的缘故，此时他觉得克劳德很可爱，但是口中一直不能说出＿＿＿＿，然而克劳德的表情仿佛在怜悯安利柯，因此，安利柯给了他一个＿＿＿＿。

2. 判断题。

安利柯与克劳德最终打了起来，并且安利柯赢了。　　（　　）

3. 问答题。

安利柯凭借哪些理由认为克劳德是无意碰了他？

_____

_____

阅读与思考

1. 安利柯和克劳德的争吵最后是怎么解决的？你认为谁做得对？为什么？

2. 想一想：你和同学或朋友是否也起过争吵？你当时是怎么处理的呢？

我的姐姐

二十四日

名师导读

> 姐姐西尔维亚受到安利柯无端责骂后，将心中的痛苦以留言的形式写给了弟弟，回忆了过往的情景，其中"除了这些美好的记忆，别的我都不记得了！"一句，让我们深受感动。安利柯，你感受到姐姐那无私的爱了吗？

安利柯：

因为误会克劳德的事情，你被父亲责骂一通，就来向我泄愤，对我说了许多难听的话。为什么要这样啊？当时我的心里有多痛，你知道吗？【写作借鉴：利用两个问句强烈地表现出姐姐在无端地遭受弟弟安利柯的"不堪话语"后异常痛苦的心情。】当你还是婴儿的时候，我连和朋友做游戏都不肯去，整天待在摇篮边上陪着你。你生病的时候，我每天夜里都要起来，用手试探一下你额角的温度。你不记得了吗？

175

爱的教育

安利柯！当然了，就算你待姐姐如何不好，可若是家里万一遇上很大的不幸，姐姐仍然会像妈妈那样，像对自己儿子一样爱护你的！【名师点睛：此句通过姐姐发自肺腑的话语，直接表达出了姐姐对安利柯无私奉献的爱。】你知道吗？将来父母走了之后，能一直在你身边，做你最好的朋友，安慰你的人，除了姐姐，再也没有别人了吧？不得已的时候，我可以帮你劳动，可以帮你张罗面包，帮你筹措学费。我会一直爱着你的，即使你长大以后身在远方，看不见你了，姐姐的心也总是向着你的，牵挂着你的。安利柯！你将来长大以后若是有什么难处，没人再和你做伴时，你一定会回到我身边，跟我说："姐姐！我们一块儿住吧！让我们一起重新回味从前快乐的时光，好吗？你还记得妈妈的事以及我们那时是多么幸福吗？啊，大家一起说说以前的事情也好啊！"

安利柯！你姐姐无论何时何地都会张开双臂等着你！安利柯！请你原谅我以前对你的叱责！你的不对，我早就忘记了。不管你怎么让我难过，都没什么，无论如何，你总是我的弟弟！我只记得你小的时候，我抱过你，跟你一同爱着父母，眼看着你渐渐长大，和你长期相伴，除了这些美好的记忆，别的我都不记得了！所以，请你在这本子上也写些亲切的话给我，我晚上等着看呢。还有，你要抄写的那篇《洛马格那的血》，我已替你誊清了。你好像已经很累了！拉开你的抽屉看看！这些都是我在你睡熟的时候，熬了一个通宵写成的。写些亲切的话给我！安利柯！别让我的愿望落空哦！

——姐姐西尔维亚

我没资格吻姐姐的手！

——安利柯

洛马格那的血(每月例话)

M 名师 导读

> 桀骜不驯的费鲁乔并不是不可救药的恶棍或流氓之辈,在祖母的谆谆教导下有了悔恨之意。面对强盗伤害祖母的时候,他毅然扑到了祖母的面前,他换来了祖母生存的机会吗?

那一夜,费鲁乔的家里特别冷清。父亲经营着杂货铺,到市里配货去了,妈妈因为小儿子得了眼病,也随父亲到市里去请医生,恐怕明天才能回来。时间已近午夜,白天过来帮忙的保姆早在天黑时就回家了,屋里只剩下脚有残疾的老祖母和十三岁的费鲁乔。他们家离洛马格那街不太远,是一处路边的平房。附近只有一所空屋,那座房子一个月前遭了火灾,只剩下客栈的招牌了。

费鲁乔家的后面有一处小天井[天井是传统住宅中的一种建筑,修建在院子中,分为前天井和后天井,主要用于通风、采光等,还可以增添空间的通透感],周围围着篱笆,通过一扇木门出入。他家的店门朝向大路,也是出入的正门。周围是寂静的田野,到处种着桑树。

夜渐渐深了,天空忽然下起了雨,刮起了风。费鲁乔的祖母还在厨房里没有睡觉。厨房和天井之间有一个小小的杂物间,堆着些旧家具。费鲁乔出去游玩了一圈,到十一点左右才回来。祖母提心吊胆地睡不着,只是在大安乐椅上一动不动地坐着,等他回来。祖母经常这样度日,有时竟然这样一直枯坐到天亮,因为她呼吸不畅,无法平躺。

雨不停地下着,风吹拂着雨点打在门窗上,【名师点睛:此处的环境描写,更加烘托了杂货铺的安静。】啪啪地响,夜色昏暗,没有一丝光亮。费鲁乔回来时累极了,身上沾满了泥水,衣服也被刮破了好几处,额头

177

▶ 爱的教育

上也负了伤。这些都是他刚刚出去跟朋友们玩投石子游戏时留下的纪念。他今天晚上又和别人赌钱吵闹，把钱输光了，连帽子也落在沟里了。

厨房里只点了一盏小小的油灯，放在那安乐椅的角上。祖母在灯光里看见她孙子狼狈的模样，心中虽然早已猜了个十之八九，但还是追问他，逼他把所做的坏事一一招供出来。当一心爱着孙子的祖母明白了所发生的一切，忍不住哭了起来。过了一会儿，她啜泣着说："哎！你怎么一点儿也不替你祖母着想呢！你这没良心的，趁着你父母不在，就这样气你的祖母！你把我一个人丢在家里不闻不问整整一天了！一点儿都不在乎我吗？你要小心啊！费鲁乔！你正在变坏呢！要是再这样下去，会马上遭报应的！小时候就能做下这样的事情，长大了就该为非作歹了。我知道的已经够多了。你还这么小就整天在外游手好闲，四处浪荡，跟别的孩子打架、赌钱，甚至还敢用石头动刀子，早晚有一天，恐怕会由赌棍变成恶棍，变成可怕的——强盗呢！"

费鲁乔远远地斜倚在橱子旁边听着，下巴垂到了胸前，紧皱着双眉，仍旧是一副怒气未消的模样。那栗色的美发盖住了额角，青碧的眼睛盯着地上，一动不动。【名师点睛：神态的描写，表明费鲁乔不能接受奶奶的教训。】

"赌棍变恶棍，可怕的强盗！"祖母啜泣着反复说道，"好好想想吧！费鲁乔！好好看看那个无赖的维多·莫左尼吧！那家伙整日里就知道在街上东游西荡，年纪不过二十四岁，已蹲过两次大牢。他妈妈终于活活被他气死了，他的妈妈老早我就认识。他的父亲羞怒之下，也逃到瑞士去了。你的父亲，即使见了他，也是不愿和他谈话的。你试着想想那个恶棍，那家伙现在就和他的党徒在这附近游荡，总有一天会掉脑袋的啊！打小我就知道他，他那时也和你一样。自己好好想想去吧！你想让你的父母也受那样的罪吗？"【名师点睛：祖母在这里提到那个叫莫左尼的无赖，一方面是为了以反面的事例教育费鲁乔不要重蹈覆辙，另一方面则为后文故事情节的发展埋下了伏笔。】

178

费鲁乔坦然地听着，毫不懊悔觉悟。他的所作所为原是出于一时的冲动，并非出于恶意。他父亲平时也太放纵他了，只因为他知道自己的儿子心地善良品性不坏，有时候也会做做好事，所以故意旁观，等他自己觉悟。的确，这孩子的本性并不坏，只是性子太过刚硬，就算心里已经知道自己错了，想要从他嘴里听到"对不起，我错了，下次再不这样了，请原谅我！"之类道歉赔罪的话，也是非常困难的。虽然，他的心里有时也充满了脉脉温情，可倨傲总是阻止他做出表达。

【名师点睛：对费鲁乔的性格做了介绍，给下文做了铺垫。】

"费鲁乔，"祖母见孙子默不作声，就继续规劝道，"你连一句认错的话都没有吗？我得这病已经够苦的了，不要再让我这样痛苦啦！我是你妈妈的妈妈！请你看在我活不了多久的分儿上，不要再这样待我啦！我曾经那么爱你！在你小的时候，我每天夜里都会起来替你晃摇篮，为了让你吃好穿好，我也曾为你缩衣节食——你或许还不知道吧，我那时还常说'这孩子是我将来的依靠呢'。现在你居然这样气我，这跟谋杀有何两样！就算你要杀我，也不要紧，横竖我也没有多少日子可活了！只希望你从此痛改前非，做个好孩子！希望你乖乖地做个听话的好孩子，就像我带你去教堂时的样子。你还记得吗？费鲁乔！那个时候，你还曾把小石子呀、花草呀，塞在我怀里呢，我是等你睡熟了，才抱着你回来的。那个时候，你是多么爱我呀！现在，我的身体虽然已经不行了，可是只要心里想着你是爱我的，也就不觉得这病有多苦了。除了你，我在世界上已经没有别的指望了！我已一脚踏入坟墓里了！上帝啊，请你帮帮这孩子吧！"

听了这些话，费鲁乔心里别提多难受了，正想把身子投进祖母的怀里。忽然，朝着天井的隔壁房间传来轻微的嘎嘎声。他仔细分辨了一下，不是风雨打在门窗上的声音，又是什么呢？费鲁乔侧耳留意地听着，外面暴雨如注。嘎嘎声再次响了起来，连祖母也听到了。

"那是什么声音？"祖母听了一会儿，很担心地问。

179

爱的教育

"是风雨。"费鲁乔说。

老人拭了拭眼泪："好吧，费鲁乔！记着以后要清清白白做人，不要再让祖母伤心流泪啦！"

那声音又响起来了，老人苍白着脸说道："这不是风雨！你去看看！"既而又拉住了孙子的手说："还是留在这里好了。"【写作借鉴：祖母的神态说明了她当时恐惧不安的心理，看似矛盾的语言则表现了她对费鲁乔的担心与爱护。神态描写与语言描写相结合，将祖母对费鲁乔的爱表现得淋漓尽致。】

两人屏住了呼吸，不再出声，默默地倾听着耳中灌入的风雨声。
【名师点睛：风雨声表达了一种紧张的气氛。】

隔壁房间里似乎有人潜入的脚步声，两人只觉着浑身一阵战栗。

"谁？"费鲁乔勉强抚平了心绪，怒声喝问，但没有听到回答。

"谁？"又颤着声问。话音未落，两人忍不住惊叫起来——只见两个男子突然跳进房里，一个抓住了费鲁乔，把手掩在他嘴上，另一个却卡住了老妇人的喉咙。

"再敢出声，就没命啦！"第一个说。

"不许声张！"另一个举着短刀说。两人全都用黑布罩住了脸面，只露出两个眼睛。房间里除了四人粗急的呼吸声和风雨声外，一时间，什么声音都没有了。老妇人喉头咯咯作响，眼珠子几乎要爆出来了。
【名师点睛：表现了祖孙两人因意外情况而紧张。】

那个擒住费鲁乔的，把嘴贴近费鲁乔耳边说："你老子把钱藏在哪里？"

费鲁乔牙齿打着战，用很小的声音答道："那儿的——橱子里。"

"跟我过来！"那男子边说边紧扣住他的喉管，推推搡搡地一起进了贮物间。地板上摆着昏暗的玻璃灯。

"橱子在哪儿？"那男子催问。费鲁乔喘着气指点了一下橱子的所在。那男子担心费鲁乔逃走，就把他推倒在地，用两条腿夹住了他的脖子，以免他大喊出声。然后在口中衔了短刀，一手提了灯，一手从袋中取出钉子一样的东西塞入锁孔中一旋，锁坏了，橱门也开了。于是，那男子急急地在橱子里翻找了一阵子，把钱塞进怀里。刚把门关上，忽而又打开来重新搜了一遍，然后便卡住费鲁乔的喉咙，带着他回到那个制住老妇人的男子身边。老妇人正仰着头，努力挣动着身子，嘴巴张得大大的。【写作借鉴：动作的描写，将强盗打劫的过程描写得清晰明了。】

"得手了吗？"另一个低声问。

"得手了。"第一个一边回答，一边提醒说，"留心进来的地方！"那个制住老妇人的男子，跑到天井后门察看了一番，知道附近没人，就低声说："过来！"

那擒住费鲁乔的男子，负责断后，把短刀举到两人面前："谁要敢出声，当心我回来割断你们的喉管！"说着又恶狠狠地瞪视了两人一会儿。这时，街上传来许多行人合唱的歌声。

那强盗回头看向门口，那蒙面的布幕，突然滑落下来。

"莫左尼！"老妇人叫道。

"该死的老东西！死去吧！"强盗一见被人识破身份，怒吼一声，举起短刀朝着老妇人直扑过去。老妇人吓傻了，眼看就要命丧刀下，费鲁乔悲叫着，跳上前去用自己的身体护住了祖母。【名师点睛：行动永远比语言更有说服力，费鲁乔这种毫不犹豫地护住祖母的举动便是他深爱祖母的最好证明。】强盗碰了一下桌子，转身逃走了，灯被碰翻了，熄灭了。

费鲁乔慢慢地从祖母的身上滑落下来，跪倒在地上，双手抱住祖母的身体，把头埋进了祖母怀里。四周漆黑一片。过了好一会儿，行人的歌声渐渐地消散在田野里。

"费鲁乔！"老妇人强自镇定了一下自己的心神，用几乎听不清楚的声音叫道，牙齿仍在咯咯地打战。

"祖母！"费鲁乔大声答道。

祖母本来是想接着说话的，惊恐之余，一时说不出话来。过了好一会儿才继续问道："那些家伙全都走啦？"

爱的教育

"是的。"

"那一下子居然没能把我杀死！"祖母气息急促地低声说道。

"是的，还好祖母安然无恙！"费鲁乔的声音越来越弱了，"万幸，祖母！那些家伙只拿走些零钱，父亲把整笔的钱都带在身边呢！"

祖母深深地呼吸着。

"祖母！"费鲁乔仍然跪在地上，抱紧了祖母，"祖母！你爱我吗？"

"啊！费鲁乔！我当然爱你啦！"说着，祖母把手放在孙子头上，"你怎么啦？吓坏了吧？——啊！仁慈的上帝！你快把灯点上！啊，算了，还是不点灯的好啊！不知道为了什么，祖母心头还很害怕呢！"

"祖母！对不起，我经常惹你伤心了！"

"说哪儿的话呀！费鲁乔！不要再说这样的话了！我早就不记得了，什么都忘了，我只知道仍旧爱你。"

"我常常让你伤心，但我也是爱祖母的。原谅我吧！祖母！"费鲁乔困难地说着。

"当然会原谅你的，高高兴兴地原谅你呢。快起来吧！我不会再骂你了。你是个好孩子，好孩子！啊！点上灯就不会再害怕了。起来呀！费鲁乔！"

"祖母！谢谢你！"孩子的声音越来越低，"我已经——很高兴，祖母！你是不会忘记我的，对吧？不管什么时候，你都会记着费鲁乔的！"

"啊！费鲁乔！"老妇人慌忙地抚着孙子的肩臂，注视着他，大声叫道。

"请不要忘了我！帮我好好看看妈妈，还有父亲，还有小宝宝！再见了！祖母！"费鲁乔的声音已经细得像一根游丝了。【名师点睛：处于弥留之际的费鲁乔仍然在安慰着祖母，乞求着祖母的原谅，表现了他对祖母无尽的爱。这里的语言描写真挚感人，读来让人不觉潸然泪下。】

"上帝呀！你怎么啦？"老妇人震惊地抚摸着伏在自己膝上的孙子的头，迸出她所能发的声音：

"费鲁乔呀！费鲁乔呀！费鲁乔呀！啊呀！啊呀！"

可是，费鲁乔已经再也不能回答了。这小英雄牺牲自己，换回了他祖母的生命，他的背部已被短刀刺穿，那壮美的灵魂已回天国里去了。

知识考点

1. 填空题。

那男子担心费鲁乔_____，就把他推倒在地，用两条腿夹住了他的_____，以免他大喊出声。然后在口中_____了短刀，一手提了_____，一手从袋中取出钉子一样的东西塞入锁孔中一旋，锁坏了，_____也开了。于是，那男子_____在橱子里翻找了一阵子，把钱_____怀里。

2. 判断题。

强盗见身份被识破，怒吼一声，举刀朝老妇人直扑过去，危急时刻费鲁乔用自己的身体护住了祖母。（　　）

3. 问答题。

"的确，这孩子的本性并不坏，只是性子太过刚硬，就算心里已经知道自己错了，想要从他嘴里听到'对不起，我错了，下次再不这样了，请原谅我！'之类道歉赔罪的话，也是非常困难的。虽然，他的心里有时也充满了脉脉温情，可倨傲总是阻止他做出表达。"说一说，这段话在文中起什么作用？

_____

_____

阅读与思考

1. 费鲁乔身受重伤之时都对祖母说了些什么？体现了他怎样的品质？

2. 如果你也遭遇了强盗入室抢劫，你会怎么保护自己？

爱的教育

卧病在床的"小石匠"

二十八日

M 名师 导读

> "小石匠"得了重病，好些天没去上学了。在老师的嘱托之下，安利柯、卡伦和戴洛西三人一起去看望了他，我们看到了"小石匠"父母对儿子病情的担忧，也看到了三个小伙伴对朋友的关爱。可怜的"小石匠"现在到底怎么样了呢？

老师一走进教室，就伤心地对我们说："小朋友们！安东尼奥病得很重啊！""他真可怜！"老师擦了擦眼镜，接着又说，"有时间你们去看看他吧！"

我想和卡伦一同去看他。我刚一扭头，卡伦就点了点头，表示已经明白我的意思并同意了。

"我跟你们一块儿去！"邻桌的戴洛西推了推我说。

斯蒂尔德本来也是要去的，可是老师让他做《加富尔伯爵纪念碑记》，他说要等实地察看完纪念碑再来做，所以就不去了。我们还试着约了一下那个傲慢的罗宾斯，他只回答了一个"不"字，别的什么话也没说。渥特尼也谢绝不去了。他们大概是怕被石灰弄脏了衣服吧。

雨敲打着玻璃窗。在这样的雨天，去看安东尼奥，安东尼奥一定会很高兴吧？

我手里拿着书，可是眼睛却看着窗外。

靠近窗子的那棵大树上，有一只小麻雀躲在枝叶间冷得发抖。

"安东尼奥不知道怎样寂寞呢！"我和戴洛西说。

放学回家后，我向母亲说了一声就走了。

184

外面下着倾盆大雨，我撑着雨伞，两手冻得红红的。

我在十字路口，一边等着卡伦和戴洛西，一边想着安东尼奥。我很喜欢他，他很有趣，他有一个外号叫"小石匠"。他圆圆的脸儿像苹果，团团的鼻头像个小皮球。他最爱扮鬼脸儿，挤鼻儿、努嘴，活像小兔子，谁看了都要笑。

一次，因为他的劳作成绩特别好，老师夸奖了他几句。他一高兴，扮起鬼脸儿来，连老师都忍不住笑了。

不知道是不是因为他父亲，他的劳作才特别好。他劳作起来，很认真，做不好，便重做。重做多少次都不在乎，非做到最好的地步不可。一做好，准要扮个鬼脸儿。

我从没看他穿过新衣服，总是穿着补过的旧衣服，但总是洗得干干净净的。他是独生子，父亲非常疼他。现在，他得了重病，他的父母不知道怎样着急呢！

我想到这儿，眼睛湿润了。

不久，卡伦和戴洛西都来了。我们把零用钱凑在一起，买了三个大橘子。

安东尼奥住在一所古老建筑的阁楼上。上了阁楼，戴洛西来到入口，把胸前的奖章取下，放进了口袋里。

"为什么？"我问。

"我自己也不知道，总觉得这个时候还是不挂为好。"他回答说。

我们一敲门，"小石匠"那巨人般高大的父亲就把门打开了，扭曲着面孔，看起来很可怕。

"几位是？"他问。

"我们是安东尼奥的同学。送三个橘子给他。"卡伦答道。

"啊！可怜，安东尼奥恐怕不能再吃这橘子了！"石匠摇着头大声说道，用手背拭了拭眼角，领着我们进屋。【名师点睛：从"摇着头""用手背拭了拭眼角"这些细节描写中，我们看到了石匠对儿子的病情的担忧

185

爱的教育

以及他内心的难过。】

我一听，心不由得一紧，没想到他病得这么厉害。

石匠领我们到了屋里，里面又暗又窄。

墙壁上挂着一排石匠用的工具，下面有一张小床，"小石匠"躺在小小的铁床上一动也不动。他的妈妈俯着身子伏在床头，用手遮着脸，连看也不看我们一眼。床的一角，挂有板刷、熨斗和筛子之类的东西，病人的腿上盖着那件白白的沾满了石灰的石匠的上衣。

那孩子的脸瘦小苍白，鼻头尖尖的，呼吸很短促。啊！安东尼奥！我的小朋友！你原是那样亲切快活的人呢！我好难过啊！只要你再做一回鬼脸儿给我看，让我怎样都心甘情愿！安东尼奥！

卡伦把橘子放在他的枕头旁边，好让他看见。橘子的芳香把他熏醒了。他抓住了橘子，不久又松开手，频频地向卡伦眨眼。

"是我呢，卡伦！你还认识我吗？"卡伦说。

病人微微地笑了，勉强从床里拿出手来，伸向卡伦。卡伦双手把它握了过来，贴在自己的脸颊上：【名师点睛：此句用"握了过来""贴在"等动作描写，真实地体现了卡伦对"小石匠"的关心。】

"不要怕！不要怕！你会好起来的，很快就能到学校里去了。那时请老师让你坐在我的旁边，好吗？"

小石匠没有回答，很疲倦地闭上了眼睛，他妈妈立刻哭叫起来：

"啊！我的安东尼奥！我的安东尼奥呀！安东尼奥这样的好孩子，老天怎么可以把他从我们手里夺去呀？！"

"别哭啦！"石匠烦躁地阻止着，"你一哭，我的心都要碎了。"石匠坐立不安，挠着头。过了一会儿，他平静了下来，才对我们说：

"请回去吧！谢谢你们！不用再陪着他了。天快黑了，你们的父母会担心的。"

"回去吧！你们都是他的好哥儿们！谢谢你们了！请回吧！就算跟我们一起陪着他，也是无法可想啊。谢谢！请回吧！"

这时,那小孩又把眼闭了,看上去好像已经死了。

"有什么需要帮忙的吗?"卡伦问。

"没有,好小哥儿!谢谢你了!"石匠说着就把我们推出门廊,关上了门。我们刚下了一半楼梯,忽又听到后面有人叫道:"卡伦!卡伦!"。

我们三人急急地回到楼上,只见石匠脸色大变,叫着说:

"卡伦,安东尼奥正叫着你的名字呢!他都已经两天不开口了,这回见到你,居然叫了你两次,想要和你见见呢!快过来呀!上帝啊!但愿他能从此好起来!"【写作借鉴:精彩的语言描写体现了石匠在听到两天不开口的儿子突然说话后的激动和喜悦的心情。"但愿他能从此好起来!"深刻地体现出石匠期待儿子病情好转的急切心情。】卡伦一听,兴奋得脸红了起来。

"看来,好些了。你们先回去,我留在这儿陪他一夜。请你们顺便和我妈妈说一下。"卡伦说完,便兴冲冲地走进去了。

戴洛西看看我,眼睛里充满了泪水。

"一定会好的,别难过。"我安慰他说。

"我不是难过,而是因为卡伦他太好了,太使我感动了。你看!安东尼奥多想念他。"我也有同感,两天没说话的病人,见了他,居然精神会好起来。我确信侠义的卡伦,他会用他温暖的友情,使安东尼奥早日康复。一路上,戴洛西不停地夸赞卡伦,他说卡伦有一颗金子般善良的心,值得我们所有的人学习!

阅读与思考

1. 卡伦在学校很受同学们的尊敬,你觉得他具有哪些优秀的品质呢?

2. 从文中的哪些细节描写可以看出来卡伦的细心?

3. "上了阁楼,戴洛西来到入口,把胸前的奖章取下,放进了口袋里。"戴洛西的这一动作说明了什么呢?

爱的教育

爱 国 者

二十九日

M 名师导读

成功和伟大是两个概念,这看起来有些难以置信。但是,我们都应该知道大多数成功的人都拥有卓绝的智慧和不挠的意志,而对于伟人来说,这些还远远不够。那么,到底什么样的人才是伟大的人呢?

安利柯:

听说你要写一篇《加富尔伯爵纪念碑记》,可加富尔是怎样一个人,恐怕你还没能详细了解吧。你现在所知道的,恐怕还只是伯爵几年前担任皮埃蒙特首相的事情吧。要知道,将皮埃蒙特的军队派到克里木,使得在诺瓦拉惨遭重创的意大利军队重膺光荣的,是他;把十五万法国军队从阿尔卑斯山撤下来,并指挥联军在隆巴第击退奥地利军队的,是他;把意大利革命事业从危机中拯救出来的,是他;促成意大利完成神圣的统一大业的,也是他。他有一颗高尚完美的心,不屈不挠、坚韧不拔的意志和过人的勤勉。在战场上身处险境的将军的确很多,像他那样身为首相,本应高居庙堂之上,却又投身战场经历血与火考验的人,却并不多见。因为他很清楚,他所开创的事业,就像脆弱的房屋不知道何时将要遭到无法预知的地震的破坏。所以他总是战战兢(jīng)兢[形容非常害怕而微微发抖的样子。也形容小心谨慎的样子。战战:恐惧的样子;兢兢:小心谨慎的样子]、如履薄冰,日日夜夜奋斗不息,为此累白了头、操碎了心。也因为肩上的使命过于沉重,而至少活了二十年。可是,他是如此执着、狂热地沉浸在理想的喜悦当中，以致于当他身患重病，高烧不退，陷于昏迷时，心里记挂着的仍然是要为这个国家再做些什么。听说，他在弥留之际，还悲叹着说："真奇怪！我竟看不清文字了！"

当他被高烧烧昏了头脑时，他还惦记着国事，命令似的说道："快给我好起来！我的心里憋闷极了！还有许多重大事情等着处理呢，没气力可不行！"

当他病危的消息传来，全国为之悲恸，国王陛下亲临病榻(tà)[病床]探视时，他却忧心忡忡地对国王说："我还有许多话要向您陈述呢，陛下，可惜我已力不从心了！"

他那炽热的心，总是不断地向着政府，向着统一起来的意大利诸州，向着诸多悬而未决的问题奔腾。直到弥留之际，他还是在继续呼唤着："教育啊！教育青少年啊！——自由——治国！"

当死神已经张开双翼笼罩在他头上时，他又张口发出如火一般炽热的言语，为平生不睦的加里波第将军祈祷，口中念着尚未获得自由的威尼斯、罗马等城市。他对意大利和欧洲的未来有着伟大的构想，总是担心外国侵略，念念不忘地向人询问军队和指挥官的所在。他是至死不忘我们的国家和人民啊！他对自己的死并不觉得什么，只是不忍和他心爱的祖国别离。而我们祖国，又何尝能够一日离他而存在？！

他在战斗中生，在战斗中死！他的死和他的生同样伟大！

好好想想吧！安利柯！我们的责任有多少啊！与他为着实现伟大的理想而付出的脑力、体力、心血相比，与他心系天下忧国忧民所受的苦楚相比，我们所受的这点微不足道的劳苦——甚至于死亡，又算得了什么呢？！所以，你一定要记着！当你经过加富尔大理石像前面时，一定要向他致以真诚的赞美："伟大！"

——父亲

爱的教育

第七章　四月

春天的憧憬

一日

M 名师导读

去迎接国王,去幼儿园,"小石匠"的病情好转了,老师向安利柯的父亲夸奖他的功课做得好,再加上这美好温暖的春日时光,今天的安利柯,心情会怎么样呢?

今天已经是四月一日了!像今天这样的好日子,一年当中没有多少,总计不过三个月罢了。克劳德后天要跟父亲一起去迎接国王,叫我也去,我真是太高兴了。听说克劳德的父亲和国王(以前的翁贝托亲王)还是老相识呢。而且,就在那一天,妈妈还说要带我去幼儿园,正好也是我所喜欢的。更令人高兴的是,"小石匠"的病已好了许多。还有,昨天晚上老师经过我家门口时,听他跟父亲说:"他功课很好,他功课很好。"

再加上今天是个春风送暖的好天气,从学校窗口就能看见青碧如洗的天空,含苞待放的花木和家家户户的窗槛上摆着的嫩绿的盆花。【写作借鉴:此句以细腻的笔法描绘出了春天美好的一角,从侧面表现了人们愉悦的心情。】我们的老师虽然总是那样不苟言笑,可是他今天也很高兴,就连额头上的皱纹也几乎看不出来了,他在黑板上解答算术题的时候,还讲了一些笑话呢。吸一吸从窗外涌进来的新鲜空气,好像还能嗅出泥土和木叶的气息，仿佛已置身乡野了，老师当然高兴啦！

老师接着上课的时候，我们还听到了近处街上铁匠打铁的声音，对门妇人安抚婴儿哄他睡觉的儿歌声，以及远处军营里传来的军号声。就连斯蒂尔德也不由得兴奋起来了。忽然间，铁匠打得更响，妇人的歌声也更大了。老师只好停止授课，侧首看着窗外，静静地说："天晴了，妈妈唱着歌儿，男子汉劳动着，孩子们学习着，——好一幅美丽天成的画卷啊！"【名师点睛：老师欢快的语言突出了春天带给人们的美好感觉。】

放学了，大家走到外面，心情都很愉快。排好了队把脚重重地踏着地面往前走着，好像从此要放三四天假似的，齐声唱着歌儿。【写作借鉴："重重地踏着"，描摹出了孩子们因为高兴而奋力踏地的身影，表现了孩子们活泼可爱的天性。】女教师们也很高兴，戴红羽帽的老师跟在小孩们后面，好像自己也变回小孩子了。就连学生家长们也在彼此谈笑。克洛西妈妈的菜篮子里装满了花儿，把校门口都熏得香香的。她从篮子里捡出一朵，替一位女老师别在胸前。

石匠满面笑容，等着安东尼奥回家呢！安东尼奥一看见父亲，立即把鼻子一皱，小嘴一噘，扮起鬼脸儿来，逗得大家都笑了起来。

走到街上，我的母亲冲我微笑招手，我高兴地跑过去傻傻地问母亲："我今天为什么这么高兴呢？"

母亲慈爱地看着我说："因为春天来了。"

阅读与思考

1. 今天，安利柯觉得很高兴，是哪几件事让他这么高兴呢？

2. 今天是个春风送暖的好天气，你能从文中找出一句最能表现春天带给人们美好感觉的句子吗？

爱的教育

翁贝托国王

三日

M 名师 导读

本篇日记讲述了广大群众迎接翁贝托国王的情景,老克劳德更是激动万分,深情地回忆了十五年前他在"四十九联队四大队"时的日子,老克劳德能如愿以偿见到国王吗?

十点钟的时候,父亲看见柴火店里的父子已在十字路口等我了,就跟我说:"他们已经来了。安利柯!快去迎接国王吧!"

我飞奔过去。看到克劳德父子比往日更高兴的样子,我想,我还从没见过他们父子今天这般相像呢。克劳德父亲的上衣上挂着两个纪念章和一个勋章,唇上的两撇胡子卷得很整齐,两头尖尖的,像针一样。

国王定在十点半到,我们应该赶在这之前到车站去。克劳德的父亲吸着烟,搓着手说:

"我从1866年战争以后,就再也没有见过陛下了!算来已经有十五年零六个月了。他先是在法兰西待了三年,其次是在蒙脱维,然后回到意大利。我的运气真不好,每次他驾临市内,我都不在这里。"

他把翁贝托王当朋友一样称呼,直接叫他"翁贝托",不停地说着:

"翁贝托曾经担任过十六师师长。翁贝托那时不过二十二岁。翁贝托总是骑在马上。"

"十五年了!"他迈着大步大声说,"我真想再见他一面。还是在他做亲王的时候见过,一直到现在。如今再见他,他已经做了国王了。而且,我也变了,由一名军人变为了柴火店主人了。"说着他自己也笑了。

"国王见了,还能认得出父亲吗?"儿子问。

"这你就不知道了吧？翁贝托只是一个人，而我们这里就像蚂蚁一样地挤着，他总不能挨着个儿地辨认我们呀。"父亲笑着说。

车站附近的街道上早已经人山人海了，一队号兵吹着军号穿过人群，两个警察骑着马走过我们面前。大晴天里，阳光普照着大地。

克劳德的父亲兴高采烈地说：

"太高兴了！我又见到师长了！啊！我也老了！记得那年6月24日——好像就在昨天：当时我背着背包扛着枪，差不多快到前线了。翁贝托率领手下将校走了过来，大炮的声音远远地传来，大家都说：'子弹千万不要伤着殿下。'在敌人的枪口前面能和翁贝托亲王如此接近，是我怎么也料想不到的。两人之间，相隔不过四步远。那天也是个晴天，天空像镜面一样干净，只是天气很热！——喂！让我们进去看看。"

我们进了车站，那里也已挤满了人——马车、警察、骑兵及高举着旗帜的欢迎团队，军乐队奏着乐曲。克劳德的父亲用两只手腕拼命将塞在入口处的人群分开，护着我们安全通过。人群如潮水，跟在我们后面涌了进来。克劳德的父亲朝着警察设卡的地方说："跟我来！"说着，就拉了我们的手进去，背靠墙壁站着。

警察走过来说："不能站在这里！"

"我是属于四十九联队四大队的。"克劳德的父亲把勋章指给警察看。

"那就好。"警察看着勋章说。

"你们瞧，'四十九联队四大队'，这句话多有分量！他原是我的队长，难道不能靠近些看看他吗？要是能像过去一样靠他那么近就好了！"

这时，候车室里里外外聚集了许多的绅士和将校，车站门口整齐地停着一排马车和身着红色制服的车夫。

克劳德问他父亲，翁贝托亲王在军队中是不是拿着剑。父亲说：

"当然啦，剑是一刻也不离手的。当有人用枪从左右逼近，要靠剑去拨开呢。想想也真是可怕，子弹像雨神发怒似的落下，又像旋风般射向密集的队伍和炮兵阵地，一碰着人人就翻倒，什么骑兵呀、步兵

▶ 爱的教育

呀、炮兵呀、传令兵呀，统统混杂在一处，恍如百鬼夜行，什么都辨不清楚。这时，忽然听见有人叫道'殿下！殿下！'，原来一队敌人已端着枪齐刷刷地逼近了。我们立即护在殿下周围，朝着敌人一齐开枪，烟气立刻像云似的四散开来。稍停，烟散了，地上到处躺满了死伤的士兵和马匹。我回过头去一看，队伍的中央，翁贝托一边骑着马悠然自得地四处查看，一边郑重地说：'弟兄们当中有遇害的吗？'我们都兴奋如狂地在他面前齐声高喊'万岁'！啊！那情景，真是少有啊！——呀！火车到了！"

乐队开始奏乐，将校们齐步向前，蜂拥而至的人们也踮起了脚尖。一位警察说道：

"还要等一会儿陛下才会下车呢，现在正有人在车里拜谒(yè)[拜访]。"

老克劳德急得几乎神游天外：

"啊！回想起来，他当时的那种镇静自若的风范，现如今仍在眼前呢。不用说，他在地震发生、时疫流行的时候，也总是如此镇静。可在我的脑海里，几次三番想起的，却总是他那个时候的绝世风采。尽管他已做了国王，想来大概也不会忘记四十九联队四大队吧。把过去的部下召集起来，大家举行一次聚餐，想必他是会很欢喜的。现在，他是有将军、绅士、大臣们陪侍，可是那时，除了我们这些士兵，身边可是什么人都没有啊。真想和他谈谈，哪怕只谈几句也好！二十二岁的将军！我们曾经用枪和剑保护过的亲王！我们的翁贝托！从那以后，已有十五年不见了！——啊！军乐的声音快让我的血沸腾起来了！"

欢呼声从四面八方汹涌而至，成千上万的帽子高高地举了起来。四位身穿黑色礼服的绅士登上了最前面的马车。

"就是那一个！"老克劳德失神地站在那里叫道。过了一会儿，才徐徐地重新开口说：

"呀！头发都白了！"

我们三人也脱下了帽子，眼看着马车在欢呼的人群之中慢慢地前行。我发现，柴火店主人这个时候好像全然换了一个人，脖子伸得长长的，脸色凝重而略显苍白，柱子似的直立在那里。

马车离我们越来越近，离那柱子只有一步之遥了。

"万岁！"人们还在欢呼。

"万岁！"柴火店主人在群众欢呼以后，独自高声叫道。国王看见他了，眼睛还在他那三个勋章上注视了一会儿。柴火店主人高兴得几乎忘了一切！

"四十九联队四大队！"他这样叫。

国王本来已经把头转向别处了，经这一喊，又重新把目光投向我们，注视着老克劳德，从马车里伸出手来。

老克劳德飞奔过去，紧紧地握着国王的手。马车过去了，人群拥来挤去地把我们挤散了。老克劳德的身影一晃就不见了。稍过了一会儿，我们又看见他了。他喘着气，眼睛红红的，举着手，喊着他的儿子。他儿子立即向他跑了过去。

"快！趁我手还热着的时候！"他说着就把手按在了儿子脸上，"国王握过了我的手呢！"

他梦游似的茫然地目送着那已远去的马车，站在惊异地看着他的人群当中。人们纷纷议论说："这人是在四十九联队四大队待过的。"

"他是军人，本来就和国王认识。"

"国王还没忘记他呢，向他伸出手来呢。"

最后一人高声说道："他把请愿书递给了国王呢。"

"不！"老克劳德回头说道，"我没什么需要请愿的。只要国王用得着我，无论何时何地，我都会义无反顾地为他贡献我的所有——"

大家都睁大了眼望着他，等他说出下文。

"那就是我的热血！"他自豪地说。

> 爱的教育

阅读与思考

1.为什么克劳德父子对于迎接国王会感到这么高兴与激动呢？
2.文章最后，老克劳德的话表明他是一个怎样的人呢？

幼 儿 园

四日

名师导读

> 幼儿园的孩子天真可爱，在他们的世界，没有圆滑世故，没有虚伪城府，有的只是率真与顽皮，他们真诚地对待每一个人。今天，安利柯跟着母亲去看望幼儿园那些活泼可爱的孩子，会发生什么有趣的事呢？

昨天早饭后，妈妈如约带我到幼儿园去，把普来克西的妹妹托付给园长。我还未曾到过幼儿园呢，那里的情形，看起来真的很有趣。里面一共大概二百个小孩，男男女女都有，而且都是很小很小的孩子。跟他们相比，我们这些小学生都快成大人了。

我们去的时候，小孩们正排成两队进食堂去。食堂里摆着两排长桌，桌上镂了许多小圆孔，孔中安放着盛了饭和豆的黑色小盘，旁边摆着锡制的小勺。他们进去的时候，有些已经乱得弄不清方向了，老师们只好过去领着他们去找自己的位子。其中有个孩子走到一个位置旁边，以为是自己的座位，就停了下来，用小勺去取食物。老师走到他跟前对他说："再过去一点！"

他刚走了四五步，又舀了一小勺食物，老师又叫他往前走。等到了他自己的座位，他已经吃了半份食物了。老师们使出浑身解数，安顿好他们，让他们跟着做祷告，而且还要求他们在做祷告的时候，眼睛不许看着食物。可孩子们的心早就被食物所吸引，总要转过头来看着身后的食物。

就这样，大家合着手，眼望着屋顶，心不在焉地做完祷告，才开始进食。哈哈！那可爱的样子，真是太少见了！有拿着两个小勺往嘴里塞的；有用手抓着吃的；有将豆子一粒粒地装进口袋里去的；也有用小围裙包着豆子捏成浆糊的；有在看苍蝇飞的；有因为旁边的孩子呛着食物喷到桌上，而一口也不吃的。【写作借鉴：此句运用排比的手法再现了孩子们进食时的有趣又混乱的场面，展现了孩子们憨态可掬、天真无邪的模样，让人忍俊不禁。】饭厅里活像一处养着小鸡小鸟的庭园，真是好玩。小孩子们的头上都用或红或绿或青的丝带束着发，排成两排坐在那里，真好看！一位老师朝着并排坐着的八个小孩问道："米是从哪里来的？"

八个人一边嚼着食物，一边齐声说："从水里来的。"

老师对他们说："举手！"许多白嫩的小手一齐举了起来，闪闪的，就像白色的蝴蝶。

吃完饭，大家出去休息。在走出食堂以前，大家照例取下各自挂在墙上的小饭盒。一走出食堂，孩子们就四下里散开，从盒子里把面包呀、牛油小块呀、煮熟的蛋呀、小苹果呀、熟豌豆呀、鸡肉呀取了出来。一霎时，院子里到处都是面包屑，像给小鸟喂食似的。他们的吃相各式各样，都很可笑：有的像兔、猫或鼠一样嚼着或吸着；有的把饭涂抹在胸前；有的把牛油握在手心里捏糊了，滴进袖子里，而他自己却浑然不觉。还有许多小孩子追在衔着苹果或面包的小孩后面，把他们四处乱赶。又有三个小孩用草茎在蛋壳中挖掘，说要发掘宝贝呢；后来又把蛋白蛋黄倒在地上，再一点点地捡起，像拾珍珠似的。【写作借鉴：此句巧用比喻和排比的手法，生动形象地写出了孩子们种种可笑的吃法，他们无所顾忌的率真行为，使人不自觉地忆起自己快乐的童年时光。】

197

▶ 爱的教育

小孩子当中，只要有一人拿着什么好东西，大家就会把他围住，伸长了脑袋窥探他的饭盒。一位手里拿着糖的小孩旁边，围着二十多个人，有叽叽喳喳说个不休的，也有要求弄些糖抹在自己面包上的，还有只求用手指沾一点尝尝的。

妈妈走进院子，挨着个儿地抚摸着他们的脑袋。于是，大家就围聚在妈妈身边，全都仰着头，好像望着三层楼似的，口中呀呀作响，形似索乳般地让妈妈亲吻他们。【名师点睛：通过大家都向母亲索吻的场面描写，将大家对母亲的爱表达得淋漓尽致。】有想把已经吃过的橘子送给妈妈的，也有剥了小面包的皮给妈妈的。

一个女孩子拿来一片树叶，另一个则很郑重地把食指伸到妈妈面前——原来手指上有一个小得看不太清楚的伤痕，据说是昨天晚上被烛油烫伤的。还有的拿来小虫呀、破软木塞呀、衬衫纽扣呀、小花呀等等东西，很郑重地递过来给妈妈看。一个头上缠着绷带的小孩，说是有话要对妈妈说，也不知道说了些什么。还有一个请妈妈低下头，把他的小嘴附在妈妈耳边，轻轻地说了一声"我父亲是做扫帚的"。

事情就这样东一件西一件地发生着，老师们也只好走来走去地照料他们。有因为手帕打了结解不开而哭的，也有两人因为争夺半个苹果打闹的，还有跟椅子一起翻倒在地，趴在地上哭着不肯起来的。

将要回来的时候，妈妈把他们当中的三四个各抱了一会儿。这样一来，大家又从四面八方聚了过来，大都脸上弄得像花猫似的，围着妈妈要她抱抱。其中一个紧紧地抓着妈妈的手，另一个则抓住了妈妈的手指头，说要看看上面的戒指。还有过来拉表链、扯头发的。

"当心被他们弄破了衣服！"老师提醒说。

可是，妈妈毫不在意地将他们拉近了，亲了亲他们的小脸，他们更是挤拢了来，张开双手就想爬上身去，稍远一点儿的一边往里挤还一边齐声喊道："再见！再见！"

妈妈终于从院子里逃了出来。【名师点睛：一个"逃"字，传神地写出了孩子们对妈妈的喜爱，以及在妈妈要离去时的难舍难分之情。】小孩们追到栅栏旁，把脸挤在栅栏缝里，伸出了小手，想把面包呀、苹果片呀、牛油块呀等等送给妈妈。

"再见！再见！"孩子们挥着小手用稚嫩的语气喊道。

走出幼儿园，我看到母亲身上已沾满了面包屑和油渍、奶渍，衣服也皱得不成样子了，头发也乱了，可她手里拿满了花，眼里闪着泪光，似乎仍很快活。

很远了，耳边仿佛还能听到鸟叫似的声音："再见！再见！欢迎再来！夫人！"

阅读与思考

1. 文中对小朋友进餐时有趣又混乱的场面描写表现了小朋友们什么样的性格特点？

2. 你还记得你小时候的趣事吗？和同学们分享一下吧！

做 体 操

五日

名师导读

人生中最大的敌人，不是别人，而是我们自己。只有战胜自己才能战胜困难。在今天的体操课上，小耐利是以一种怎样的精神感动了老师和每一位同学呢？

由于最近的天气非常好，体育老师决定把室内体育课改为室外器械体操，我们都很高兴，因为在室外做运动别有一番乐趣。

体育老师也提前到操场来了，笑着站在一边看我们玩。

199

▶ 爱的教育

这时，耐利的妈妈——那个穿着黑衣服的白皮肤的妇人——也在那里。她想请求免除耐利的器械练习，可又很难开口似的抚着儿子的头说："因为这孩子做不来那样的事情。"

耐利却似乎觉得不参加器械练习是件很可耻的事情，坚决不肯同意，他说："妈妈！不要紧的，我会做好的。"【名师点睛：耐利恳切的语言表明了他想上器械体育课的决心，也表达了他迫切地想要证明自己的愿望。】

妈妈怜悯地注视着儿子，过了一会儿，踌躇着说："恐怕别人……"话未说完就止住了。她大概是想说："恐怕别人嘲笑你呢，我不放心。"

耐利拦住妈妈的话头说："他们不会怎么我的，况且还有卡伦在旁边呢！只要有卡伦在，谁都不会取笑我的。"【名师点睛：耐利对卡伦的信任是无条件的，这也为下文卡伦对耐利的维护埋下了伏笔。】

最后，耐利还是参加器械练习了。那个曾在加里波第将军麾下效力、颈上还留着伤痕的老师，领着我们来到插着直立柱子的地方。今天的练习是，先攀到立柱顶上，然后再在上面直立。戴洛西和克劳德猴子似的爬了上去。【写作借鉴：运用比喻的手法，将戴洛西和克劳德比作身姿灵巧的猴子，形象地表现了他们两人的行动敏捷。】普来克西也很敏捷，虽然他上衣太长有些碍事，可他还是毫不费力地爬上去了。本来大家都想笑他，可是见他一直说着他那口头禅："对不住，对不住！"就不好意思再取笑了。斯蒂尔德上去的时候，脸红得像只火鸡，咬紧着嘴唇，一口气爬了上去。罗宾斯站在立柱顶上时，还像个帝王似的昂着首四处顾盼呢。渥特尼穿着崭新的带水色条纹的运动服，中途滑下来两次。为了攀登容易些，大家手心里还搽了树胶。不用说，那预备了树胶来交易的，自然是精明的小商人卡洛斐了。他把树胶弄成了粉，装进了一只只小纸袋，每袋卖一个铜币，赚了不少呢。

轮到卡伦了。他若无其事地一边嚼着口里的面包，一边轻捷地往上攀登。我想，凭他的力气，就算再背上一个人，也是可以上去的。他可真像一头健壮的小牛犊哩。

卡伦的后面就是耐利。当他张开瘦削的双臂抱住立柱时，许多人都笑了起来。卡伦把粗壮的双手交叉在胸前，向那些口中发笑的人狠狠地盯了一眼，意思好像在说："又欠揍了是吧！"大家又都止住了笑。耐利开始往上爬，几乎拼了命，脸色发紫了，呼吸急促了，汗水如雨般从额上流下。【写作借鉴：通过动作和神态的描写，表达了耐利尽管吃力但是一直坚持的形象。】老师说："下来吧。"可他就是不肯退下，还挣扎着上去。我很替他担心，怕他中途跌落。

啊！我要是耐利那样的人，将会怎样呢？妈妈见了，心里又将如何？一想到这些，就愈发觉得耐利可怜，恨不能从下面帮他一把。

"上啊！上啊！耐利！用力！只差一步了！用力！"卡伦与戴洛西、克劳德齐声喊道。耐利呼呼地喘着，竭尽全力，爬到了离柱顶不到二英尺的地方。

"好！再来一步！用力！"大家喊着。耐利的手已经够到柱顶了，大家情不自禁地鼓起掌来。老师说："好！爬上去就好！可以下来了。"

可是耐利还想跟别人一样，爬到柱顶平台上去。他又挣扎了一会儿，才用臂肘靠稳了平台，移上膝盖，又把脚架了上去，居然直立在平台上了。【写作借鉴：作者从多个角度表现了耐利完成课程的艰难：艰辛的动作、同学的揪心，以及老师的紧张。正侧面描写相结合，使文章更具立体感与表现力。】他喘着，微笑着，俯视我们。

我们又为他鼓起掌来。当耐利朝街上望去时，我顺着他目光的方向回过头去，看见他妈妈正在围墙外面低着头不敢仰视呢。当他妈妈把头抬起来时，耐利也已下了立柱，我们也都大声喝彩起来。耐利脸红得像桃子一样，眼里闪着光，似乎再也不像从前的耐利了。

放学的时候，耐利的妈妈来接儿子，她抱着儿子担心地问道："怎么样了？"

儿子的朋友们都异口同声地回答说："他做得很好！跟我们一样，也爬上去了——耐利很能干哦——很勇敢哦——一点儿都不比别人差。"

> 爱的教育

【名师点睛:借用同学们的语言,烘托出耐利的努力和优秀的品质。】

他妈妈听了这话,高兴得不得了,本来想要说些道谢的话,也因为激动,嘴唇颤抖得说不出话来了。她和我们当中的三四个人握了握手,又很亲热地将手放在卡伦肩头拍了拍,领着儿子回去了。我们一直目送着他们母子二人的背影,耐利一边滔滔不绝地为母亲讲着,一边做着手势。母亲也微笑地看着他,还时不时地吻着他的额头。大家衷心地为耐利祝福着。

阅读与思考

1.耐利的妈妈想请求免除耐利的器械练习,但耐利坚决不肯同意,他说:"妈妈!不要紧的,我会做好的。"这表明耐利是一个怎样的孩子?

2.耐利最后完成了训练吗?如果你是耐利的同学,此时,你想对他说些什么呢?

父亲的老师

十三日

名师导读

安利柯的父亲带他去拜访了自己四十四年未曾见面的老师——克洛赛蒂先生。命运阻断了师生之间近半个世纪的往来,却无法阻隔老师心中对学生的永恒责任与深深牵挂,也无法阻挡学生对老师的无上崇敬与思念,这将是一次怎样震撼人心的重逢呢?

昨天父亲带我出去旅行,令我非常开心!事情是这样的:
前天晚饭时,父亲正看着报纸,忽然吃惊地说:哎呀!我还以为二十年前他就已经死了呢!我的小学一年级老师克洛赛蒂先生还活着，今年八十四岁了！他做了六十年教师，教育部长刚给他颁了勋章。六——十——年啊！你想想，真是太了不起了！据说，两年之前，他还在学校教书呢！可怜的克洛赛蒂老师！他就住在坎特甫，乘火车去一个小时就够了。安利柯！明天我们大家一起去拜访他。"

当天晚上，父亲一直不停地说着关于那位老师的事情——因为看见儿时老师的名字，把儿时发生的许多事情，从前的朋友，死去的祖母，也都一一回忆了起来。父亲说：

"克洛赛蒂老师教我的时候，正好四十岁。至今我还记得他的样貌，他是个身材矮小，腰部向前微挺，目光炯炯有神，把胡子剃得很干净的老师。他虽然要求严格，却是一位很好的老师，爱我们如同子女，常常原谅我们的小过失。【名师点睛：通过详细的外貌描写，表现了克洛赛蒂老师慈爱、可敬的形象。另外，时隔四十多年父亲仍能记清老师的长相，则说明父亲对老师的印象之深。】他原是农民的儿子，因为自己用功，后来当上了教师。真是一位品德高尚的人啊！我妈妈一直都很佩服他，父亲也跟他很要好，相处得跟朋友一样。他怎么会住到这附近来了呢？现在见了面，恐怕也不认识我了。但是不要紧，我是认识他的。已经四十四年不曾见面了，四十四年了啊！安利柯！明天就去吧！"

昨天早上九点钟，我们上了火车。本想叫上卡伦同去，可他妈妈病了，最终还是没能同去。外面的天气真好，原野里一片葱绿，杂花满树，火车经过时，连涌进车厢的空气都是喷香的。父亲很愉快地望着窗外，【写作借鉴：清新细腻的环境描写描摹出了父子面前动人的春天景色，同时也烘托出了父亲此刻因即将见到小学老师而产生的激动心情。】一边用手勾着我的脖子，一边像跟朋友谈话似的对我说：

"啊！克洛赛蒂老师！除了我父亲以外，可以说是当初最爱我和为我操心最多的人了。老师对我的种种教诲，直到今天，我还记着。因为做了坏事受到老师的叱骂伤心回家的情景，我现在还记得。老师的手很粗大，那年老师上课时的身影至今仍在我的眼前：他总是静静地走

▶ 爱的教育

进教室，把手杖放在屋角，把外套挂在衣钩上。无论什么时候，他的神态总是那么安然，总是那么真诚热情，做什么事情都会全神贯注，从开学那天起，一直都是这样。我现在的耳朵里，好像还能听到老师的声音：'勃蒂尼！勃蒂尼呀！要把食指和中指这样握住笔杆！'已经四十四年了，老师恐怕也和以前不同了吧。"

一到坎特甫，我们就去打听老师的居所，而且马上就打听到了。原来，在那里谁都认识老师。

我们离开街市，折上了一条篱间开满了花儿的小路。

父亲默然，似乎在沉思往事，一会儿微笑，一会儿摇头。

突然，父亲停下了脚步，指着前面说："那就是他！一定是他！"<u>我抬头一看，小路的那边过来一位顶着麦秆草帽的白发老人，正拄着手杖下坡，脚似乎有点跛瘸了，手也在颤抖。</u>【名师点睛：将老人走路的蹒跚步态表现得十分传神，也与前文对老师的外貌描写形成对比，突出了四十四年的光阴在老师身上留下的痕迹。】

"果然是他！"父亲反复说着，急步迎上前去，来到老人面前。老人也站住了，打量着父亲。老人面颊微红，眼中闪着光辉。父亲脱下帽子：

"您就是本兹·克洛赛蒂老师吧？"

老人也把帽子摘下，用颤抖而粗大的声音回答说："是的。"

"啊！那么……"父亲握住了老师的手，"对不起，我是老师以前教过的学生。老师还好吗？我今天是专从丘林过来拜访您的。"

老人惊异地注视着我的父亲：

"真难为你了！我不知道你是哪个时候的学生？对不起！你的名字是——"

父亲把阿尔伯特·勃蒂尼的姓名和曾在什么时候什么地方的学校说了一遍，还说："难怪老师记不起来。但我总是记得老师的。"

老人低着头沉思了一会儿，把父亲的名字念了三四遍。而父亲只

204

是微笑着，看着他的老师。

老人忽然抬起头来，眼睛睁得大大的，慢慢说道：

"阿尔伯特·勃蒂尼？工程师勃蒂尼先生的儿子？曾经住在佩斯·德拉·恺撒拉特，是吗？"【名师点睛：尽管老师年事已高，可是仍然能清楚地记得每一位学生，读者也能从中感受到老师对学生的关怀。】

"是的。"父亲说着伸出手去。

"原来这样！真对不起！"老人跨近一步抱住父亲，那白发正垂在父亲的头上。父亲把脸贴在老师的脖子上。

"请跟我到这边来！"老人说着移步向自己的住所走去。不久，我们来到一座小屋前面的一个花园里。老人打开自己的房门，领着我们进去。四壁粉得雪白，室内一角摆着小床，另一角则摆着桌子和书架，四张椅子。墙上挂着一幅旧地图。屋里充满了苹果的香气。【名师点睛："斯是陋室，惟吾德馨。"《陋室铭》中的名句正是对老师家中陈设的最好解释。虽然操劳了一辈子，但老师的家却异常简陋，更加体现了老师对教育事业的奉献精神。】

"勃蒂尼！"老师注视着阳光映照下的地板说，"啊！我还记得，你的母亲是个很好的人。你在一年级的时候坐在窗口左侧的位置上。慢点！对了，对了！你那鬈曲的头发还如在眼前哩！"

老师又追忆了一会儿：

"你曾是个活泼的孩子，非常活泼。不是吗？在二年级那一年，曾经患过喉痛病，回到学校的时候非常消瘦，裹着围巾。四十多年过去了，居然还没忘记我，真难得呀！过去的学生来拜访我的很多，其中有做了大夫的，做牧师的也有好几个，此外，还有许多已成了绅士。"

老师问了父亲的职业，又说："我真高兴！谢谢你！近来已经不大有人来拜访我了，你恐怕是最后一个了呢！"

"哪里！您还很健康呢！请不要说这样的话！"父亲说。

205

▶ 爱的教育

"不，不！你看！手都开始颤动了呢！这是个很不好的兆头。三年前就患了这毛病，那时还在学校任教，刚开始也没注意，总以为就会痊愈的，不料竟渐渐严重起来，终于连字都不能写了。哎！那一天，我从做教师以来第一次把墨水落在学生的笔记簿上的那一天，真是撕心裂肺似的难过啊！虽然如此，总还是暂时支撑着。后来真的力不从心了，所以就在做教师的第六十年，和我的学校、我的学生、我的事业永别了，心里真是难过啊！

"在上最后一课的那天，学生们一直送我到了家里，一直恋恋不舍。我悲伤至极，以为我的一生从此完了！【名师点睛：表达出教师对自己职业的热爱，以及对学生和学校的不舍。】很不幸啊，我太太刚好也在前一年亡故，一个独子，不久也跟着死了，现在只有两个种庄稼的孙子。靠着些许养老金，我也不必做什么事情。白天真长啊，夜晚好像总是不来哩！我现在的工作，就是每天读读以前学校里的书，或者翻翻日记，或者读读别人送给我的书。都在这里呢。"说着指了指书架，"这些全是我的记录，我的一生全在这里面。除此以外，在这个世界上，我什么都没能够留下！"

说到这里，老师的语调突然轻快起来："哈哈！吓了你一跳吧！勃蒂尼！"说着又走到书桌旁，把那长抽屉打开。其中有许多纸卷，都用细细的绳子缚着。上面一一记着年月。翻寻了好一会儿，取出一束打开，翻出一张黄色的纸张，递给父亲。竟是四十多年前，父亲的一张成绩单。【名师点睛：四十多年前的成绩单老师居然还保留着，充分体现了老师对每一位学生的珍视，以及他对教育事业的热爱。】

纸上记着"听写，1838 年 4 月 3 日，阿尔伯特·勃蒂尼"等字样。父亲笑着读着这张写满了小孩笔迹的纸片，眼中涌出泪来。我站起来问那是什么，父亲一手抱住了我说：

"你看这纸！这是我妈妈给我修改过的。我妈妈经常帮我这样修改，最后一行全是我妈妈给我写上的。我累了在那里睡着的时候，我妈妈仿了我的笔迹替我写下的。"父亲说着，就在纸上亲吻起来。

老师又取出另一卷纸：

"你看！这些全是我的纪念品。每学年，我都会把每个学生的成绩各取一纸这样留着。其中记有月日，是依顺序排列的。打开来一一翻阅，就能回忆起许多的事情来，我就好像又回到了那时的光景。啊！已有许多年了，只要把眼睛一闭上，许多的孩子，许多的班级就会浮现在眼前。那些孩子，有的虽然已经死了。可他们的事情，我都还记得，最好的和最坏的，总是记得格外清楚，令我开心的孩子，让我伤心的孩子，尤其不会忘记。这许多孩子之中，真有不少坏的呢！但是，我就好像是在另一个世界，无论坏的好的，我都一样爱着他们。"

老师说完，又重新坐下，握住我的手。

"怎样？还记得我那时的恶作剧吗？"父亲笑着说。

"你吗？"老人也笑了，"不，不记得什么了。你原先也算是淘气的。不过，你是个伶俐人儿，比起你的年龄来，总显得大了许多。记得你妈妈很爱你呢。这些事情姑且不提，啊！今天你能来真是很难得，谢谢你！难为你从百忙之中抽出时间来看我这老掉牙的苦教师！"

"克洛赛蒂老师！"父亲用很高兴的声音说，"我还记得妈妈第一次领我到学校里去的情景。妈妈离开我足有两个小时，那还是第一回。妈妈把我从她手里交给别人时，似乎觉得从此就母子永别了，心里很是悲伤，我也一样难过。我趴在窗口跟妈妈道别的时候，眼中充满了泪水。那时老师用手招呼我，老师那时的样子、脸色，就像是完全明白妈妈的心情似的。老师那时的眼神，好像在说'不要紧！'打那以后，我就知道老师一定会保护我，宽恕我的。老师那时的样子，我从来没有忘记，就像永远刻在我心里一样。今天把我从丘林带到这里来的，就是这个难忘的记忆。所以特别想在四十四年后的今天再来看看老师，向老师说声谢谢。"

老师没有说话，只是用他那颤抖的手抚摸着我的头。那手从头顶

▶ 爱的教育

移到额边，又移到了肩上。

父亲环视屋内——粗糙的墙壁，粗制的卧榻，些许面包，窗间搁着一只小小的油壶。父亲见了这些，似乎在说："啊！老师可真苦啊！辛辛苦苦工作六十年，所得的报酬只是这一点儿吗？"

看起来，老师自己好像挺知足。他高高兴兴地和父亲谈起了我家里的事，还有从前的老师和同学们的情形，话多得好像说不完一样。父亲想拦住老师的话头，请他一起到街上吃顿午饭。可老师只是说着谢谢，似乎有些迟疑不决。父亲拉了老师的手，催促他去。老师就说：

"我还怎么吃东西呀！手抖得厉害，怕是要妨碍别人呢！"【写作借鉴：面对学生的邀约，这个与学生感情深厚的老人却迟疑了。这里运用语言描写表现了老师时刻为他人着想的高尚品质。】

"老师！我会帮你的。"

老师见父亲这样说，也就应允了，微笑着摇了摇头。

"今天真是好天气啊！"老人一边关门一边说，"真是好天气。勃蒂尼！我这一辈子也不会忘记今天啦！"

父亲搀着老师，老师携了我的手一起下坡。途中遇见手挽着手走过来的两个赤脚的少女，又遇见了打草的男孩子。据老师说，他们都是三年级的学生，上午在牧场或田野劳作，饭后才到学校里去。时候已经正午，我们进了街上的餐馆，三人围坐在一张大桌子前共进午餐。

老师很乐观，可是也因为高兴的缘故，手抖得更加厉害，几乎不能吃东西了。父亲帮他割好肉，切好面包，帮他把盐加在盘子里。汤是用玻璃杯盛了捧给他喝的，可是仍然会碰到老师的牙齿。老师不断地说着，什么青年时代读过的书呀，现在社会上的新闻呀，自己被前辈赞扬过的事情呀，现代社会制度呀，什么都说。他微红着脸，像个少年人似的高声谈笑。父亲也微笑着看着老师，那神情和平日在家时边想事情边注视着我的时候一样。

老师不小心打翻了酒，父亲立刻起身用餐巾帮他拭干。老师笑着

208

说:"哎呀!老啦!真对不起啊!"后来,老师又用那颤动着的手举起杯来,郑重地说:

"工程师!为了你和孩子的健康,为了对你妈妈的纪念,干了这杯!"

"老师!祝你健康!"父亲回答着,握着老师的手。在餐厅一角里坐着的餐馆主人和侍者们也都向我们看了过来。他们见了我们这样,似乎也很感动。

两点以后,我们出了餐馆。老师说要送我们去车站,父亲过去搀着他。老师仍携着我的手,我帮老师挂着手杖。街上的行人当中有的还停下来看我们。本地人都认识老师,都会跟他打招呼。

在街上走着的时候,听到前面窗口传来小孩子的读书声,老人停下脚步,悲伤地说:

"勃蒂尼!这太让我伤心了!每当我听到学校里传出来的读书声,就会想起自己已不在学校,就会情不自禁地悲伤起来!那,那是我六十年来早已听熟了的世间最动听的乐曲啊,真让我欢喜啊。我好像已经是个离开了自己的家庭,一个在外流浪连个孩子也没有的人了!"

"不,老师!"父亲边说边向前走着,"老师有许多孩子!他们散布在世界各地,和我一样回忆着老师呢!"

老师悲伤地说:

"不,不!我已经没有学校没有孩子了!没有孩子还怎么活呀?我的末日大约就要到了吧!"

"请不要说这样的话!老师已做过许多好事,把一生都用在了最崇高的事情上了!"

老师把那满是白发的头颅靠在父亲肩上,又把我的手紧紧握住。到车站时,火车快要开了。

"再见!老师!"父亲在老人颊上吻着。

"再见!谢谢你!再见!"老人用颤抖着的双手捧起父亲的一只手贴在胸前。

209

▶ 爱的教育

<u>我和老师吻别时，老师的脸上已满是泪水了。</u>【写作借鉴：细腻传神的神态描写将老人此刻内心的感动与不舍表现得淋漓尽致。】

父亲先把我推上了火车，等火车快要开动的时候，他从老人手中取过手杖，把自己拿着的镶着银头、刻有自己姓氏的华美手杖递给了老人：

"请收下这个，当作我的一点纪念吧！"

老人正想推辞，父亲已跳入车厢，把车门关了。

"再见了！老师！"父亲说。

"再见！你又给了我这个穷老头很多念想！愿上帝保佑你！"老人在火车将动时说。

"再见吧！"父亲说。

老师摇着头，好像在说："恐怕今生不能再见哩！"

"还能再见的，再见！"父亲反复说。

老师颤抖着双手高高地举起，指着天空说："在那上面！"

火车行驶得越来越快，老师的身影在我们模糊的视线中渐渐地消失了。

Z 知识考点

1. 填空题。

老师很＿＿＿＿，可是也因为＿＿＿＿的缘故，手抖得更加厉害，几乎不能＿＿＿＿了。父亲帮他＿＿＿＿好肉，＿＿＿＿好面包，帮他把盐加在＿＿＿＿里。汤是用玻璃杯盛了＿＿＿＿给他喝的，可是仍然会＿＿＿＿老师的牙齿。

2. 判断题。

克洛赛蒂老师年轻时是个身材矮小，腰部向前微挺，目光炯炯有神，把胡子剃得很干净的老师。他是一位严格的好老师，从不原谅学生们的小过失。　　　　　　　　　　　　　　　　　（　　）

3. 问答题。

老师的长抽屉里有许多纸卷,都用细细的绳子缚着。上面一一记着年月。翻寻了好一会儿,老师竟然还找到了父亲四十多年前的一张成绩单。这表明了什么?

_____

_____

阅读与思考

1. 分析一下:为什么父亲要特意带着安利柯去看望自己的老师?
2. 你觉得文中有哪些地方使你特别感动?说说你的理由。

痊　　愈

二十日

名师导读

刚刚随父亲旅行完毕的安利柯,回来就病了,而且病得很严重,差点与这个世界永别。但是,这次生病不仅使安利柯充分感受到了亲人、朋友的爱,也使他长大了许多,这到底是为什么呢?

在跟父亲做了一趟愉快的旅行回来后,十天之中,竟然病得昏天黑地,差点连小命也丢了,真是做梦也料想不到的事情。这些日子,我只朦朦胧胧地记得妈妈啜泣的身影,父亲曾脸色苍白地守着我,西尔维亚姐姐和弟弟低声呢喃。【名师点睛:亲人守护安利柯的身影,表现出了家人对安利柯病情的担忧和对他的深切疼爱。】戴眼镜的医生守在床前,对我说着什么,可我全不明白。只差一点儿,我就要和这世界永别了。当中有三四天时间似乎什么也不记得,像在黑暗里做着苦痛的梦!只记得我的二年级女老师也曾到床前,用手帕掩

▶ 爱的教育

着嘴在不断咳嗽。我的老师曾经弯下腰来亲我，我的脸上被他的胡茬刺得有些痛。【名师点睛：动作描写细致地表现出了老师对安利柯的疼爱。】克洛西的红发，戴洛西的金发，以及穿着黑色上衣的格拉勃利亚少年，模模糊糊的好像都在云雾当中。卡伦曾拿着一个带叶的夏橘送来给我，因为他的妈妈有病，立刻就回去了。

等我从长梦中醒来，神志清醒了，看见父亲母亲在微笑，西尔维亚姐姐在低声唱歌。啊！真是可怕的一场噩梦啊！

从那以后，我逐渐好转。等"小石匠"来装兔脸给我看的时候，我才有了笑脸。那孩子自从生了一场大病以后，脸变长了许多，兔脸比以前似乎装得更像了。克劳德也过来了。卡洛斐来的时候，还把他正在经营的刀型彩票送给我两片。昨天我睡着的时候，普来克西来过了，据说他将我的手放在自己的颊上触了一下就离开了。他是从铁器作坊来的，脸上沾着煤灰，我的袖子上也因此留下了黑黑的痕迹。我醒来后见了感到非常高兴。

几天之间树叶又绿了许多。从窗口望出去，孩子们都挟着书本到学校去，心里羡慕得不得了！我也快要回学校去了，我很想快些见到所有的同学，看看自己的座位，学校的庭院，以及街市的风景，听听我生病期间发生的新闻，翻阅翻阅笔记簿和课本。这一切，好像已有一年不见了呢。我可怜的妈妈消瘦苍白了！父亲也显得疲惫不堪！【名师点睛：说明在安利柯生病期间，父母担心他、照顾他定是不眠不休的，这充分体现了父母对他的挚爱。】

来探望我的亲爱的朋友们都跑过来亲我。啊！一想到将来总有一天要和这许多朋友分开，我就觉得心里难过起来。我大概可以和戴洛西一起升学，而其他的朋友呢？五年级一结束，大家就要别离，从此以后怕是很难再有机会相见了吧！以后生病的时候，恐怕也不能再在床前看见他们了吧！——卡伦、普来克西、克劳德，都是我很要好的朋友——可是，天下终究没有不散的筵席啊！

阅读与思考

1. 安利柯生病十多天后，为什么他会觉得的妈妈消瘦苍白了很多，父亲也显得疲惫不堪？这说明了什么？
2. 为什么普来克西脸上沾的煤灰留在了安利柯的袖子上，而安利柯却感到非常高兴？

劳动见真情

二十日

名师导读

> 向来快乐无忧的安利柯，在生病之后，便多了些使他忧虑的事情，特别是当听完父亲的话后，他更是有些不安。那么，父亲究竟对他说了些什么呢？

安利柯：

为什么"不长久"呢？等你五年级毕业升了中学，他们就要加入劳动队伍当中去了。【名师点睛："父亲"以设问句作为起始句，为的是引起安利柯的注意，让他明白他与伙伴们在一起的日子不多了，要珍惜与他们的友谊。】几年之中，彼此都在同一座城市里，为什么不能相见呢？就算你将来进了高等学校或大学，不也可以到工厂里去拜访他们吗？在工厂里与儿时的朋友相见，难道不是一件值得高兴的事吗？！

无论在什么地方，你都可以去探望克劳德和普来克西，都可以从他们那里学到各种书本上没有的东西。你认为这样的朋友怎么样？倘若你和他们不再继续交往，那你将会失去许多朋友——与自

213

> 爱的教育

己生活在不同阶层的朋友。到那个时候,你就只能生活在同一阶层当中,让原本应该丰富多彩的生活变得单调和枯燥无味。因为仅把自己的生活局限于同一阶层当中狭小的社交圈子里的人,就跟翻来覆去只读同一本书的学生一样。

所以,你一定要下定决心,跟这些朋友永远地继续交往下去!并且,从现在开始,就要有意识地多和劳动者的子弟交往。上流社会好比是将校,底层社会好比是士兵。无论是在这个社会里,还是在军中,有的只是不同的岗位、不同的职责和不同的分工,而没有贵贱之分,农民工人不比绅士低贱,正如士兵并不比将校低贱。

人与人之间的差别,在于能力,而非俸禄与金钱;在于勇气,而非所处的阶级。论理,士兵与劳动阶层正因为得到的报酬少,所以才更加难能可贵。所以,你在朋友之中应该特别尊重、关爱劳动阶层出身的人,对他们的父母所付出的辛劳与牺牲,应该表示尊敬,而不应该只着眼于财产的多寡和阶级的高下。

以财产多少和阶级的高下来划分人群,是一种势利无知的行径。给我们的祖国带来无限生机和力量的神圣的血液,正是从工矿、田园里的劳动阶级的脉管中流出来的。<u>一定要和卡伦、克劳德、普来克西、"小石匠"保持友爱啊,只有他们的胸怀才是高尚的灵魂的居所啊!</u>【名师点睛:真切直白的描述,表现了卡伦、克劳德等小朋友在父亲心中的地位及父亲希望儿子与这些善良可爱的人友好交往的心情。】

不管将来命运如何变动,也决不能忘了这少年时代的友谊:从今天开始就须这样自誓。如果四十年后,你在车站里,见到面色黝黑、穿着工装的卡伦,哪怕你已是贵族议会里的一员,也应该立刻跑到他的面前,用手勾住他的脖子,亲吻他的脸,回味你们的友谊。我相信你一定会这样做的。

——父亲

卡伦丧母

二十八日

> **M 名师导读**
>
> 安利柯刚到学校,就听到一个令人难过的消息,卡伦的妈妈去世了,可怜的卡伦小小年纪就失去了爱他、疼他的母亲,但他也是幸运的,因为除了母亲,还有很多老师和同学关心他。

刚回到学校,我听见的就是一个坏消息——卡伦因为妈妈病重,已经缺课好几天了。上个星期六,他的妈妈终因医治无效与世长辞了。昨天早上,我们一进教室,老师就对我们说:

"卡伦真是太不幸了!他永远地失去了亲爱的妈妈!他明天大概要回学校了,希望你们大家同情他的痛苦。他进教室的时候,一定要亲热地招呼他,安慰他,不许嬉闹开玩笑!"

今天早晨,卡伦稍稍迟到了一会儿。我见了他,心里好像被什么东西堵住了似的。他的脸瘦削了许多,眼睛红红的,两腿直打颤,仿佛自己生了一个月大病似的。他全身换上了黑色衣服,差不多快认不出是卡伦来了。同学们都屏住了呼吸,关注着他。

他进了教室,似乎回忆起妈妈每天来接他,从椅子背后看他的情景,忍不住又哭了起来。

老师把他拉了过去,将他的头贴在自己胸前:"哭吧!哭吧!苦命的孩子!可是不要灰心!你的妈妈虽然已经不在这个世界上了,但她仍在看顾着你,仍然关爱着你,依旧在你身边。你并没有失去你的妈妈,因为你和你妈妈有着同样正直的精神。从现在起,你要自己珍重啰!"

▶ 爱的教育

　　老师说完，领他坐在我旁边的座位上。我实在不忍心看卡伦的脸，因为他的神情是那样的悲伤，悲伤得让我揪心。卡伦取出自己的笔记簿和久已不曾翻开的书本，当他翻到妈妈上回送他来时为他折的折页，又掩面啜泣起来。老师冲我们使了一个眼色，让我们暂时不去理他，只管上课。我很想对卡伦说些什么，可是又不知道说什么好，只得将手搭在卡伦肩上，低声对他说："卡伦！不要哭啦！"

　　卡伦没有回答，把头伏在桌上，用手按着我的肩膀。放学以后，大家又都默默地肃立在他周围。我看见我妈妈来了，就跑过去想要她抱。妈妈一把将我推开，只是看着卡伦。我开始还觉得有些莫名其妙，可是等我看见卡伦独自一个人站在那里默不作声，悲伤地看着我，那神情好像在说："你有妈妈来抱你，我已经不能够了！你有妈妈，我已经没有了！"我才惊觉到妈妈推开我的缘故，就不等妈妈过来拉我的手，自己出去了。

Y 阅读与思考

　　1.卡伦妈妈的去世,对他的打击很大,老师是如何要求同学们的,又是怎样安慰他的?

　　2.为什么"我"看见妈妈来了,跑过去想要她抱,而妈妈却一把将"我"推开,只是看着卡伦?

悲哀非超越不可

二十九日

> **M 名师 导读**
>
> 　　卡伦"迷失"在丧母之痛中，丢失了原本快乐的自己。老师为了帮助他度过这段晦涩的日子，为他读了一段话，启示他"悲哀非超越不可"。卡伦可以找回曾经快乐的自己吗？

　　今天早晨，卡伦脸色仍然苍白，眼睛红肿。【名师点睛：外貌描写，深刻地表现出卡伦还是没能走出丧母的痛苦生活。】我们聚在他的书桌旁制作吊唁礼品时，他也没有看一眼。老师另外拿了一本书进来，说是准备念给卡伦听的。他先通知我们说：明天要授勋给上次在濮河救起小孩的少年，下午一点，大家要到市政厅去参观，星期一要写一篇参观日记作为这个月的每月例话。通知完了以后，又对正在那里埋着头的卡伦说：

　　"卡伦！今天请忍住悲痛，和大家一起把我讲的话用笔记下来。"【名师点睛：老师要求卡伦记住讲话内容，正是为了帮助卡伦从痛苦中走出来。】等我们大家都拿起笔来，老师开始讲道：

　　"朱塞佩·马志尼，1805年生于热那亚，1872年死于比萨。他是一位伟大的爱国主义者，大文豪，同时也是意大利革命运动的先驱者。他为了意大利的统一与独立，四十年如一日，奋斗不息，甘受放逐，宁愿亡命天涯，也不肯改变自己的信仰与决心。他非常敬爱妈妈，将自己高尚纯洁的情操全部归功于妈妈的教育与感化。当他一位知交好友不幸失去妈妈，不胜哀痛时，他写了一封信去安慰他。下面就是他这封信件的原文：

▶ 爱的教育

　　朋友！你这一辈子再也不能见到你的妈妈了。这确实是一件可怕的事情。我现在也不忍心看见你，因为你正处在谁也无法避免却又非超越不可的神圣的悲哀之中。'悲哀非超越不可'，你能理解我的这句话吗？悲哀，一方面，会削弱我们的斗志，使人丧失意志，陷于怯懦与消极之中，对于这一部分，我们应当战胜它，超越它。当然，悲哀的另一方面，确实有着令我们精神高尚的力量，这一部分是应该永远保存，是不可放弃的。【名师点睛：不能让悲哀打败我们，要化悲哀的力量为活下去、战斗下去的力量。】

　　在这个世界上，最可爱的莫过于妈妈，而且不管身在悲伤还是喜悦之中，你都不会忘了你的妈妈。但是，你若真想纪念你的妈妈，哀悼你妈妈的死，就决不可以辜负你妈妈的心。啊！朋友！请听我来为你解说！死去原知万事空，即便你想了解也无从入手。而活着，却必须遵从生命的法则。而生命的法则就是不断地进步。【名师点睛：深切体会失去母亲的痛，但更要振作，看清生死。】昨天，在这个世上守候你的只有妈妈；今天，却有一个天使随时随地守候着你。凡是善良的东西，都有着无限的能量，你妈妈的爱不也是这样吗？【名师点睛：此句以反问的语气，表达了母爱也同善良的东西一样，永不消亡，发人深思。】你的妈妈比以前更爱你了，妈妈赋予你的责任也比以前更重了。

　　你能不能在另一世界和妈妈相会，完全取决于你自己是否能够担负起那样的责任。所以，你应当以爱母之心激励自己，进一步提高自己，以慰妈妈的在天之灵。以后你无论做什么事，都要经常自我反省：'这是否是妈妈喜闻乐见的？'妈妈的死，不仅没有让你失去什么，其实还让你在这世界上多了一个守护神。你以后一生的行事，都必须要和这位守护神商量。要刚毅！要勇敢！要和失望与忧愁抗争！在现实的大苦恼中维持精神世界里的平静！因为这是妈妈所乐见的。

"卡伦！要刚毅！要平静！这是你妈妈所乐见的。懂了吗？"老师又继续说。【名师点睛：老师中肯的鼓励语言，表现出了他希望卡伦能够早日摆脱痛苦、重新振作的心情，也表达了老师对学生的关爱之情。】

卡伦点头，大滴大滴的泪珠扑簌簌地落在手背上、笔记簿上和桌上。

阅读与思考

1. 文中朱塞佩·马志尼安慰朋友的话，"悲哀非超越不可"，你能理解这句话吗？

2. 卡伦明白了老师讲的故事的意思及良苦用心了吗？如果你是卡伦的同学，你会怎么安慰他呢？

受勋的少年(每月例话)

名师导读

气势恢宏的市政大厅里，早已人山人海，大家都在翘首等待着——市长为那位英雄少年颁发勋章。少年的英勇行为得到了嘉奖，这个被人们称赞的孩子又有哪些表现呢？

下午一点，老师带领我们到市政厅去，参观对前次在濮河救起小孩的少年的授勋仪式。

市政厅大门正上方，飘扬着大大的国旗。我们走进中庭，那里已是人山人海。前面摆着用红色桌布罩着的桌子，桌子上放着文件，身穿蓝色马甲脚穿白色袜子的司礼就在那里。后面是市长和议员的席位，有许多华美的椅子。右边是一大队挂着勋章的警察，税务及海关官员也都在这边。其对面排着许多盛装的消防队，还有许多骑

爱的教育

兵、步兵、炮兵和在乡军人。其他绅士呀、普通市民呀，都围拢在中庭四周。【名师点睛：通过这个细节的描写，我们能看出这是一个很庄严隆重的场面。】

我们和别的学校的学生聚集在庭院的一角，身边是一群十岁到十八岁左右的青少年，正谈笑着。据说这些都是今天受勋少年的朋友，特地从故乡赶来参会的。市政厅里的工作人员都从窗口往下望，图书馆的走廊上也有许多人倚着栏杆观看。大门的楼上，满满地聚集着小学里的女生和面上有蓝纱面罩的女会员。情形就像一个大剧场，大家高兴地谈论着，时不时地向红地毯上的桌子望去，看有没有人出来。【名师点睛：在大致描写了前来参加颁奖仪式的观众之后，又对参会的人员进行了细致的描写，体现了人们开心与期待的心情。】乐队在廊下一角静静地奏着乐曲，阳光明亮地射在高墙上。

忽然，庭院里，窗口，廊下掌声四起。我踮起脚来往前一望。红桌子后面的人们已分成左右两排，另外还有一位男士和一位女士也过去了，男士正携着一位少年的手。

这少年就是那见义勇为救起落水儿童的学生。那男子就是他的父亲，原是一个石匠，今天打扮得很整齐。女人是他的妈妈，娇小的身材，白皮肤，穿着黑色衣裳。【名师点睛：先点明少年父亲的职业，也就是指出了少年的家庭境况，再详细描写少年父母穿戴得整洁与得体，更能体现他们对颁奖仪式的重视。】少年也是白皮肤，衣服是灰色的。

这三人见了这许多人，听了这许多掌声，只是目不斜视地站着不动。司仪上前，引领他们来到桌子的右边。

过了一会儿，掌声又响起了。少年望了望窗口，又望了望女会员所在的廊下，浑若不知身在何处。少年的长相略有些像克劳德，只是脸色比克劳德红些。他的父母正垂着目光，注视着桌面。

这时候，在我们旁边的少年的乡友接连地向少年招手，或是轻轻地唤着"皮！皮！皮诺特！"想要引起少年的注意。少年似乎听见了，朝他们看了看，在帽子下面露出笑影来。

过不了一会儿，守卫们把会场秩序整顿好了，市长和许多绅士一起进来。市长穿着纯白的衣服，围着三色的绶带。他站到桌子前，其余的绅士都在他两旁或背后就座。乐队停止了奏乐，市长抬手向下压了压，全场立即一片肃静。市长开始演说。开头大概是说少年的事迹，听不大清楚。后来声音渐高，我们才听得一句都不漏：

"这少年在河岸上见自己的朋友将要沉入水中，就毫不犹豫地脱去衣服，跳入水中去救他。旁边的孩子们想拦住他，说：'你会跟他一起沉下去的！'他还是毫不犹豫地跳入水去。河水涨满，连大人也不敢轻易冒险。他拼尽全力和急流斗争，终于将快要淹死的友人捞起，托出了水面，他屡屡要沉下去，终于还是鼓起勇气游到了岸边。这种见义勇为、坚韧不拔和舍生取义的行事作风，只有父母为了救助自己爱儿才会出现，有谁能够想象到竟是这少年所为？上帝把这一切都看在眼里，并鉴于这少年的英勇，帮助他把将死的友人从危难中拯救出来，在许多人的共同努力下，濒死的少年重获新生。<u>事后，他若无其事地回到家里，仅仅是平淡地把事情的经过告知了家人。</u>【名师点睛：救人是大事，可是少年没有任何炫耀的意思，从侧面表现了他的朴实。】

"各位！见义勇为对大人们来说已经是难能可贵的美德，而对于这样一位身小力弱、凡事需要付出十倍努力的小孩来说，对于既无义务也无责任，就算什么事情都不会做，只要肯听话、明事理、知感恩就足以讨人喜欢的小孩来说，见义勇为更是神圣之至！各位！多余的话我就不多说了！在如此高尚的行为面前，任何的赞语都显得苍白无力！现在各位的面前，就站着这位品德高尚、行为勇敢的少年！各位军人啊！请像兄弟那样待他！身为人母的女士们啊！请像待自己儿子那样为他祝福！同学们啊！请记住他的名字，把他铭

▶ 爱的教育

刻在自己的心里，永志不忘！过来！少年！我现在以意大利国王的名义，把这枚勋章授予你！"

市长从桌上拿起勋章，替少年挂在胸前，又亲了亲他的面颊。他妈妈用手挡住了双眼，他父亲把下颌垂到了胸口。市长和少年的父母握了握手，把用丝带束着的奖状递给了少年的妈妈。又对那少年说："今天是你获得光荣的日子，也是你父母最幸福的日子。请你终生不要忘记今天，在仁德与名誉的道路上再接再厉！再见！"【名师点睛：市长的颁奖词既表现了他对少年父母教育方式的肯定，也表达了他对少年衷心的赞美与期待。】

市长说完就退了下去。乐队又奏起乐来。我们本来以为仪式就此结束了。这时，从消防队中走出一位八九岁的男孩，跑到受勋少年身前，投入他张开的双臂。

掌声又响起来了。那便是在濮河中被救起的小孩，这次过来是为了感谢少年再生之恩的。被救的小孩与救他的恩人亲了亲，一起携手出来，父母跟在他们后面，勉强从人群中挤出大门。

警察、小孩、军人、妇女都踮起了脚，想再看看这少年。旁近的人群中还有人去摸他的手。当他们从学生方队旁通过时，学生们都把帽子高高地举在空中摇动。少年的小同乡们纷纷涌向少年，或抓住少年的手臂，或拉住他的衣襟，高呼着"皮诺特！万岁！"少年经过我的身边时，我见到他脸上的红晕，感受着他的欢悦。【写作借鉴：通过描写伙伴们见到少年后的动作及语言，表现了他们对少年的崇敬与赞美。】他那勋章上附有红白绿三色丝带。那做父亲的，一直不停地用颤抖的双手抹着胡须。

窗口及廊下的人们见了，也都向他们喝彩。他们通过大门时，女议员们从廊下抛下望鹤兰或野菊花束，落在少年和他父母的头上。有些洒落在地上的花朵，旁边的人都俯下身去拾起来交给他的妈妈。这时，庭院内的乐队静静地奏出优雅的乐曲，好似一大群人的歌声渐行渐远……

Z 知识考点

1. 填空题。

这少年就是那_____救起落水儿童的学生。那男子就是他的父亲,原是一个_____,今天打扮得很整齐。女人是他的妈妈,_____的身材,白皮肤,穿着_____衣裳。

2. 判断题。

市长说完就退了下去。被救的小男孩为了感谢再生之恩,跑到受勋少年身前亲了亲他。（　　）

3. 问答题。

"事后,他若无其事地回到家里,仅仅是平淡地把事情的经过告知了家人。"这句话表现了少年怎样的品格?

_____

_____

Y 阅读与思考

1. 当少年英雄与被救的小孩一起携手出来,父母跟在他们后面,勉强从人群中挤出大门时,人们都是怎么做的?

2. 请选择一件发生在你身边或是你从报纸、电视上看到的见义勇为的事件,讲给大家听一听。

爱的教育

第八章 五月

身有不幸

五日

M 名师导读

> 残疾的孩子不仅要承受身体上的残缺,还有精神上的压力和来自外界的异样的眼光。这些痛苦是常人无法想象的,而这些苦难的孩子们却用微笑对抗病痛,所以我们这些健康人更应该用爱心去温暖整个世界。

今天不大舒服,向学校请了假,妈妈领我到残疾儿童学院去。妈妈是来为门房的儿子办理入院手续的。到了那里,妈妈叫我留在外面,没有让我入内。

安利柯:

知道我为什么不让你进学院吗?恐怕你还不知道吧?若是把你这样健全的孩子带进去,让不幸的残疾的孩子们看了,他们一定会很伤心的。【名师点睛:此句运用设问,自问自答,写出了母亲不愿将安利柯带进去的真实原因,表现了母亲的细心和对这些残疾孩子的关爱。】

他们已经在痛感自己的不幸了!他们真可怜啊!任谁身临其境,见了都会忍不住泪如泉涌的。里面的小孩子男男女女共约六十人,有的骨骼不正,有的手脚歪斜,有的皮肤皱裂,身体僵硬。【写作借鉴:运用排比的手法,将残疾孩子的各种症状呈现出来,更生动地刻画出了这些孩子的不幸。】

其中也有许多长相伶俐、眉目可爱的。有个孩子，鼻子高高的很漂亮，可脸的下半部分却像老人似的又尖又长，还带着可爱的微笑呢！有的孩子从前面看上去很端正，不像是有残疾，可一转过身，就让人觉得非常可怜。【名师点睛：那些与普通孩子同样可爱、伶俐的残疾儿童时刻经受着不同寻常的苦痛，但即便如此，他们仍能保持着乐观的微笑，这样的情景又怎能不让人心酸、心疼？】

今天，医生刚好也在这里，叫他们挨着个儿地站在椅上，掀起了衣服，检查他们膨胀的肚子或臃肿的关节。他们时常这样脱了衣服给人看，已经习惯了，一点也不觉得难为情，可是刚被检查出身体残疾时，他们又该是多么难过啊！当他们病得越来越重，人们对他们的爱却越来越少，有的被家人遗弃在小角落里，一丢就是一整天，吃着粗劣的食物；有的还要经常被人取笑嘲弄；有的更是白受了几个月毫无疗效的医药之苦。【名师点睛：着重描写了医生为残疾儿童检查身体的情景及孩子们面对检查时的状态，让人自然联想到孩子们患病初期的痛苦，充分表现了作者对残疾儿童的同情与怜悯。】

现在靠着学院里相应专业的照料和适当的食物以及康复运动，大多数患病的小孩已经开始恢复。看着那些绑着绷带、夹着木板的小手小脚，心里别提多难过了。有的，在椅子上也不能直立，一手托住了头，一手拄着拐；还有的，手臂虽然可勉强伸直，呼吸却又急促起来，脸色苍白地倒在地下。尽管如此，他们还是很坚强，还要硬装着笑容，把苦痛深藏在心里！【名师点睛：通过对这个残疾小孩想要完成一个小小的直立动作而不断努力，最终还是倒了下去，但是他的脸上却挂着笑容的细节描写，突出了残疾孩子在痛苦面前依然坚强不屈的精神。】

安利柯！像你这样发育完全、身体健康的小孩子，一时之间是很难理解健康的意义和重要性的，也不懂得珍惜。当我看到那些可

> 爱的教育

怜的孩子,一想到这世上竟有许多做母亲的只知道夸奖健壮漂亮的孩子,甚或自矜自夸,得意扬扬,就觉得很难堪。我恨不能一个个地去抚抱这些可怜的孩子。要是周围没人的话,我都想说这样的话:"让我来做你们的妈妈!让我为你们做我能做的一切!"【名师点睛:深情的话语表现了母亲对残疾儿童深切的怜悯和真挚的关爱。】

可是,孩子们还唱歌哩,那种纤细而惆怅的声音,令人听了肝肠寸断。老师夸他们时,他们欣喜若狂;老师经过他们座位时,他们都去亲老师的手。【名师点睛:通过动作描写表现了孩子们对老师的喜爱之情。】

大家都很爱他们的老师。据老师说,他们头脑很灵,也知道用功。那位老师是个年轻的温柔的女士,脸上充满了慈爱。她大概因为每天要和不幸的孩子们做伴的缘故,脸上总是带着淡淡的忧郁。真令人敬佩!生活辛劳的人虽有很多,但像她那样一直做着慈善事业的人却不多吧。

——妈妈

学会牺牲

九日

> **M 名师导读**
>
> 父母和孩子共同组成了一个家庭,孩子理所当然地享受着父母的关心和爱护、抚养和教育。当家里面临困境的时候,安利柯的姐姐主动向父母提出要做出牺牲,决定帮家里走出难关,那么这个牺牲是什么呢?

我的妈妈是好人,西尔维亚姐姐也像妈妈一样,精神高尚。昨天晚上,我正抄写每月例话《六千英里寻母》中的一段——因为太长了,老师叫我们四五个人分段抄录——姐姐静悄悄地走了进来，压低了声音急急地说：

"快到妈妈那里去！妈妈和父亲刚才说着说着，父亲突然伤心起来，不知道是不是出了什么不幸的事情。妈妈正在安慰他。好像是说家里遇到困难了——懂吗？家里就要没钱了！父亲说，要做出若干牺牲才能得以恢复呢。我们也一起做出一些牺牲好吗？非牺牲不可的！啊！让我跟妈妈去说，你要支持我哦，而且，你要按姐姐说的去做，向妈妈发誓，什么都要答应啊！"【名师点睛：姐姐的话很果断，没有给安利柯反驳的机会，表现了姐姐的坚决。】姐姐说完了，拉着我的手一起到妈妈那里去。妈妈正一边做着针线，一边沉思着。

我在长椅子的一端坐下，姐姐坐在另一端说：

"妈妈！我有一句话要跟妈妈说，不，是我们两个有一句话要跟妈妈说。"

妈妈吃惊地望着我们。姐姐继续说：

"父亲不是说家里没钱了吗？"

"说什么呢？"妈妈红了脸答道，"没钱的事情，你们也知道了？是谁告诉你们的？"

姐姐大胆地说：

"我都知道了！妈妈！我们都觉得必须一起做些牺牲才好。你不是说过到了五月底要给我买扇子？还答应给安利柯弟弟买颜料盒吗？现在，我们什么都不要了。一个子儿也不想多花，什么都不必给我们买了。妈妈！"

妈妈刚要回答什么，姐姐又拦住了她：

"不，非这样不可。我们已经决定了。在父亲没钱的时候，水果什么的都不要了，只要有汤就好，早晨单吃面包也就够了。这么一来，伙食费也多少可以省些下来吧。你们待我们实在太好了！我们决定只要简简单单地生活就可以了。喂，安利柯！是不是啊？"

▶ 爱的教育

我回答说是。姐姐用手遮住妈妈的嘴，继续说：

"还有，衣服什么的也不必新买了，只要够穿就行了，我们也都会高高兴兴地做这样的牺牲。把人家送给我们的礼物卖了也可以，帮妈妈做些家务也可以。我们也需要劳动嘛！什么事情都可以做，我，什么事情都能做！"说着又用手臂勾住了妈妈的脖子。

"要是能给爸爸妈妈帮点小忙，爸爸妈妈可以像以前那样脸上快快乐乐的，无论怎么辛苦的事情，我们也都愿意做。"

这时妈妈脸上所显现出来的喜悦，是我从未见过的。妈妈在我们额上如此热烈的亲吻，也是从未有过的。妈妈什么都不说，只是笑靥里挂着泪珠。【名师点睛：此时妈妈没有说话，但是心里有千言万语，含着泪的笑容表现了她的喜悦和感动。】后来，妈妈对姐姐说家里的难处并不在于金钱，叫她不要误会，还屡次称赞我们懂事。这一晚上大家都觉得特别开心。等父亲回来，妈妈将事情一五一十地告诉了他。父亲没说什么。今天早上我们吃早饭时，我们又是感到高兴，又是觉得无趣。我的餐巾下面藏着颜料盒，姐姐的餐巾下面藏着扇子。

Y 阅读与思考

1. 你觉得安利柯的姐姐西尔维亚是一个怎样的女孩？

2. 西尔维亚和安利柯决定怎样做，以帮助家里度过困难？你觉得他们是否值得你学习呢？说说你的理由。

消防员巡视

十一日

> **M 名师导读**
>
> 平凡与伟大不过存在于人的一念之间。一场重大的火灾,向我们很好地阐释了平凡与伟大的内涵。消防队长不顾一切冲在最前面的勇气,让我们每一个人肃然起敬!这位令人敬佩的队长是一个怎样的人呢?

今天早晨,我抄完了老师分配给我的《六千英里寻母》部分章节,正在琢磨这次作文写些什么,忽然听到楼梯上传来陌生的说话声。过了一会儿,有两个消防队员冲进了屋子,跟父亲说要检查一下屋内的火炉和烟囱。因为屋顶的烟囱里冒出了火,分不清从谁家里冒出来的。

"行!请检查吧!"父亲说。其实我们屋子里并没有生火。消防队员依然在客厅里做着仔细的巡查,把耳朵贴在墙上,聆听有没有火焰升腾的声音。【名师点睛:明知屋子没有生火,但仍不愿意放过任何安全隐患,这里通过描写消防队员们细致认真的动作,表现了他们的谨慎与耐心。】

当他们各处巡视时,父亲对我说:

"哦!这不正是个好题目吗?嗯——就叫作——《消防队》,我说,你写!"【名师点睛:由"我"的作文作业巧妙地引出消防队员的事迹,起到了承上启下的作用。】

"两年以前,我深夜里从剧场回来的路上,见到过消防队救火的情景。当时,我刚要走进罗马大街,就见前面爆发出猛烈的火光,许多人都聚集在那里观望。一间住宅正在烧着,火舌和云烟正从窗口和屋顶向外喷出。一男一女正从窗口探出头来拼命地呼救,突然又都不见了。门口挤满了人,齐声高喊:

▶ 爱的教育

"'要烧死了！快救命啊！消防队！'【名师点睛：场面描写宏大而逼真，从视觉、听觉等角度来表现火场的形势危急，使读者犹如身临其境一般。】

"这时，来了一辆马车，四个消防队员从车中跳出。他们一下车就冲进了屋。他们前脚刚进去，后脚就发生了可怕的事情。一位妇女在四层楼的窗口叫喊着冲了出来，手拉住了栏杆，背朝着大街，挂在半空中了。火焰从窗口喷出，几乎烧着了她的头发，围观的人群惊恐地叫着。而刚才冲进去的消防队员却弄错了方向，他是打破三层楼的墙壁进去的。人们见状，齐声狂呼：'四楼，在四楼！'

"他们急忙上了四楼，在那里听见了惊恐的叫声，房梁直摇晃，快要掉下来了，屋里满是烟焰。要冲进那有人的屋子里去，除了从屋顶，就没有别的路了。他们急忙跑上屋顶，只见烟雾里露出一个黑影，那就是最先冲进火场的班长。可是，要从屋顶进入那被火包着的屋子，只有那屋顶的气窗和屋檐之间极狭小的通道可走，因为别的地方都被火焰围住了，而这狭小的通道里，当时还积着冰雪，而且根本没有可供攀援的东西。【名师点睛：这里通过描写火灾现场情况的异常复杂与危险重重，更加突出了消防班长的英勇无私。】

"'那里没法通过！'人们在下面叫着。

"班长沿着屋顶边檐往前走着，人们张大嘴巴看着他。他终于过去了！下面的喝彩声一浪高过一浪，直震长空。【写作借鉴：此句运用夸张的手法，加强了情感的渲染力，突出地表现了人们看到班长终于通过那狭小的地方后的喜悦之情。】班长走进危急的火场，用斧子把梁椽斩断，砍出一个勉强可以让人钻进去的窟窿。

"当时，那女子还在窗外挂着，火焰快要卷到她的头上，眼见着就要落下来了。那位班长从窟窿里缩着身子跳进了屋子，消防队员们也跟着跳了进去。

"这时，后来赶到的消防员又把一架长梯架在了屋前。窗口冒着滚滚的浓烟和烈焰，危机迫近，耳边除了可怕的呼号声，似乎什么也听不见了。

"'不好了！消防队员也要被烧死了！完了！完了！'人们惊叫着。

"忽然，班长的身影再次出现在带栏杆的窗口，火光把他映得红红的。那女子一把抱住他的脖子，再不松手。那班长抱着那女子，沿着长梯下到地面。

"人们的叫声在火场上沸腾着：

"'还有一个呢,怎么还不下来？那梯子离窗口太远,怎么接得着呢！'

"在群众的叫喊声中，突然过来一位消防队员，右脚踏着窗沿，左脚勾住梯子，身子悬空站着，接下屋内消防队员递过来的受难者，传给从下面正往上爬的消防队员，送到了地面。【名师点睛：一系列的动作显示出当时形势的危急，展现了消防队员不顾个人安危的英雄形象。】

"最先下来的是那个曾经挂在栏杆上的女子，其次是小孩，再其次也是个女子，最后是个老人。遭灾的人全部下来了。室内的消防队员也跟着出来了，走在最后的正是那个最先冲进去的班长。他们下来的时候，人们欢呼着喝彩着欢迎他们，当那位勇敢的班长出现在人们面前时，更是欢声雷动，人们都张开了手，如同欢迎胜利归来的将军一样冲他喝彩。【名师点睛：将消防班长形容凯旋的将军，表达了人们对他的崇敬之情。】一瞬间，他那朱塞佩·洛比诺之名，在这个城市里迅速流传开来。

"知道吗？这就叫勇气。勇气这东西是不需要理由的，是不必踌躇的，看见别人身处危难就会立即奋不顾身地冲过去帮忙。过几天，带你去看看消防队平时的练习，领你去见见洛比诺班长。他是怎样一个人，你想知道他吗？"

我回答说很想知道。

"就是这一位啰！"父亲指着一位消防队员的背影，【名师点睛：语言简洁凝练，作者对于班长没有多着笔墨，而是简单点明。】对我说。我不觉吃了一惊，回过头去，只见那两名消防队员已检查完毕,正要出去。

231

▶ 爱的教育

"快去跟洛比诺班长握握手！"父亲指着那位衣服上缀有金边的短小精悍的消防员说。班长立即停下脚步，伸手过来，和我握了握手，就道别而去了。

父亲说："好好记着！在你一生中，跟你握手的人成千上万，但像他这样的英雄恐怕不会超过十个吧！"【名师点睛：爸爸让安利柯记住洛比诺班长的事迹，记住与洛比诺班长的握手，其真实用意是想让安利柯将洛比诺班长的勇气永远铭记心间。】

Z 知识考点

1. 填空题。

在群众的_____中，突然过来一位消防队员，右脚_____窗沿，左脚_____梯子，身子_____站着，接下屋内消防队员_____的受难者，_____从下面正往上爬的消防队员，_____了地面。

2. 判断题。

消防队员最先救下来的是那个曾经挂在栏杆上的女子，其次是小孩，再其次也是个女子，最后是个老人。　　　　　　（　　）

3. 问答题。

"父亲说：'好好记着！在你一生中，跟你握手的人成千上万，但像他这样的英雄恐怕不会超过十个吧！'"这句话是什么意思？

_____

_____

Y 阅读与思考

你心目中的英雄是什么样的？说出来与大家一起分享一下。

六千英里寻母(每月例话)

🅜 名师导读

这是一段跨越千山万水、跌宕起伏且震撼人心的寻亲之旅。一个十三岁的少年,独自一人从意大利出发,一路上,他缺衣少食,历尽艰辛,只因对母亲的爱在指引他前行。我们从这个故事中能学到什么呢?

几年前,有个出身工人家庭的十三岁的男孩子,独自从意大利的热那亚前往南美洲去寻找他的妈妈。

这少年的父母因为遭遇种种不幸,穷困潦倒,欠了许多债。做妈妈的为了多赚些钱,让一家人过上安乐的生活,两年前独自漂洋过海前往遥远的南美洲的阿根廷首都布宜诺斯艾利斯市去做女佣。到南美洲去工作的勇敢的意大利妇女不少,那里的工资丰厚,一般用不了几年就可以积蓄几百块钱带回来。这位苦命的妈妈在跟她十八岁、十三岁的儿子分别时,悲伤得几乎泣血,可是为了一家人的生计,还是忍着心痛,勇敢地去了。【名师点睛:母亲离开孩子是生活所迫,"悲伤得几乎泣血",表达了她非常爱自己的孩子,离开时非常痛苦。】

那妇人平安抵达布宜诺斯艾利斯,她丈夫有位堂兄在那里经商,经由他的介绍,她去到该市某富贵人家做女佣。工资优厚,大家待她也很不错,她也就安下心来认真工作。初到那里的时候,她还经常写信寄回家中。为此,她和丈夫还在分别时约定:从意大利寄去的信,由丈夫的堂兄转交;妇人要往意大利寄信,也是先交给堂兄,由堂兄附写几句后,再寄给热那亚的丈夫。妇人每月工资十五元,她一分都不花,隔三个月就往家中汇一次钱。她的丈夫虽然也是个普通的工人,但是很重信誉,妻子寄回来的钱全都用来清偿债务,自己也很努力地工作

233

▶ 爱的教育

着，等待着妻子的平安归来。自从妻子出国以后，这个家庭就冷落得像是一间空屋，小儿子尤其想念妈妈。

光阴如箭，不知不觉一年过去了。妇人自从来过一封说是略感身体不适的短信后，就再也没有消息了。丈夫写了两次信询问远在海外的那位堂兄，一直都没有得到回音。后来，直接写信寄到妻子工作的人家，还是没能得到回复——其实是因为地址弄错了，未曾寄到。家里人越来越不放心，只好请求意大利领事馆派驻在布宜诺斯艾利斯的代办帮助查访。可是，三个月后，领事馆回答说他们连新闻广告也都登过了，还是没人跟他们联络，他们认为那位妇人有可能因为耻为人佣，把自己主人的本名隐瞒了。

又过了几个月，妇人的下落仍如石沉海底，毫无音讯。【名师点睛：说明了寻母没有进展。】父子三人急得没有了办法，特别是他们的小儿子，想妈妈几乎想病了。可是有什么办法呢？既无人帮忙，又无人可以商量。父亲本来是想亲自去一趟南美洲找寻妻子的踪迹，可又怕如此一来丢了手上的工作，而且两个儿子也没有地方可以寄托。大儿子似乎是可以去的，但他也得帮家里赚钱还债，实在无法脱身。【名师点睛：交代了麦克的父亲和哥哥无法外出的原因，合理地解释了为什么要一个年仅十三岁的少年"六千英里寻母"。】所以，每天三人回到家里，除了面面相觑，还是商量不出一个万全的办法。

有一天，小儿子麦克鼓起勇气下定决心说："我去南美洲寻找妈妈！"父亲没有吭声，只是悲伤地摇着头。在他父亲看来，小儿子虽然勇气可嘉，但他只有十三岁，独自踏上一个月的旅程到南美洲去，简直就是天方夜谭，根本是不可能的事！可小儿子却固执己见，一定要去，而且自从那天开始，每天都会讲起这事，神情非常坚定，说起理由来也总是一套一套的，就像大人一样老练懂事。

"别人不是也能去吗？比我年纪还小的人出去旅行的多着呢！上船无须多虑，船上更没说的，就算是下了船，跟大人们一起，也没什么可担心的。至于到了那里，只要记着堂伯的地址，问清路径也不是什么难事，在那里工作的意大利人很多，问一问就可以明白了。等找到了堂伯，不就可以找着妈妈了吗？要是还找不着，实在没办法了，还可去意大利在当地的领事馆，请他们帮忙查找一下妈妈帮佣的那户人家的住址。无论中途遇到怎样的困难，那里总有许多工作可做，只要有活可干，回国的路费也是不用担忧的。"【名师点睛：麦克的话条理清晰，很有说服力，可是他却将事情想得太简单，不亲自去一趟，怎么知道一路上的辛苦呢。】

父亲听他这么说，就渐渐地动了心。知子莫若父嘛，父亲当然知道这孩子既聪明懂事又有惊人的勇气，而且早已经历过艰难困苦生活的磨炼，心智要比同龄人成熟得多。这次为寻回自己的母亲，自然会比平时发挥出加倍的智慧与勇气来。而且非常凑巧的是，父亲还有一位朋友曾经在某条船上当过船长。父亲把这事跟船长一商量，船长也认为问题不大，还答应帮小麦克弄一张去阿根廷的三等船票。

父亲踌躇了一阵子，终于答应了麦克的要求，同意他独自前往南美洲了。出发的日子到了，父亲帮他包好衣服，又拿了几块钱塞进他的口袋，把写好堂兄住址的纸条给了他。四月中旬的一个傍晚，父亲和大儿子送小麦克上了轮船。

轮船快开了，父亲在吊梯上跟儿子做最后的吻别："麦克，去吧！不要害怕！上帝会嘉勉你的孝心的！"可怜的小麦克！虽然坚定信心，勇气满满，丝毫不把任何风波困苦放在心上，可是眼见着故乡美丽的山峦绿水渐渐消失在遥远的水天一线，举目四望，只见汪洋一片，船上没有一个认识的人，只有自己独自带着一个干瘪的行囊。想到此处，不觉悲从中来，忧愁万分。刚开始的两天，他什么都吃不下，只是蹲在甲板上暗自落泪，胡思乱想各种各样的未来。其中最令他伤心害怕的是，他的妈妈万一不在人世了，可怎么办？这种担忧不断地缠绕着他，有时茫然若梦，泪眼婆娑中似乎看到一个素不相识的人，正满眼

235

▶ 爱的教育

怜悯地注视着他，附在他耳边低声说："你妈妈已死在那里了！"他惊醒过来，虽然明知是梦，却仍然情不自禁地吞咽苦泪与悲声。【写作借鉴：用到了心理描写，所谓"日有所思夜有所梦"，麦克梦到自己的母亲去世，其实表现了麦克对母亲的担忧。】

轮船穿过直布罗陀海峡，直出大西洋，小麦克才稍微振作起勇气和希望。然而，这一切只不过是暂时的。茫茫的洋面上，除了水天以外什么都看不见，天气也渐渐地热了起来。眼看着自己周围出国离乡的人们一脸的惆怅与忧伤，再看看自己孤独的身影，笼罩在心头的暗云压得他越来越喘不过气来。

一天，一天，日子总是这样单调而无聊地过去，正如长期卧病在床的人早已忘记了日月，度日如年，小麦克自己也领教了海上岁月的漫长。每天早晨一张开眼睛，知道自己仍在大西洋中，在独自赶往南美洲的途中，就连他自己都觉得不可思议。

甲板上时不时地落下几条美丽的飞鱼，如血一般的残阳映在海上，腥气熏人，暗夜里漂满海面的磷光让人如同置身炼狱——这一切在他看来，如同梦境中的所见，恍然不知身在何处。【名师点睛：海上单调无聊的日子，再加上对母亲深深的担忧，小麦克的旅程犹如置身炼狱般难熬。】

天气不好的日子，整日整夜地困在室里，听着器物摔落、滚动、磕碰的声音，还有周围人们的哭叫和呻吟，感觉就像世界末日已经来临。当那静寂的海面转成金黄，热浪如沸时，更是觉得倦怠无聊。每当这种时候，身体疲惫至极的乘客便如死了一般卧在甲板上不动。啊，海路漫漫，不知何日才可行尽；踪影迷离，母亲的亲吻哪里找寻。满眼只见水与天，天与水，昨天，今天，明天，只是简单地重复。

小麦克时常倚了船舷一连几小时茫然地看着大海，心里念着妈妈，不知不觉进入梦乡。梦中那不相识的满眼怜悯的人在耳边絮叨："你妈妈已经死在那里了！"醒来时，小麦克浑身已然湿透，犹自不觉地对着水天一线处听着胸腔里怦怦的心跳，脑海一片空白。

海上航行一连持续了二十七天，此时天气很好，凉风拂送着海水的咸腥。小麦克在船上结识了一位老人，这老人是隆巴第的农民，说是要去南美洲探看自己的儿子。小麦克和他谈起自己的情形，老人大发同情，常用手拍着麦克的肩头，反复地说：

"不要紧！马上就会见到你妈妈微笑的面孔了！"有了同伴，小麦克一下子勇气倍增，觉得自己的前途也透亮了起来。【名师点睛：老人的宽慰给了小麦克很大的勇气。】

美丽的月夜，小麦克在甲板上夹杂在大批出国离乡的工人中间，倚坐在老人身边，嗅着老人口中淡淡的烟气，幻想起到达布宜诺斯艾利斯以后的情景：自己在街上走着，忽然找着了堂伯的店铺，扑向前去："妈妈怎样？""啊！一起去吧。""马上就去吧！"二人急急踏上雇主家的石阶，雇主开了门……他每次想象到这里就中断了，心中充满了说不出的挂念。然后暗暗地掏出脖子上悬着的奖牌，轻轻地吻着，在心里不断地祈祷。【名师点睛：麦克的想象总是在主人开门后突然停止，这是一种暗示，为下文做了铺垫。】

不久，轮船在阿根廷首都布宜诺斯艾利斯港下锚了。那是五月当中阳光很好的一个早晨。碰着这样的好天气，兆头确实不坏。小麦克高兴得忘乎所以，一心希望妈妈就在距此几英里以内的地方，过几个小时即可见面。自己一个人独自从旧世界来到新世界，漫长的航海，猛一回顾，竟如一个礼拜的光阴，仿佛梦中飞临此地一般。乘船时为防失窃，小麦克把所带的钱分成两份藏了起来。如今探囊一摸，一份早已不知去向，大概是在船中被人偷走了，剩下来的已经不多了。可是钱丢了怕什么，反正马上就要见到妈妈了，这么一想，也就不再介意了。小麦克提着衣服包裹，跟着大批意大利人下了轮船，再由舢板渡到码头，上了岸，匆匆地和那位亲切的隆巴第老人告了别，大步流星地向街市走去。

▶ 爱的教育

到了街市，他向行人问起阿尔忒斯街的所在。那人恰巧也是一位意大利人，他打量了麦克一会儿，问他认不认得字，麦克回答说能的，那人便指着自己刚刚走来的那条街道说："沿着那条街道一直过去，转弯的地方都标着街名，一一读过去，就会找到你要找的地方了。"

小麦克道了谢，依着那人指点的方向走去。笔直的街道连续不断，两旁都是别墅式的白色低矮的住宅。街上行人车辆杂沓，吵得耳朵都快聋了。街边到处飘着大旗，旗上用大字写着轮船出海的广告。每走十几丈远，就有个十字街口，左右都是又直又宽的街道，两旁也都是白色低矮的房子。车水马龙，人流如织，一直延伸到地平线上接着海一般的南美大草原。这城市好像没有尽头似的，街道如网般，似乎要笼住整个美洲。他注意着一个个地名，有的很奇异，非常难读。每碰见女人都要留意一下，希望她就是妈妈。

有一次，前面走过的一个女人背影确实有点像妈妈，小麦克心跳加快，急忙追了上去，走到跟前一看，却是个又黑又瘦的老妇人。麦克急急忙忙地走了又走，到了一处十字路口，看了看地名，忽然钉住了似的立定不动了，原来这就是阿尔忒斯街。再一看，转角的地方，标着一百十七号，而堂伯的店址则是一百七十五号。他急忙跑到一百七十五号门口，定了定神，自言自语着："啊！妈妈，妈妈！居然这么快就要见面了！"近前一看，果然是一家小杂货铺。心想，一定是了！进了店门，里面走出一个戴眼镜的白发老妇人来："孩子！你要什么？"她用西班牙语问。

麦克吃惊得几乎说不出话来，勉强问道："这是弗兰西斯可·牟里的店铺吗？"

"弗兰西斯可·牟里早已经死啦！"妇人改用意大利语回答。

"什么时候死的？"

"嗯，很长时间了。在三四个月以前吧。他因生意做不下去，就逃了，据说逃到了离这里很远的叫作布兰卡的地方，不久就死了。这店现在已经转给我开了。"

少年的脸色一下子就白了，急忙说道："弗兰西斯可，只有他才认识我的妈妈。我妈妈在一个名叫麦考尼斯的人家那里做工，除了弗兰西斯可之外没人知道我妈妈的所在。【写作借鉴：神态描写与语言描写相结合，表现了麦克当时无助、害怕、不知所措的心理。】我是从意大利来寻找妈妈的，平常通信都托弗兰西斯可转交。我无论如何一定要找到我的妈妈！"

"可怜的孩子！我不知道，姑且问问附近的孩子们吧。哦！对了，他认识弗兰西斯可的伙计。问他，或许可以多知道一些。"

说着就到店门口叫了一个孩子进来："喂，我问你，还记得在弗兰西斯可家里的那个青年吗？他不是经常送信给在什么人家做工的那女人的吗？"

"是麦考尼斯先生家，是的，师母，他是经常去那儿，就在阿尔忒斯街尽头。"

小麦克高兴得跳了起来，说："师母，多谢！请把门牌告诉我，或者能不能请他领我去？——喂，朋友，请你领我去，好吗？我身上还有些钱。"麦克太高兴了，那孩子也不等老妇人回答，就往前走，说："走吧。"

两个孩子一阵猛跑，来到街尾一所小小的白屋门前，在华美的铁门旁停住。从栏杆缝里，可以清楚地望见种着许多花草的小庭院。麦克按了按铃，一位年轻女人从里面走了出来。

"麦考尼斯先生住这里吗？"小麦克不安地问。

"以前住这里，不过现在这里归我们住了。"女人用西班牙语调的意大利语答道。

"那你知道麦考尼斯先生搬到哪里去了吗？"麦克心里一惊，赶紧问道。

"到坎特卫去了。"

239

▶ 爱的教育

"坎特卫？坎特卫在什么地方，还有在麦考尼斯先生家做工的也都一起去了吗？我的妈妈——他们的女佣，就是我妈妈。我妈妈也被带走了吗？"

女人注视着麦克说："我不知道，我父亲或许知道。请等一等。"说着，进去叫来一位身材高大的白发绅士。【名师点睛：白发绅士究竟知不知道，这是摆在我们面前的一个悬念。】

绅士打量了眼前这位金发尖鼻的热那亚少年一会儿，用不太纯正的意大利语问："你妈妈是热那亚人吗？"

"是的。"小麦克回答。

"那也就是麦考尼斯先生家做女佣的热那亚女人了。她随主人一家走了，这我是知道的。"

"到什么地方去了？"

"坎特卫市。"

小麦克叹了一口气，又说："那么，我这就去坎特卫！"

"哎！可怜的孩子！这儿离坎特卫还有好几百英里路呢！"绅士用西班牙语自言自语着。

小麦克听了，一手攀住了铁门，急得几乎晕了过去。

绅士很同情他，就打开了门说："且请到里面来！让我想想看有没有什么法子。"说着自己坐下，让小麦克也坐下，详细问明了一切经过，考虑了一会儿说："没多少钱了吧？"

"只带着一点儿。"小麦克回答。

绅士思索了一会儿，在桌上写了封信，封好交给小麦克说：

"拿着这封信到布克去。布克是个小镇，从这儿出去，两个小时可以走到。那里有一半居民是热那亚人。路上自然会有人给你指路的。到了布克，就去找这信封上写着的绅士，在那儿没有人不认识他。把信交给他，他明天就会送你到鲁斯林去，把你再托付给别人，设法送你去坎特卫。只要到了坎特卫，就能见到麦考尼斯先生和你母亲了。【名师点睛：麦克将要辗转三个地方，非常辛苦，说明了他寻母之路的艰辛。】还有，把这也拿去。"接着就把若干钱钞交到小麦克手里，还说，"去吧，勇敢些！无论到了哪里，同胞总是很多的，没什么可怕的！再见。"

小麦克不知如何感谢才好，只好站直身体，郑重地说了一声"谢谢"，就提着衣服包裹出来，和领路的孩子道了别，只身前往布克。他心里既感伤又惊诧，沿着又宽又吵的街道一路前行，直到天黑。

当他躺在布克镇的小旅馆里，跟那些挖土工人一起挤在地铺上，此时的他又累又困。这一天里，从早到晚发生的所有事情又如走马灯似的在他脑海乱转，浑如梦中。

第二天，在收信人的安排下，他准备搭船前往鲁斯林，可是整整等了一天，直到晚上才搭上了满载着货物前往目的地的大船。驾驶这条船的是三位热那亚水手，脸晒得如古铜一样黑。听了三人的乡音，小麦克的心里才略感一丝慰藉。【名师点睛：身在异国他乡的小麦克得到好心人的帮助去寻找妈妈，而水手们的乡音对他来说是再好不过的慰藉了。】

三天四夜的行程，在这位小旅客看来，并没有什么值得惊异的。只是见了惊心动魄的巴拉那河，才觉得意大利国内的所谓大河跟这条河相比，只不过是一条小沟罢了。就算把意大利南北拉长四倍，也不如这条河长。

大船缓缓地逆流而上，时不时地绕过一些长长的岛屿。据说，这些岛屿以前曾经是蛇和豹的巢穴，现在却橘树成林，杨柳成荫，如同浮在水上的园林。有时船只会穿过狭窄的运河，那些运河可真长啊，恍如几天几夜都走不完似的。有时还要经过寂静如汪洋的大湖，行不多时，忽又屈曲地绕过岛屿，或者穿过繁茂的丛林，转眼又是一片寂静的水面，数英里之间除了小块陆地，就只有平滑如镜的水了，仿佛一块不知名的处女地，而这条船则是在探险。越往前进，曲里拐弯、让人如入魔境般的河流就越是令人厌烦！【名师点睛：沿途的美景对于

▶ 爱的教育

寻母心切的小麦克而言却犹如魔境般令他厌烦。】

妈妈是在这条河流的源头吗？这水路莫不要连续走上好几年？他不禁这样痴痴地想着。他和水手们一天只吃两次小面包和熟肉，水手见他面带忧色，也不知跟他说些什么才好。夜里睡在甲板上，每次醒来，只见青白的月光，汪汪的水和远远的岸都被照成了银色，这让麦克觉得奇怪，又有些沉醉，心里也渐渐沉静下来，只是时常反复念叨着坎特卫，仿佛之间似乎儿时故事里听来的魔境中的地名。心想："母亲说不定也曾经过这些地方，也曾见过这些岛屿和河岸呢。"

一想到这里，就觉得这一带的景物竟不似异乡，寂寞也似减去了许多。有一天晚上，一个水手唱起歌来，让小麦克想起了妈妈哄他入睡时吟唱的儿歌。到了最后一夜，他听了水手的歌，忍不住哭了。【名师点睛：麦克的哭泣不是因为软弱，而是他想到了自己幸福的童年，想起了自己的母亲，这是思念的泪水。】水手停了下来，说道："嘿嘿！怎么啦？热那亚的男儿到了外国就要哭鼻子啦？热那亚男儿就应该纵横四海，无论到哪儿都该充满勇气。"

他听了这话，身子一震，是啊，我的身上流着热那亚人英勇顽强的血！他高高地扬起头，用拳头击着舵说："是的！无论走到哪里我都不会害怕！就是徒步几百英里也不要紧！直到找着妈妈为止，只管走，死也不怕，就算倒毙在妈妈脚边，心里也踏实！只要能够再见到妈妈就好！对，就是这样！"他暗暗下定了这样的决心。

黎明时分，终于到达了鲁斯林市。那是一个寒冷的早晨，东方已被旭日烧得如血一样红。这座城市位于巴拉那河岸，港口里泊着上百艘各国船只，帆影旗影倒映在波中，乱得像调色板上的色块。

他提着衣服包裹一上岸，就去拜访布克镇的绅士介绍给他的一位当地绅士。走在鲁斯林的街道上，感觉就像似曾相识，到处都是又直又宽的长长的街道，两旁依次排列着低矮的白色房屋，屋顶上的电线密如蛛网，人马车辆，吵得人发昏。他忍不住问自己：难道又回到布宜诺斯艾利斯了吗？心里竟然生出要去寻访堂伯住址的念头。他四处乱撞了一个小时，转来转去，好像仍在原处。问了好几次路，才找到了那位绅士的居所。一按门铃，里面走出一位服务生模样的又肥又高的可怕侍者，怪腔怪调地问他有什么事。当他听说小麦克要见他主人时，就说："主人不在家，昨天刚和家人一起去布宜诺斯艾利斯了。"

小麦克惊呆了，结结巴巴地说："可我——我这里没有别的熟人！而且我只是一个人！"说着就把带来的介绍名片交给了他。

侍者接了过去，很生硬地说："这我就不知道了。主人要过一个月才回来。那个时候，我再替你交给他吧。"

"可我孤身一人，举目无亲！这可如何是好呢？"小麦克急着恳求说。

"哦！又来了！你们国家不是有许多人在鲁斯林吗？快走！快走！要行乞，请到意大利人那里去！"说着就把门关上了。

小麦克愣在门口好一阵子，最后无可奈何地提着衣服包裹悻悻地离开了。他只觉得心里乱得如同狂风刮过的花草地，千头万绪一齐涌上心头。怎样办呢？到什么地方去呢？从鲁斯林到坎特卫要坐一天的火车，可自己身边只有一块钱了，怎样去张罗路费呢？找些活儿干！可去哪里找活儿干呢？求人施舍？不行！难道还要像刚才那样被人驱逐辱骂吗？不行！与其那样难堪，还不如死了干净！他一边胡思乱想，一边望着没有尽头的街道，只觉得自己心中的勇气越来越弱了。于是，他把衣服包裹放在路边，挨着墙壁坐了下来，双手抱着头，脸上写满了绝望。

街上行人的脚碰在他身上。<u>车辆轰轰地往来经过</u>。孩子们站在一旁看他。他一动不动地坐着，【名师点睛：世界的吵闹和麦克的一动不动形成了对比，表达了他此时的心情。】忽然听到有人用带有隆巴第口音的意大利语问他："怎么了？"

他抬起头，不觉惊跳起来："您怎么也在这里？！"

<u>原来，来的这位正是他航海途中结识的那个隆巴第老人。</u>【名师点

▶ 爱的教育

【睛:隆巴第老人的出现给绝望的小麦克带来了希望。】

老人也惊呆了,张大了嘴,愣在那里。小麦克不等老人询问,急忙就把经过告诉了老人:"我没钱了,非得先找个工作不可。您能替我找个活儿干吗?无论什么活儿都行。运垃圾、扫大街、做小工、种田都可以。只要有黑面包吃就行,只要能凑足路费去找妈妈就好。请您帮我想想办法,找找看!我现在已经走投无路了!"

老人回顾了一下四周,挠着头说:"这可不好办哩!这里的工作哪有那么容易找啊。还是另想办法吧。我有许多同乡在这里,如果只是钱的问题,也许还有办法。"

小麦克觉得自己又有了一线希望,抬起头来,眼里充满期待。

"跟我来!"老人说着就往前走,小麦克拎着衣服包裹跟在后面。他们默然地在长长的街道走了很久,来到一处小旅馆前,老人停下了脚步。招牌上画着星点,下面写着一行字"意大利的星"。老人朝里面张望了一会儿,回头对小麦克高兴地说:"真是碰巧。"

他们走进了一间大厅,里面排着许多桌子,许多人正在喝酒。隆巴第老人走近第一张桌,从他跟桌上六位客人谈话的情形看来,似乎不久以前,老人刚跟他们在这里喝过酒。他们都红着脸,在狼藉的杯盘之间谈笑着。

隆巴第老人也不多说,立刻就把小麦克介绍给他们:"各位,这孩子是我们同乡,为了寻找妈妈,刚从热那亚到布宜诺斯艾利斯来。到了布宜诺斯艾利斯,一问之下得知妈妈不在那里,而在坎特卫。在别人的介绍下,搭乘货船,花了三天四夜的时间才赶到鲁斯林。不料,当他把介绍他前来的绅士的名片递出去时,对方竟然闭门不理。他现在既没有钱,又没有熟人,一下子陷入了困境!有什么活儿可以给他干吗?只要能够凑足到坎特卫的车费,寻到他妈妈就好了。有什么法子吗?大家乡里乡亲的,总不能像对狗一样置之不理,眼看着这孩子受罪吧?"

"怎么能这样！"六人一齐拍案而起，高声说道，"这可是我们的同胞啊！孩子！到这儿来！我们都是在这儿做工的。哦，多可爱多有孝心的孩子啊！喂！身上有钱的，大家都拿出来！一个人大老远地来，真是意大利的好男儿啊！心好！胆大！快喝一杯吧！放心！一定能送你到妈妈那里去的，不要担心！"

其中一个人边说边抚摸小麦克的头，一个人还拍了拍他的肩膀，而另外一人则帮他从肩上取下衣服包裹。其他桌子上的工人也聚拢了过来，就连隔壁三位阿根廷客人也走了出来看他。隆巴第老人拿着帽子转了一圈，不到十分钟，已凑到了八元四角钱。【名师点睛：同胞们在得知麦克的遭遇后纷纷倾囊相助，这不仅因为他们对麦克的同情，更是出于对他勇气的钦佩。】老人对小麦克说："你看！到美洲来，就跟在祖国一样容易吧！"

另外有一位客人举杯递给小麦克说："喝了这杯，祝你妈妈健康。"小麦克举起杯子，反复说着："祝我妈妈健……"他高兴坏了，哽咽得无法再说下去。他把杯子放在桌上，一把抱住了老人的脖子。

第二天天还没亮，小麦克就登上了去往坎特卫的火车，心里充满了喜悦，脸上洋溢着光彩。美洲大草原上到处都很荒凉，一点也没有悦人的景色，而且天气还很闷热。火车在空旷无人的原野上疾驰，长长的车厢里就他一个客人，好像是一列运载伤兵的车子。左看右看，满眼都是无边的荒野，枝干弯曲得可笑的树木，如怒如狂地到处散立着，凄凉而寂寥，竟似穿行在残坟败冢之间。

睡了半个小时，再看四周，景物仍和先前一样。中途的车站里人影稀少，车子虽然停在那里，却一点儿也听不到人声。自己莫不是被弃在火车中了？每一处车站，都如同人世的边缘，再往前就是可怕的蛮荒之地了。窗口的寒风吹得人面皮发紧，四月底从热那亚出发的时候，怎么会料到一来美洲就赶上了冬天？小麦克还穿着单衣呢。

几个小时过后，小麦克实在冷得受不了了。除了冷，一连几日的

▶ 爱的教育

疲劳也一起奔涌而来,小麦克迷迷糊糊地睡着了,醒来时身体已快被冻僵了,感觉很不舒服。小麦克心中害怕地想:我不会病死在这旅行中吧?自己的身体不会就这样被弃在这荒野中做了鸟兽的食物吧?想起曾经看见路边犬鸟争食牛马尸骸的情形,小麦克不觉背过了脸去。啊,现在自己快要跟那些东西一样了吗?【名师点睛:这一段心理描写,表达了麦克在寒冷艰苦时候的忧虑。】在阴森而寂寞的原野中,他被这样的忧虑和恶梦缠绕着,不禁有些绝望。

他甚至开始怀疑:到了坎特卫真的能够见到妈妈吗?要是妈妈不在坎特卫,又该怎么办呢?如果是那个阿尔忒斯的绅士听错了,怎么办呢?如果妈妈死了,怎么办呢?

小麦克想着想着又睡着了。睡梦中,他已经来到坎特卫,且还是在夜里,每家每户的门口和窗口都飘出这样的回答:"你妈妈不在这里喽!"惊醒之后,看见车厢对面坐着三个穿外套的人,都在看着他,低声说些什么。啊,这是强盗!想要杀我取走我的行李。种种疑虑像电光似的在他头脑中闪着。精神萎靡,浑身发冷,再加上内心的恐惧,头脑里越来越错乱。

三个人注视着他,其中一位走近了他。小麦克发狂似的张开双手窜到那人面前叫道:"我没什么行李,我是个穷孩子!是独自从意大利来寻妈妈的!请不要伤害我!"三位旅客其实是看见小麦克是个孩子,很是同情,就抚拍着他,安慰着他,跟他说着话,可他就是听不懂。他们见小麦克冻得直发抖,就把毛毡给他盖了,叫他躺下安睡。他好好地睡了一阵,等三位旅客叫醒他时,火车已经到了坎特卫。

小麦克深深地吸了一口气,飞奔下车,向铁路员工打问麦考尼斯工程师家的住址。员工告诉他一个教堂的名字,说工程师就住在那教堂的附近。他急忙向前赶去。

天已经黑了。小麦克独自走在大街上,感觉好像又回到了鲁斯林,这里的街道纵横,两旁也都是低矮的白房子,可行人稀少,偶尔才能在灯光映照下看见苍黑怪异的人影。他一边走，一边举头张望，忽然看见一座异样建筑的教堂高高地耸立在夜空中。尽管这街上非常寂静昏暗，可比起他在荒漠中的旅行，看在眼里仍觉得热闹。途中，他向一位过路的修士问明了路径，急急忙忙地寻着了教堂和住宅，一边用发抖的右手按响了门铃，一边却用左手紧紧地按住了那颗快要跳出喉咙的心。【名师点睛：一系列动作描写，表现了麦克此时无比紧张而激动的心情。】

一位老妇人举着马灯出来开门，小麦克见了，一时说不出话来。

"你找谁？"老妇人用西班牙语问道。

"麦考尼斯先生在吗？"小麦克说。

老妇人摇了摇头，不耐烦地说道："你也来找麦考尼斯先生？真是讨厌极了！这三个月来，不知费了多少无谓的口舌。早已登过报纸啦，如果没看见，街边转角里还贴着他已移居杜克曼的布告呢。"

小麦克绝望了，心乱如麻地说："天呐，谁在诅咒我啊！我若不见到妈妈，就要倒在路上死了！要发狂了！还是死了算啦！那叫什么地方？从这里去有多远？"

老妇人这才同情地回答道："可怜啊！那可不近，至少四五百英里呢！"

"我可怎么办才好啊！"小麦克掩面大哭着问。

"叫我怎么说呢？能有什么法子呢？"老妇人说着，忽然像是想着了一条路，"哦！有了！我倒有个主意，你看怎样？沿着这街朝右下去，第三间房子前面有一块空地，那里住有一个名叫'头脑'的，他是一个商贩，明天正要用货车载货去杜克曼。你去替他帮点小忙，求他带你去不就行了？想来，他该会同意用货车载你去的吧，快去吧！"

【名师点睛：老妇人的话犹如黑暗中突现的一盏明灯，重新点燃了麦克心中的希望，给人一种柳暗花明之感。】

小麦克提了衣服包裹，连道谢的话也没来得及说，就走到了那块空地。只见那里灯火通明，大批工人正在往货车上装谷物。一个身穿

▶ 爱的教育

外套足蹬长靴的大胡子正在一旁指挥搬运。

小麦克走近那人,恭恭敬敬地陈述了自己的希望,并说明了从意大利来寻妈妈的经过。

"头脑"用锐利的眼光把小麦克从头到脚打量了一会儿,冷淡地回答说:"没空位。"

小麦克哀求他:"这里差不多有三块钱,都给你,一路上我情愿帮你干活儿,替你搬牲口的饮料和刍草。面包我只吃一点点就行了,请'头脑'先生一定带了我去!"

"头脑"这才略为亲切地说:"实在没有空位。而且我们也不是去杜克曼,是到山契可·代·莱斯德洛去。就是带你同去,你也得中途下车,再走不少路呢。"

"啊,无论走多少路也不要紧,我都愿意。请你不要替我担心。到了那里,我会设法前往杜克曼。请你发发慈悲留个空位给我。我求你了,千万不要把我留在这里!"

"喂,车要走二十天呢!"

"不要紧。"

"一路上很艰苦呢!"

"无论怎么苦都不怕。"

"将来还要一个人独自步行呢!"

"只要能找到妈妈,什么苦我都愿意忍受,请你答应我。"

"头脑"移过灯来,照着小麦克的小脸看了一会儿说:"那好吧。"小麦克在他手上热情地亲吻着。

"你今夜就睡在货车里,明天四点就要起来。再见。""头脑"说完就走了。

次日凌晨四点钟,长长的载货车队在星光中嘈杂地行动了。每辆车用六头牛拖,最后一辆车里装着许多替换的牛。

小麦克被叫醒以后,坐在车里的谷袋上面,不久又睡着了,醒来时，车已停在一处荒凉的地方，大太阳猛烈地照着。工人们焚起野火，烤炙着小牛蹄，聚坐在四周，火被风煽扬着。大家吃了食物，睡了一会儿，再行出发。就这样，一天一天地继续前行，规律而刻板得好似行军。每天清晨五点开拔，九点暂停，下午五点再开拔，十点休息。工人在后面骑着马拿着长鞭驱牛前进。小麦克帮他们生火炙肉，给牲口喂草，或是擦拭油灯，汲取饮水。

　　大地的景色如梦似幻地在他面前展开，有褐色的小树林，有红色屋宇散列的村落，也有像咸水湖的遗迹似的亮晶晶的盐原。无论向何处望，无论行多少路，都是寂寥荒芜的旷野。偶尔遇到两三个骑着马牵着许多野马的旅客，他们也都像旋风一样很快过去了。一天又一天，如同仍在海上，倦怠不堪，只有天气一直很好，算是幸事。工人们待小麦克渐渐凶悍起来，甚至还会故意强迫他去搬沉重的刍草，到远处去汲饮水，把他当奴隶一样使唤。他累极了，夜里睡不着，身体随着车子的摇动颠簸，车轮声更是震耳欲聋。风不停地吹着，把细而有油烟气的红土卷入车内，飞进口里眼里，眼不能张，呼吸困难，真是苦不堪言。因劳累过度、睡眠不足，他的身体弱得像棉花一样，满身都是灰土，还要朝晚受人叱骂或是殴打，他一天天地越来越沮丧。如果没有那"头脑"时时亲切的慰藉，他的体力或许早就全部消失了。【写作借鉴：用到了比喻的修辞手法，将麦克的身体比作棉花，说明了他身体状况很虚弱。】他躲在牛车角落里，背着人掩面哭泣，就连衣服包裹现在也都成了一包败絮。每天起来，自觉身体更加衰弱，精神也大不如前，回头四望，那无垠的原野却仍像大海一样横无际涯。"啊！恐怕我是活不过今夜了！今天就要死在路上了！"他开始这样自语。

　　要干的活儿渐渐增加，工人对他的虐待也越来越厉害。有一天早晨，趁着"头脑"不在，一位工人嫌他汲水太慢，打了他，大家还轮流用脚踢他，骂道："小畜生！把这带给你妈妈！"

　　他的心要碎了，终于生起大病，接连发了三天高烧，除"头脑"按

▶ 爱的教育

　　时给他递送汤水或是替他检查脉搏，谁都不去理他。他以为自己快死了，反复地叫着："妈妈！妈妈！救救我！快到我这里来！我快要死了！妈妈啊！不能再见了啊！妈妈！我快要死在路上了！"

　　他将两手交叉在胸前祈祷。从那以后，病居然渐渐好了起来，加上"头脑"的善待，他又复原了。病虽好了，可这旅行中最难过的日子也接踵而至——他就要下车独自步行了。车行了两个多星期，已经到了杜克曼和山契可·代·莱斯德洛分野的地方。"头脑"说了声再见，指了指路径，又替他把包搁在肩上，跟他告别，弄得小麦克想在"头脑"手上亲吻一下的工夫都没有。其实，要和那些一直虐待他的工人们告别并不是件高兴的事，可麦克临走的时候还是一一向他们告别，他们也都举手应答。【名师点睛：虽然受到了工人的虐待，但小麦克仍旧和他们告别，这表现了小麦克宽容和善良的天性。】小麦克目送他们一队在红土原上消失，才蹒跚地独自踏上旅程。

　　旅行中有一件事使他的内心有所安慰。在荒凉无边的荒野度过了几日，现在出现在他眼前的是一座高而青的山峰，山顶上有着和阿尔卑斯山上一样的皑皑积雪。见了它，就如见到了故乡意大利。这山属于安第斯山脉，是美洲大陆的脊梁，南起契拉·戴尔·费俄，北至北冰洋，像链锁一般，纵直来看，南北纵跨一百一十个纬度。随着一天天向北行进，渐渐和热带接近，空气也慢慢温暖起来，这让小麦克心情很愉悦。一路上遇着村落，他就在小店里买些食物充饥。有时也会遇到骑马的牧人，还会偶尔看见妇女或小孩坐在地上注视着他。他们的肤色黑得像土一样，眼睛斜竖，额骨高突，都是印第安人。

　　小麦克第一天尽力往前赶，夜里宿在树下。第二天有些乏力，走了不远，靴子破了，脚底很痛，再加上食物不好，胃也很不舒服。看看天色将晚，自己也开始害怕，在意大利曾经听人说这里有许多毒蛇，耳边常可听到类似蛇行的声音。他一听到这声音，刚刚停下的脚步就又不得不往前挪动，真是吓得不轻。有时心情不好，悲从中来，就一边走一边哭泣。他想:"啊!母亲要是知道我一路之上担惊受怕,又该如何心疼啊!"这样一想,退却的勇气似又回来了不少。【名师点睛:对母亲的爱是支撑麦克坚持下去的强大动力。】为了摆脱心中的恐惧,他就一遍又一遍地回忆着妈妈的事情:妈妈离开热那亚时的嘱咐,自己生病时妈妈如何帮自己把被子盖在胸口,以及儿时妈妈抱了自己,将头贴在自己头上说"和我一起待会儿"。他时不时地自言自语:"妈妈!我还能见到你吗?这趟旅行我能达到目的吗?"一边想,一边在那陌生的森林、广漠的栗丛、无垠的原野上行进着。

前面的青山依旧高高地耸入云际,四天了,五天了,一个星期了,他的体力越来越弱,脚也磨破了流出血来。有一天傍晚,他向路人打听路程,那人告诉他说:"离杜克曼只有五十英里了。"他听了便是一阵欢呼疾行。可这只不过是一时的兴奋,他很快便精疲力竭,倒在河沟边。虽然很累很累,可他心中却跳跃着如鼓一般亢奋的激情,觉得散布在天空的星辰因此变得分外的美丽。他仰卧在草地上想睡,觉得这天空就如同妈妈的眼睛在俯视着他,他情不自禁地呢喃着:"啊!妈妈!你在哪里?现在在做什么?你也想着我吗?想着近在咫尺的小麦克吗?"

可怜的小麦克!如果他知道他妈妈现在的状况,一定会拼着命地急奔前进了!他妈妈正生着病,躺在麦考尼斯家下人住的房间里。麦考尼斯一家一向都很疼她,也曾倾尽全力地医护着她。当麦考尼斯工程师突然说要离开布宜诺斯艾利斯时,她就开始病了。虽然坎特卫的空气很好,却对她一点儿也没有帮助,再加上,丈夫和堂兄那里消息全无,就好像有什么不幸将要降临到她的头上似的,每日里忧心忡忡,病情也因此更加严重,终于变成了可怕的致命的癌肿。她已昏睡了两星期,还是不见好,医生说如果想要挽回生命,就必须接受外科手术。【名师点睛:将麦克母亲的情况穿插在对麦克旅程的叙述中,使全文的情节发展更加紧凑。】当小麦克倒在路旁呼叫妈妈的时候,那雇主夫妇正在她病床前劝她接受医生的手术,可她总是坚拒。杜克曼的某位名医一星

爱的教育

期里每天都来临诊劝告，可病人就是不听，只好徒然而返。

"不，主人！不要再为我的病费心了！我已经没有精神了，与其死在手术台上，还不如让我平平静静死去的好！生命对我来说已经没有什么可惜的了，横竖命该如此，在我听到家里传来的坏消息前死了，倒也省心！"

雇主夫妇打断了她的话，让她不要这样气馁，还说已经帮她寄信到热那亚，回信很快就要到了，无论如何，总是要接受手术才好，哪怕是为了自己的儿子也该这样。他们一再地劝说。可是一提起儿子，她却更加失望了，心中的苦痛也更厉害了。她终于开口了："啊！儿子吗？大约早就已经不在这世上了！我还是死了好啊！主人！夫人！谢谢你们了！我不相信自己动了手术就会好起来，我不能这样一直拖累你们，从明天起，就不必再劳医生来看了。我已经不想活了，死在这里就是我的命，我已经准备好安然接受这多舛的命运了！"

雇主夫妇又安慰她，拉着她的手，再三劝她不要说这样的话。

她疲乏之极，闭着眼睛昏睡了过去，就像已经死了似的。主人夫妇在微弱的烛光下注视着这位勤劳朴实的妈妈，同情不已。像她这么正直善良的人，为了自己一家人的生活远离故土，不远万里到海外来吃苦受累，真是世间少有，偏偏又是这样的不幸，竟要病死异乡。

次日早晨，小麦克背了衣服包裹，弓着身子，跛着脚进入了杜克曼市区。该市是阿根廷新开辟的城市，也算得上是当时颇为繁盛的都会了。不过，在小麦克看来，就像是回到了坎特卫、鲁斯林、布宜诺斯艾利斯一样，依旧都是长而且直的街道，低矮的白色房屋。奇异高大的植物，芳香的空气，奇丽的光线，澄碧的天空，目光所及之处，都是意大利所没有的景物。进了市区，那曾在布宜诺斯艾利斯经历过的想象再一次袭来。每过一户人家，总要往门里张望，以为可以遇见妈妈。每遇到一位女人，也总要仰视一会儿，以为她就是妈妈。想要询问别人，可又没有勇气叫唤。【名师点睛：历经磨难的麦克想找到妈妈的心情溢于言表。】站在门口的人们都很惊异地望着这位衣衫褴褛、满身尘垢的少年。少年想找一位看起来亲切一点的人发出他心中的疑问。

正行走间,忽然见到一家旅店,招牌上写着意大利人的姓名。里面有个戴眼镜的男子和两个女人。小麦克慢慢走近门口,鼓足勇气问道:"麦考尼斯先生家在什么地方?"

"是做工程师的麦考尼斯先生吗?"店主人问。

"是的。"小麦克回答,声如游丝。

"麦考尼斯工程师已经不住在杜克曼哩。"主人答。

"啊,天呐!为什么要这样捉弄我啊!妈妈呀,你在哪里呀?你不要小麦克了吗?"刀割剑刻般的哀嚎声,随着主人的回答应声而起,把周围的人全吓坏了。

"什么事?怎么啦?"主人拉着小麦克进了店,让他坐了下来:"麦考尼斯先生家虽然不住在这里,可离这里并不远,五六个小时就能走到。"

"什么地方?什么地方?"小麦克像活过来似的跳起来问。

主人继续说:"从这里沿河过去十五英里,有个地方叫作赛拉地罗。那里有个很大的糖厂,还有几家住宅。麦考尼斯先生就住在那里。那个地方这里的人都知道,只要五六个小时就可走到。"

一位青年见主人这么说,就跑了过来:"我一个月前刚到过那里。"小麦克睁圆了眼注视着他,脸色苍白地急急问道:"你见到麦考尼斯先生家里的女仆了吗?那个意大利人?"

"那个热那亚人吗?哦!见到过的。"

小麦克又似哭又像笑地痉挛着,啜泣着,语气坚决地说:"朝什么方向走?快,快请给我指路!我这就要去!"【名师点睛:这些神态和语言的细节描写,说明了麦克激动的心情。】

人们齐声说:"差不多一天的路程呢,你不是已经累坏了吗?还是先休息一下,明天再去好吗?"

"不!不!请把路指给我!我不能再等了!就算倒在路上也不怕,

253

▶ 爱的教育

我这就去！"

人们见小麦克这样坚决，也就不再劝阻了。

"上帝保佑你！路上经过树林时要小心！祝你平安！意大利的朋友啊！"他们这样说着，有一个还陪他到街外，给他指示了路径及种种应注意的事项，又目送着他的背影，看着他背了衣服包裹，跛着脚，消失在路边浓密的树荫里……

这天夜里，病人因患处剧痛，忍不住悲声哭叫，时常陷入人事不省的状态。看护她的女人们守在床前片刻不离，主妇也不时惊惧地赶来探视。[名师点睛：表明麦克妈妈的病情已经很严重了。]大家都很焦虑：她现在就算愿意接受手术，医生也赶不过来，已来不及救治了。等她略为安静的时候，心情总是非常苦闷，这也并不全是因为身体上的病痛，而是她太牵挂远在异国的家人的缘故。这种苦闷让她骨瘦如柴，变得不成人样了。她不时地扯着自己的头发发疯似的狂叫：

"啊！太惨啦！就这样死在异国他乡！连孩子的面都见不着了！可怜的孩子啊。他们就要失去妈妈了！啊！小麦克还小呢！才这么点大，他是好孩子！主人！我出来的时候，他还抱住我的脖子不肯放手，哭得真是厉害啊！原来他早就已经知道从那以后再也见不着妈妈了，哭得那样悲惨！啊！可怜啊！我那时心都快要碎了！如果那时死了，在那即将离别的时候死了，或者反而是种幸福。我一直那样抱着他，他是一刻也不能离开我的。万一我死了，他该怎么办啊！没有了妈妈，他就要流落为乞丐了！他会饿倒在路上的！我的小麦克！啊！我那永远的上帝救救我吧！不，我不愿死！医生！快请医生来！快替我手术！把我的心割开！只要能活着！我想这病好起来！我想活命！我想回祖国去！明天就去！医生！救我！救我！"

病床前的女人们拉着病人的手安慰她，让她平静了些，还对她说了上帝以及来世的话。病人听了，又绝望地扯着头发啜泣，终于像小孩子似的扬声号哭："啊！我的热那亚！我的家！那个海！啊！我的小

254

麦克现在不知在什么地方做什么！我的可怜的小麦克啊！"

快到半夜的时候，她那可怜的小麦克已沿着河走了好几个小时，都已经精疲力尽了，还在大树林里一步一步地挪着。【名师点睛："一步一步地挪着"表明此时的麦克已经极度疲惫了。】那里面的树干粗得就像教堂里的柱子，在半空中繁生着枝叶。从暗沉沉的树丛里仰望月光，一点一点地闪烁如银。周围不知有多少树干交互纷杂，有直的、有歪的、有倾斜的，姿态百出。有的像盘龙似的倒卧在地，上面还覆罩着繁茂的枝叶；有的树梢尖尖地像枪似的一群群地矗立着，千姿万态，真是植物界中最可惊异的景观。

小麦克虽然时不时地陷入昏迷，可心里却一直也没有忘了妈妈。疲乏至极，脚上流着血，独自在茫茫的森林中踯躅，时时见到散居的小屋，那屋在大树下好似蚁冢，有时还能看见野牛卧在路旁。一见到那大森林，心就自然提起，想到妈妈就在近处，就自然而然地生发出大人般的耐力和胆魄，忘了疲劳，也不觉得寂寞了。【名师点睛：对妈妈的爱一而再再而三地激发出麦克强大的耐力与胆魄。】再回想起这以前所经过的大海，所受过的苦痛、恐怖、辛劳，以及自己面对这些苦难时铁石般的心，就连眉毛也高扬了起来。血在他勇敢的胸中奔流。还有一件奇怪的事情是，一向在他心中模糊不清的妈妈的样貌，这时竟在他的眼前清清楚楚地显现了出来，他很清楚地看见妈妈的脸越来越清晰，好像就在他面前微笑，连她的眼神，唇角牵动的样子，也都一一闪现，甚至连她全身散发出来的热力，他也能感受得到了。他因此重新振作精神，加快了脚步，心中充满了欢乐，热泪不知不觉间从两颊上流下。他觉得自己就好像是在薄暮的路上走着，一边还和妈妈说着话。继而，他又独自琢磨起和妈妈见面时要说的话：

"总算到了这里了，妈妈，你看看我。以后永远不再分开了。一起回国去吧。无论遇到什么事情，我这一辈子再也不和妈妈分开了。"

早晨八点钟，医生从杜克曼带来了助手，站在病人床前，做着最

▶ 爱的教育

后的劝告。麦考尼斯夫妻也跟着劝说,可还是没有效果。病人说她自觉精神体力已尽,没有借助手术康复的心思了。她还说动手术也难免一死,又何必徒自增加苦痛呢。医生见她如此执迷,继续劝她说:

"手术是可靠的,只要略微忍耐一下就安全了。如果不动手术,就只能等死了。"

然而她还是细声坚持说:"不,我已准备好离去了,实在没有承受这并无益处的苦痛的勇气。还是请你们让我平平和和地死吧。"

医生也失望了,谁也不再开口。她面向主妇,用细弱的声音嘱托着后事:"夫人,请将这一点钱和我的行李交给领事馆转送回国。如果家人现在还平安地活着就好了。在我瞑目以前,总是盼着他们平安的。请替我写信给他们,说我一直念着他们,也算是为孩子们做了一些事情了……说我只以不能跟他们再见一面为恨。……说我虽然如此,却一直勇敢地忍受着病痛,为孩子们祈祷完了才离开的……请替我把小麦克托付给我的丈夫和长子……说我临终时,最不放心的就是麦克……"

话犹未完,突然气往上冲,哭叫着:"啊!我的小麦克!我的小麦克!我的宝贝!我的生命!……"【名师点睛:病人的遗嘱与前文她不肯离开孩子形成呼应。】

等她含着泪环顾四周时,主妇已经不在了。原来,有人进来把主妇悄悄叫了出去,说她到处找寻主人,一直没有找到。病房里,只剩下两个护士和医生助手站在床前。听到邻室里急乱的脚步声和嘈杂的话语声,病人惊异地注视着房门,还以为外面又发生什么急事了。过了一会儿,医生进来了,后面跟着主妇和主人,而且脸上都带着奇怪的表情。大家一边望着病人,一边唧唧咕咕个不停,不知道到底是为了什么。病人恍惚听到医生对主妇说:"还是快些说吧。"

主妇向病人语无伦次地说道:"约瑟芬!有个好消息要说给你听,请你不要吃惊!"

病人好奇而温柔地看了看主妇。主妇小心继续说道:"而且还是一件你很关心的大喜事呢。"病人瞪大了满是疑问的眼睛。

主妇继续说道:"你还好吗?给你看一个人——你最爱的人啊。"

病人拼命抬起头来,目光炯炯地看了看主妇,又向门口望去。【名师点睛:表现了麦克的妈妈强烈思念亲人的心情。】

主妇脸色苍白地说:"现在有个谁也料想不到的人要来这里。"

"谁?"病人惊惶地问着,呼吸也急促了。当她看向门口时,嘴里忽然发出尖锐的叫声,跳了起来又坐倒在床上,两手抱住了头,好似见了鬼似的。

原来,衣裳褴褛、满身尘垢的小麦克已出现在门口。医生拉着他的手,叫他往后退了一步。病人接着又发出了三声尖叫:

"上帝!上帝!我的上帝!"

小麦克奔到床边。病人张开枯瘦的两臂,使出虎也似的力气一把将小麦克抱在胸前,剧烈地笑着,啜泣着,【名师点睛:经历千辛万苦,母子终于见面。】终于一口气接不上来,倒在了枕上。但她很快又恢复了过来,狂喜地不断在儿子头上吻着,叫着:"你怎么到这里来了?怎么?真的是你吗?啊,大了许多了!谁带你来的?一个人吗?还好吗?没有发生什么事情吧?啊!我的小麦克?我不是做梦吧!啊!上帝!你快说些什么给我听听吧!"说着,又突然纠正了自己,"哟!慢点说,且等一等!"转头朝医生说,"快!快快!医生!现在!马上!我想尽快治好这病。我愿意动手术了,愈快愈好,帮我把小麦克领到别处去,不要让他听见。——小麦克,没什么的。以后再说给你听。来,再让我亲一下。到那里去,——医生!请快一点。"【名师点睛:这与之前病人不肯接受手术形成了鲜明的对比。】

小麦克被领出了病房,主人夫妇和别的女人也都急忙避去。房中只留下医生和他的助手,门立刻就关上了。

麦考尼斯先生想要拉着小麦克到远一点的房间去,可小麦克就像是长在石阶上似的,怎么也拉不动。

▶ 爱的教育

"怎么啦？我妈妈怎样了？你们要做什么？"他急急地问。

麦考尼斯先生只好平心静气地对他说：

"听着，让我来告诉你。你妈妈病了，要接受手术，快到这边来，我仔细说给你听。"

"不！"小麦克抵抗着，"我一定要在这里，请您就在这里告诉我。"

工程师只好静静地和他说明了经过，小麦克直听得毛骨悚然起来。突然，一声尖叫震动了整间屋子。小麦克应声叫道："妈妈死了！"

医生从门口探出头来："你妈妈得救了！"

小麦克注视了医生一会儿，猛地跪倒在他脚边，哽咽着说："谢谢你！医生！"医生忙扶起麦克，郑重地说道："起来！孩子，是你挽救了你母亲的生命！"

知识考点

1. 填空题。

有一天，小儿子麦克＿＿＿＿下定决心说："我去＿＿＿＿寻找妈妈！"父亲没有吭声，只是＿＿＿＿地摇着头。在他父亲看来，小儿子虽然＿＿＿＿，但他只有＿＿＿＿岁，独自踏上＿＿＿＿的旅程到南美洲去，简直就是＿＿＿＿，根本是不可能的事！

2. 判断题。

小麦克的寻母过程中，得到了很多好心人的帮助，没有受到别人的虐待。　　　　　　　　　　　　　　　　　　　（　　）

3. 问答题。

麦克在寻母过程中，一次次的失望，一次次的踏上新的寻母旅途。不管面对怎样的困难，他始终没有放弃，是什么力量一直支持他走下去呢？

＿＿＿＿＿＿＿＿＿＿＿＿＿＿＿＿＿＿＿＿＿＿＿＿＿＿＿＿

＿＿＿＿＿＿＿＿＿＿＿＿＿＿＿＿＿＿＿＿＿＿＿＿＿＿＿＿

阅读与思考

1.十三岁的意大利少年麦克为什么要独自一人,不远万里去寻找他的妈妈?

2.在麦克万里寻母的过程中,一共经历了多少次磨难?其中令你印象最深的是哪一次?

夏日的快乐

二十四日

名师导读

平日司空见惯的一切,在学年即将结束时,突然变得那么有趣起来。大家对校园的不舍,对朝夕相处的老师的敬意,对同窗共读同学的情谊,以及在离愁别绪中夹杂着对暑假的期盼,这些汇集起来是一种怎样的情绪呢?

热那亚少年小麦克的故事讲完了,这学年里只剩下六月份的一次每月例话和两次考试了。再上二十六天课,过六个星期四和五个星期日,【名师点睛:交代故事发生的时间和背景,引出了下文的故事。】这一学年就要结束了。

微风依旧吹着,院子里的树长满了叶和花,在体操器械上笼了一层凉凉的荫。学生们都改穿夏天的单衣了,放学的时候,我觉得他们一切都和从前有了很大的不同,这可真是一件很有趣的事。垂在肩上的长发已经修剪得短短的,把脖子完全露了出来。各种各样的麦秆草帽,背后长长地垂着丝带;各色的衬衣和领结上都缀着些红红绿绿的东西,或是铜章,或是花边,或是流苏,各种好看的装饰,都是做妈

259

▶ 爱的教育

妈的替儿子缝缀上去的，就连家境贫寒的妈妈，也想着法子把自己的小孩打扮得漂漂亮亮的。【名师点睛:从这些妈妈精心为孩子们做的草帽和衬衣的点缀可以看出，不论富有或贫穷，每一位妈妈都是用心爱着自己的孩子。】这其中，也有许多不戴草帽就到学校里来的，好像是从田里刚逃出来的；也有穿着白色制服的。在戴尔凯蒂老师班上的学生里，有一个从头到脚穿着红衣服、浑身像熟蟹似的人，还有许多穿着水兵服的。

最有趣的该是"小石匠"，他戴着一顶大大的麦秆草帽，样子就像是在半截蜡烛上加了一个笠罩。【名师点睛:形象生动地展现了"小石匠"可爱有趣的外貌特征。】再在这下面做个兔儿脸，真笑死人了。克劳德也把那猫皮帽换成了灰色绸制的旅行帽，渥特尼穿着带有许多奇异装饰的苏格兰服，而克洛西袒着胸，普来克西则被包裹在蓝色的铁路工装里。

至于卡洛斐，因为脱去了将什么都可以藏在里面的外套，现在只好改用口袋贮藏物品了，所不同的是，这一回，他衣袋中藏着什么，从外面一眼就可以看见了。比如用半张报纸做成的扇子、手杖柄、打鸟的弹弓、各种各样的花草，还有金色甲虫从他袋中爬出来，停在他的上衣上。【名师点睛:活灵活现地将卡洛斐爱收藏各种小玩意的特点展示出来。】

有些年纪小的孩子把花束拿到女老师那里。女老师也穿上美丽的夏装了，只有那个"修女"老师仍是一身黑色的装束。戴红羽毛帽子的老师仍旧戴着红羽毛，颈上系着红色的丝带。她那班上的小孩想去拉她的丝带，她总是笑着避开。

现在又到了樱桃成熟、蝴蝶纷飞、乐队上街、野外散步的季节了。高年级的学生们都跑到濮河去游泳了，大家都在等着暑假的到来。在学校里，也都是一天比一天高兴。只是见到穿着丧服的卡伦，我还是觉得心里很难受。还有一件让我难过的事情是，我的二年级女老师日渐消瘦，咳嗽也更重了，走路的时候身子向前躬着，在路上遇到她向她打招呼的时候,我忍不住想要落泪。

阅读与思考

1. 文章重点写了夏季校园中同学和老师着装打扮的变化,这其中重点写了哪几个人?他们分别都有什么特点?
2. 你觉得文章中的卡洛斐是一个怎样的人?你喜欢他吗?

诗一般的校园

二十六日

名师导读

学校承载了家长们的希望,也承载着孩子们无数的梦想。孩子们每天在学校快乐地生活,家长们则在校外耐心地期盼,安利柯的父亲自然也是如此,静静地在校门外倾听着、感受着、体会着。那么他在校外都体会到了什么呢?

安利柯:

你似已渐能领会学校生活的诗情画意了。但你所见的还只是学校里面的事情。再过二十年,等你领着自己的儿子到学校里去的时候,学校将会变得比你现在所见到的更美,更有诗意。那时,你就像现在的我,可以见到学校以外的一切。我在等你放学的时候,常到学校周围去散步,侧耳听听里面,很是有趣。

从一个窗口里,听到女老师细细的声音:

"呀!有这样写字的吗?这不好。你父亲看见了会怎么说呀!"

从另一个窗口里又听到男老师粗壮的声音:

"现在买了五十英尺的布——每尺要花三角——再将布卖出——"

爱的教育

后来，又听那戴红羽毛帽子的女老师大声朗诵着课文：

"于是，彼得洛·米凯尔用那点着了火的导火索……"

隔壁的教室里孩子们好像无数的小鸟，叽叽喳喳地叫着，大概老师偶尔外出了吧。

再转过一个墙角，看见一个学生正在哭，女老师在劝慰着他。从楼上窗口传出来的是朗诵诗歌的声音，历史伟人巨人的名号，以及奖励仁德、爱国、勇气的赞颂声。过了一会儿，一切都静了下来，静得就像这座偌大的房子里没有一个人似的，让人不敢相信里面竟有着七百个孩子。有时，老师偶然说了一句笑话，笑声会突然响起。路上的行人都被吸引了，朝这里张望，这里正是养育着许多前途无量的少年的穹宇啊。

突然间，合上书本或折叠纸张的声响，脚步的声响，纷纷然地从这里传到那里，从楼上漫延到楼下，这是校工在通知下课了。一听到这声音，外面的男人、女人、年老的、年轻的，都从四面八方汇成潮流向学校门口涌去，等待自己的儿子、弟弟或孙子出来。立刻，小孩们潮水般地从教室门口的门洞里泻出，有的拿着帽子，有的取了外套，有的拂着衣裳，跑着，笑着，闹着。校工们催着他们一个一个地走出来，排成长长的队列出了校门。

在外等着的家长们开始各种各样的探问：

"做好了吗？答出了几个问题？要预习的功课有多少？哪一天月考啊？"

连不识字的妈妈们，也翻开孩子的笔记簿边看边问：

"只得了八分？复习是九分？"

家长们或是担心，或是欢喜，或是询问老师，或是谈论前途与希望。

学校的将来是何等美满，何等广大啊！

——父亲

聋哑学校

二十八日

> **名师导读**
>
> 曾在安利柯家中做过园丁的乔治,回到了阔别三年的故乡。他在聋哑学校见到了自己的哑女绮吉亚。在这里,老师们为了让这些身有残疾的孩子能有一个光明的未来,无私地付出多于平常千百倍的精力,这是怎样一个艰辛的过程呀!

早晨,我到教堂做完礼拜后回到家里,正要去给小鸟添食时,门铃响了。

我忙去开门。门前站着一位身体很棒的中年男人,肩上扛着个大包袱。他一见我,满脸高兴地喊:"小少爷!"嗓音很高。

"乔治!是你呀!"我万万没有想到是他回来了。

我们住在智利时,乔治曾在我们家做过园丁。记得他在三年前到国外去了。

"你哪天回来的?"

"昨天,在热那亚上岸的。小少爷!你父亲母亲都好吗?"

我"都好!"顺口答了一句,就大声地喊,"爸爸!乔治回来了。"

"啊!你回来啦!好几年没见啦!"父亲、母亲笑着说。乔治的眼睛湿润了。他一向做体力活,但一点儿也不见老,脸色还那么红润,精神还那么旺盛。

"快进来吧!"父亲说。

"别客气!我得先去别的地方。"

▶ 爱的教育

"是不是想看看你的女儿？"

"是呀！不知道她近来怎么样？我很想她。"

"她很好。前几天我去看过了。"

"谢谢您的照顾！这个包袱先放在您这儿，我先去一下。"

"安利柯！你带他去吧！"

"好！"

"小少爷，那就麻烦你了！"

乔治的女儿绮吉亚，又聋又哑，很可怜。乔治特别疼她，所以设法让她上了聋哑学校。因为他们家住在孔德铺，绮吉亚的母亲不能常来看她，乔治临出国时，曾特地托付我父亲就近多多照顾她。

"抱歉，还有一句话要问。"园丁说到这里，父亲拦住了他的话头，反问道："在那里生意还好吗？"

"很好，托您的福，总算赚了些钱回来。我要问的是绮吉亚。我那哑女儿也不知学得怎么样了？我出去的时候，可怜的她还跟鸟兽一样无知呢！我不太相信那种学校，不知道她把哑语手势学会了没有？拙妻曾经写信告诉我说那孩子的语法已经大有进步，可是我想，那孩子学了语法又有什么用呢？如果我不懂那哑语手势，又怎么能够跟她彼此沟通呢？不过，哑巴对哑巴还能够说话，已经很了不起了。究竟她是如何受教育的？她现在怎样？"【写作借鉴：语言描写，生动地表现了园丁乔治对哑女的担心、对聋哑学校的质疑及对女儿现状的猜测。将父亲即将见到女儿时的忐忑之心与关爱之情表现得淋漓尽致。】

"我现在也不跟你多说，你到了那里自然就会明白的。去吧，快去。"父亲微笑着答道。

聋哑学校离我家不远。绮吉亚的父亲一边迈着大步，一边悲伤地说：

"啊！绮吉亚真可怜！生来就是个聋子哑巴，这是什么命啊！我从不曾听她叫过我爸爸呢，而我叫她女儿，她又不懂。她出生以来还从未说过什么，也从未听到过什么呢！总算遇到了好心人代为负担费用，把她送进了聋哑学校，真是再幸福不过了。【名师点睛：承接上文乔治对聋哑学校的不信任，引出下文绮吉亚的境况。】八岁那年进去的，现在已经十一岁了，三年不曾回过家，大概已经长得很高了吧？不知到底怎样了？在那里好不好？"

我加快了脚步答道："就会知道的，就会知道的。"

"不知道这聋哑学校在哪里，当时我在国外，是拙妻送她进去的。大概就在这一带吧？"

我们到了聋哑学校。一进门，就有人来迎接。

"我是绮吉亚·沃克的父亲，请让我见见我女儿。"绮吉亚的父亲说。

"她此刻正在游戏呢，我这就去通知老师。"接待我们的人急忙进去了。

绮吉亚的父亲默默地环视着四周的墙壁。门开了，一个穿黑衣的女老师牵着一个女孩出来。父女默默地相看了一会儿，彼此抱住了号哭起来。

女孩穿着一件白底红条子的上衣和灰色的围裙，身材比我略高一些，双手抱住父亲一直哭着。

父亲把女儿拉开了一些，把女儿从头到脚打量了一遍，好像刚跑了快步似的，呼吸急促地大声说："啊，高了许多了，好看了许多了！啊！我可怜的可爱的绮吉亚！我的不会说话的孩子！你就是这孩子的老师吗？请你让她做些手势给我看看，我也许可以知道一些，我以后也会用功学习的。请你告诉她，让她做些手势给我看看。"

老师微笑着低声向那女孩说："这位来看你的人是谁？"

女孩微笑着，像初学意大利话的外国人那样，用怪异而不合调子的声音明明白白地答道："这是我的父亲。"

绮吉亚的父亲大吃一惊，倒退了一步发狂似的叫了出来：

"会说话了！真是奇了！会说话了！你，嘴巴已经变好了吗？已经能听到别人说话了吗？在说些什么！啊！会说话了呢！"说着，他又一次把女儿抱近身边，在额上吻了三次，"老师，不是用手势说话的吗？

▶ 爱的教育

不是用手势达意的吗？这究竟是怎么回事？"

"不，沃克先生，不用手势了。那早就过时了，我们这里教的是新式的唇读口语法。你不知道吗？"老师说。

绮吉亚的父亲惊呆了：

"我一点儿也不知道这种方法。到外国去了三年，家里虽也曾写信告诉我这些，可我根本就不知道它是怎么回事。我真蠢啊。哦，我的好女儿！那么，你听得到我的话吗？听得到我的声音吗？快回答我，我的声音你听到了吗？"

老师说："不，沃克先生，你弄错了。她不能听到你的声音，因为她是聋的，她之所以能懂你说的话，是因为看了你的嘴唇动着的样子才悟到的，并不等于听见你的声音。她也听不见自己的声音。她之所以能讲话是我们一字一字地把嘴和舌的样子教给她看，她才会的。她说一句话，脸颊和喉咙要费很大的力气呢。"

绮吉亚的父亲听了仍不太明白其中的道理，只是张开了嘴站着，似乎难以置信。他把嘴贴着女儿的耳朵：

"绮吉亚，父亲回来了，你高兴吗？"说完再抬起头来等候女儿的回答。【名师点睛：表达了父亲对女儿会说话的期待之情。】

女儿默默地注视着父亲，眼睛里满是疑问，嘴里什么也没说，弄得父亲没法子。

老师笑着说："沃克先生，这孩子没有回答，是因为你把嘴贴在她的耳朵旁说，她没看见你嘴唇说话时的动作。现在，请站在她的面前再试一遍看看。"

父亲面对着女儿，慢慢地又说道："父亲回来了，以后再不离开你了，你高兴吗？"

女儿目不转睛地注视着父亲的嘴，连嘴巴里面都可看见，然后很清楚地答道："嗯，你回——来了，以后不再——离开，我很——高兴。"

父亲急忙抱住了女儿，为了证实效果，又问她好些话："你妈妈叫什么？"

"安东——尼娅。"

"妹妹呢？"

"亚德——丽妲。"

"这学校叫什么？"

"聋——哑——学校。"

"十的两倍是多少？"

"二十。"

父亲听了突然喜极而泣起来。

老师故意跟他开玩笑说："怎么啦？这是喜事，有什么可哭的。你不怕惹你女儿伤心吗？"

绮吉亚的父亲一把抓住老师的手，亲了两三下："多谢，太谢谢了！老师，请原谅我的鲁莽！我心里除了感激，都不知该说什么好了。"

"慢着，沃克先生，你女儿现在不仅会说话了，还能写会算，历史、地理也略懂得一些，已经进入正常班了。再过两年，她的认识能力和动手能力还会更强一些，毕业以后可以做些力所能及的工作。这里的毕业生有许多是在商店里工作，和正常人没太大区别呢。"

绮吉亚的父亲更奇怪了，有些茫然地望着女儿直挠头，好像有些失措。

老师向一旁的校工说："去叫一个小班学生来！"

校工去了一会儿，领来一位刚入学的八九岁的聋哑生出来。老师说：

"这孩子刚开始学习最基本的课程，我们是这样教的：我现在叫她发A字母的音，你仔细看着！"

老师张开嘴，做出发元音A的样子给那孩子看，并打手势叫孩子也做同样的口形，接着再打手势叫她发音。那孩子发出来的音却不是A，而是O。

"不是这样的。"老师一边示意，一边拿起孩子的双手，叫她一手按

▶ 爱的教育

<u>在老师的喉部，一手按在腮后，反复练习发出 A 的音。孩子从手上了解了老师喉部与腮后的运动，重新开口，终于准确地发出了 A 的音。</u>

【名师点睛："拿""按""发出"这一系列的动作，生动地再现了老师向学生传授知识的整个过程，同时，表明了老师教学工作的艰辛。】

老师又继续让孩子用手按住自己的喉与腮，一起练习 C 与 D 的发音。然后对绮吉亚的父亲说：

"怎么样？明白了吗？"

绮吉亚的父亲明白了，也比原先更惊讶了："就是这样——把字教给他们？"

说到这里，他停了停，注视着老师说："这许多孩子挨着个儿地教，要花费老师多少心血和辛劳呀！你们都是圣人啊，真正的福音天使！在这个世界上，还有什么可以报答你们的呢？我真不知道该说什么好了！请你允许我跟女儿在这里待一会儿！就五分钟！把她借我一会儿！"

老师点了点头。父亲把女儿领到一旁，问了她许多事情。女儿一一做了回答。父亲用拳击着膝盖，眯着眼笑出了泪来。一会儿又拉着女儿的手仔细打量着，听着女儿说话的声音，如听天籁一般入迷。过了一会儿，父亲又对老师说：

"能让我见见校长，当面道谢吗？"

"校长不在这里。你应该道谢的还有一个。在这座学校里，凡是年纪幼小的孩子，都由年长的学生像妈妈或姐姐一样地照顾着。照顾你女儿的是一位面包商的十七岁的女儿。她对你女儿那才叫亲呢。这两年多来，每天早晨都是她帮你女儿梳头发，教她针线，两人好得像亲姐妹似的！——绮吉亚，你朋友叫什么？"

"卡特——琳娜·齐达内。"女儿微笑着说，"她——待我——真好哦。"

校工在老师的指点下，进去领出一位神情快活、体态姣好的哑女来。她也穿着红白条纹相间的衣服，束着灰色围裙。她站在门口红着脸，微笑着把头低下，神态一如小儿女状。

绮吉亚走近前去，拉了她的手，来到父亲面前，用粗重的声音说："卡特——琳娜！"

"呀！好端庄的姑娘哟！"父亲叫着想要伸手去摸她的脸，忽又把手缩回来，反复说，"呀！真是位好姑娘！上帝祝福你，给你所有的幸福和安慰！让你和你的家人幸福美满！真是位好姑娘啊！绮吉亚！这里有个正直的工人，穷人家的父亲，真心地为她祈祷呢。"

那大女孩仍旧微笑着摸着绮吉亚的头。父亲注视着她的样子就好像是在向圣母行注目礼。

"你可以带你女儿一起出去玩一天的。"老师说。

"那我要带她回到坎特夫去，明天送她回来，好吗？"绮吉亚的父亲说。

绮吉亚拉着卡特琳娜跑回学校穿衣服去了。她父亲搓着手反复说："三年不见，已经能够说话了呢。这就带她回孔德铺去吧。哎哟，还是带她先去丘林逛逛，到亲友们那里，给大家看看。嗯，今天真是个好天气！太难得了！——喂！绮吉亚，过来拉住我的手！"

绮吉亚穿了一件小外套，戴了帽子，过来拉了父亲的手。父亲走到校门口，对大家说："各位，多谢！真真多谢了！改日再来一一道谢吧！"转念一想，又停住脚步，回过头来，放开了女儿的手，在衣袋里摸了摸，找出一枚20元金币放在桌子上说：

"这枚金币，送给贵校吧！"

"哎哟，请你把钱拿回去，这我不能收。我不是这学校的主管。将来有机会，你还是当面交给校长吧。我想，校长大概也是不肯收的，这是你辛辛苦苦挣来的呢。你的好意我们心领了，谢谢你。"

"不，一定请你收下——"他话还没说完，老师就已把钱硬塞在他的口袋里了。绮吉亚的父亲没办法，只好吻了自己的手，向老师和卡特琳娜挥了挥，算是吻别。【名师点睛：表达了绮吉亚的父亲对学校老师的无比感激之情。】然后就拉着女儿的手，急急地走出校门。

▶ 爱的教育

"先到你们家去,让你爸爸、妈妈看看绮吉亚多会说话!"

他的女儿高兴得像一只快活的小鸟,她望着天空说道:"多……美丽的……太阳啊!"

园丁听后,把女儿抱起来,高高地举过头顶。

Z 知识考点

1. 填空题。

老师点了点头。父亲把女儿_____一旁,问了她许多_____。女儿_____做了回答。父亲用拳击着_____,眯着眼_____泪来。一会儿又拉着女儿的手_____着,听着女儿说话的声音,如听_____入迷。

2. 判断题。

绮吉亚是个可怜的孩子,生来就是个聋子,八岁那年被送进了聋哑学校,三年不曾回过家,现在已经十一岁了。 ( )

3. 问答题。

"'不是这样的。'老师一边示意,一边拿起孩子的双手,叫她一手按在老师的喉部,一手按在腮后,反复练习发出 A 的音。孩子从手上了解了老师喉部与腮后的运动,重新开口,终于准确地发出了 A 的音。"这段话说明了什么?

_____

_____

Y 阅读与思考

1. 从文中找出描写乔治感激学校及老师的一段话,并说说他为什么会这么做。

2. 你了解聋哑学校的老师和同学的学习和生活的情况了吗?那你认为我们应该如何对待我们身边的聋哑人呢?

第九章 六月

加里波第将军

五日(明天是国庆节)

名师导读

安利柯的父亲写给他一封信,歌颂了伟大的将军,父亲写道,加里波第将军为了祖国的解放事业立下了战功,得到士兵和群众的爱戴。父亲笔下的加里波第将军是一个怎样的人呢?

安利柯:

今天是国丧日,加里波第将军昨天夜里逝世了。你知道他的事迹吗?正是他把一千万意大利人从波旁政府的暴政下救了出来。七十五年前,他生于尼斯。父亲是个船长,他八岁时,救过一位女子的性命;十三岁时,和朋友一起乘小艇外出时遇险,他把朋友平安救起;二十七岁时,在马赛救起过一个落水濒死的青年;四十一岁时,在海上救助过一艘险遭火灾的船。他为了国人的自由,在南美洲战斗了整整十年,为了争取隆巴第和瓦伦蒂诺的自由,曾经与奥地利军队激战三次。1849年守卫罗马以抵御法国军队的进攻;1860年拯救了那不勒斯和巴勒莫;1867年再次为罗马而战;1870年和德意志交战,防御法军。他刚毅勇敢,参加过四十次战役,赢得了其中的三十七次。

他一直都是自食其力,隐耕孤岛。教师、海员、工人、农民、商

▶ 爱的教育

人、士兵、将军、执政官，他都干过。他是个质朴、伟大而且善良的人；是个痛恨一切压迫，爱护人民，保护弱者的人；是个以济世救人为己任，不慕荣利，不惜牺牲，热爱祖国的人。他振臂一呼，各地的勇士就会立刻在他面前聚集：绅士们抛下他们的豪宅，海员们抛下他们的船舶，青年们抛下他们的学校，在他那战功显赫的大旗下作战。他在战场上经常身着红色战袍，是个身强体健而又英俊优雅的人。他在战阵中威如雷电，平时却柔情似水，在患难中如苦行圣僧。当意大利成千上万的战士濒于死亡之际，只要一看见这位威风八面的将军的身影，就会奋勇向前甘愿为他牺牲。这些心甘情愿为之奋战，为之牺牲的人，不知凡几，数万人同为将军祝福，誓死卫国。

将军死了，全世界为之举哀。安利柯，你现在还不很了解将军，以后应该有机会读到将军的传记，或者听人说起将军的轶事。随着你日渐成长，将军的身影在你面前也会越来越高大。当你成人时，将军会如巨人般注视着你，鞭策着你。在你和你的子孙以及子孙的子孙都去世以后，功同日月、彪(biāo)炳(bǐng)史册[形容伟大的业绩流传千秋万代]的将军，还将作为这个民族的救星、建国的元勋永远受到人们的景仰！

意大利人的眉，将因高呼他的名字而扬！

意大利人的胆，将因高呼他的名字而壮！

——父亲

军　队

十一日

> **M 名师导读**
>
> 　　隆重浩大的阅兵仪式让人热血沸腾,安利柯的父亲对他的告诫值得我们学习,无论是谁,听到祖国的召唤,都应聚集在国旗下,奋不顾身,前赴后继,为国家和民族抛头颅洒热血,不惜肝脑涂地!

（因为加里波第将军的逝世,国庆活动延迟一周。）

今天到佩斯·卡斯特罗去看阅兵式。司令官率领军队,从分列两旁的观众中间通过,号角和乐队的乐曲和谐交响。在军队进行中,父亲把队名和军旗一一指给我看——

最先过来的是炮兵学校的学生,人数约有三百,一律穿着黑色制服,雄赳赳气昂昂地走了过去。

其次是步兵:有参加过古伊特和桑地诺战役的奥斯泰旅,有参加过卡斯德尔费达度战役的布克姆旅,共分四个联队。一队一队地前进,无数的红飘带飘然而动,恰如火一般的花朵正在绽放。

步兵后面就是工兵,也就是陆军序列中的工人,帽子上装饰着黑色的马尾,缀着红色的丝边。

工兵后面又是一个数百人的方阵,全是帽子上有直而长的装饰的士兵,这是意大利最精锐的山地作战部队,他们有着高大健硕的褐色身躯,戴着格拉勃利亚式的帽子,那鲜亮如碧的帽檐代表着山地的草色。山地战士还没有完全过去,群众就开始波动起来。

接下来的是火枪手,也就是那个最先进入罗马的久负盛名的十二大队。帽上的装饰因风起伏着,一众人马如黑色波浪似的通过人群。

爱的教育

他们的号角声锐利如刀，可惜不久就消失在了辘辘的轰鸣声中……

哦，原来是野战炮兵部队过来了。他们坐在弹药箱上，六百匹骏马拉着他们行进。炮兵们饰着黄带，长长的炮管，闪着黄铜和钢铁的锃光。炮车的车轮在地上隆隆作响。后面的山地炮兵部队整肃而进，那高大的士兵及重装骡马曾经在战场上所向披靡，让敌人闻风丧胆。

最后是热那亚骑兵部队，头盔映着日光熠熠生辉，军旗飘拂，辔鸣马嘶。哦，这是一支曾经在桑泰·路契至维拉弗兰卡一带战场上，旋风般扫荡过敌人的军队。

"啊！太好看啦！"我叫道。父亲告诫我说：

"<u>不要把军队看作玩具！这许多充满力量与希望的青年，时刻准备着，一听到祖国的召唤，就会聚集在国旗下，奋不顾身，前赴后继，为国家和民族抛头颅洒热血，不惜肝脑涂地！当你每次听到'陆军万岁！意大利万岁！'的喝彩声时，首先应该想到的是这支军队背后铁血铸就的军魂和战争的惨烈！只有这样，对军人及军队的敬意才能从你胸中油然而生，对于祖国的尊严，才会有更清醒的认知。</u>"

【名师点睛：父亲对安利柯的告诫是值得我们每一个人学习的。不论是谁都应该热爱自己的祖国，热爱自己祖国的军队，并且从心底敬重每一位军人。】

阅读与思考

1.文章一共介绍了几个方阵？他们分别代表什么战队？

2.你见过中国的国庆大阅兵吗？你当时的心情是怎样的？和同学们分享一下吧！

意　大　利

十四日

M 名师导读

我们每个人都是热爱自己的祖国的,在国庆日,大家应该怎样祝福自己的祖国呢?

在国庆日,应该这样祝福祖国:"意大利啊,我所爱的神圣的国土啊!我父母曾生在这里、葬在这里,我也愿生在这里、死在这里,我的子孙也一定在这里生长、在这里死亡。华美的意大利啊!积有几世纪的光荣,在数年中得过统一与自由的意大利啊!你曾传播神圣的智慧之光给世界,为了你的缘故,无数的勇士在沙场战死,许多的勇士化作断头台上的露珠而消逝。你是三百都市和三千万子女的高贵的母亲,我们做幼儿的,虽不能完全知道你、了解你,却尽了心地爱着你呢。我被生在你的怀里,做你的孩子,自己夸耀。我爱你那美丽的河和崇高的山,我爱你那神圣的古迹和不朽的历史,我爱你那历史的光荣和国土的完美。我对你全部和我所始见始闻的最迷恋的你的一部分同样地敬爱,我以纯粹的情爱平等的感谢,爱着你的全部——勇敢的丘林,华丽的热那亚,开明的波洛尼亚,神秘的威尼斯,伟大的米兰。我更以幼儿的平均的敬意,爱温和的佛罗伦萨,威严的巴勒莫,宏大而美丽的那不勒斯,以及神奇而永恒的罗马。我的神圣的国土啊!我爱你!我立誓:凡是你的孩子,我必都如兄弟姐妹般地爱他们;凡是你所生的伟人,不论是死的或是活的,我必都从真心赞仰;我将勉为勤勉正直的市民,不断地研磨智德,以期无愧于做你的孩子,竭了我这小小的力,防止一切不幸、

爱的教育

无知、不正、罪恶来污你的面目。我誓以我的知识，我的腕力，我的灵魂，谨忠事你；一到了应把血和生命贡献于你的时候，我就仰天呼着你的圣名，向着你的旗子送最后的吻，把我的血向你洒溅，用我的生命做你的祭品吧。"

酷　　暑

十六日

M 名师导读

烈日炎炎，高温酷暑，教室里无精打采的哈欠此起彼伏，学生开始变得倦怠。然而，越是在恶劣的环境下，越能体现一个人的坚毅品格，是哪几位自制力超群的同学脱颖而出呢？

国庆日以后，五天当中温度升高了五度。时节已经到了仲夏[仲夏即夏季中最热的时候，也被称为热浪。在北半球温带地区，夏季后期的热浪有时也被称为伏天。这段时间，不但气温高，而且空气中的湿度也特别大]，大家都开始渐渐感觉疲倦起来，如春天蔷薇般美丽的脸色全都不见了，脖子和腿脚也都消瘦下去了，头也昏了，眼也眩了。

可怜的耐利因为受不了这样的高温，原本蜡黄的脸变得更加苍白，时不时地伏在笔记簿上瞌睡。好在卡伦常常留心照看着耐利，在他睡去的时候，把书翻开，竖在他前面，替他挡住老师的眼睛。克洛西的披着红发的脑袋靠在椅背上，看起来就好像一个被割下来的人头挂在那里。罗宾斯总是叽咕人多空气不好。啊，上课真苦啊！从窗口看见清凉的树荫，真想跳出去，不愿再在座位上受这种拘束。放学时，妈妈总候着我，留心我的脸色。而我一看见妈妈，精神又重新振作起来了。我做功课的时候，妈妈常问我："难受不？"早晨六点叫我醒来的时候，也常说："啊，坚持一下！再过几天就要放假，可以到乡间去了。"

妈妈常常跟我说起在盛夏酷暑中还在做工的小孩子，说有的小孩在田间或滚烫的砂地上劳作，有的在玻璃作坊里终日经受火烤。他们早晨比我起得早，晚上比我睡得晚，而且还没有休假。所以我们也非发奋不可。【名师点睛：母亲将酷夏时节仍在烈日下劳作的孩子与在教室中读书的孩子进行比较，既突出了学生们的幸运与舒适，也是为了激励安利柯珍惜学习机会、奋发图强。】

说到发奋，还是要算戴洛西第一，他从不叫热或想睡，无论什么时候都很活泼快乐。他那长长的金发像冬天那样地垂着，学习起来一点儿也不觉得苦。只要坐在他旁边，听听他像清脆铃声般的声音，也能令人振奋。【名师点睛：从视觉和听觉两个角度刻画了戴洛西神清气爽的形象，其中在描写他的声音时还运用了比喻的修辞手法，使戴洛西的形象特征更为突出。】

此外，拼命用功的还有两个人。一是固执的斯蒂尔德，他为了怕自己睡着，就经常敲打自己的脑袋，热得头昏脑涨的时候，就把牙关咬紧，怒目圆睁，像是要把老师吞下去。【写作借鉴：通过敲打脑袋、咬紧牙关等动作描写，表现了斯蒂尔德勤奋刻苦的精神与顽强的毅力。】还有一个，就是商人之子卡洛斐。他一心一意用红纸做着纸扇，把火柴盒上的火花纸粘在扇上，一个铜币一把。

但最令人佩服的要算克劳德了。据说他每天早晨五点起床，帮父亲搬运柴火。到了学校，一过十一点就支撑不住了，把头垂在胸前。当他惊醒的时候，或是敲着颈背，或是向老师请假出去洗脸，有时他也事先托付旁边的人推醒他。可是今天他终于忍不住呼呼地睡着了。老师大叫一声："克劳德！"他也没听见。于是老师发起火来，"克劳德，克劳德！"地反复大叫。坐在克劳德旁边的一个卖炭人家的儿子站起来说：

277

▶ 爱的教育

"克劳德今天早上五点起床,搬柴火一直搬到了七点才停。"

老师听完,就不再唤醒克劳德了,半小时以后,才走到克劳德位置旁边,轻轻地吹了吹他的脸,把他吹醒了。克劳德睁开眼睛,看见老师站在面前,吓得想要退缩。老师双手托住他的头,在他头发上亲了亲说:

"我不怪你。你上课睡觉不是因为怠惰,而是因为实在太疲劳了。"

阅读与思考

1. 克劳德上课时呼呼地睡着了,为什么老师后来不再唤醒他了呢?你觉得克劳德身上有值得你学习的地方吗?说一说。

2. 你有在课堂上打瞌睡的经历吗?你都是怎么处理的呢?

我的父亲

十七日

名师导读

这是妈妈写给安利柯的信,信中她苦口婆心地劝告安利柯要珍惜和父亲在一起的时光,不要再因不孝忘恩之罪玷污了自己!即使将来能够成就圣人伟人的事业,也不足以报答父亲的深恩。安利柯能理解妈妈的话吗?

安利柯:

如果换作你的朋友克劳德或卡伦,恐怕绝对不会像你今天这样回答父亲的问话吧。安利柯!为什么要这样!快向我发誓,以后不会再出现这样的情况了。因为父亲责备了你,就可以无礼顶撞吗?想想将来有一天,父亲把你叫到床边,跟你说:"安利柯!永别了!"

你不会后悔已经迟了吗？

安利柯！你要好好想想，等到将来再也见不着父亲，走进父亲的房间，也只能看到父亲遗留下来的书籍时，再回想起自己曾经做过对不起父亲的事情，后悔地说："那个时候我为什么要那样？！"到了那个时候，你才明白父亲的爱，知道父亲叱责你，全是为了你好，而且他自己心里也在哭泣。那个时候，就算你流再多的悔恨之泪，在父亲为了家人拼命的书桌上亲吻多少回，又有什么用呢？

现在，你可能不会知道，父亲除了慈爱以外，已经把他所有的一切也都留给了你。你还不知道吧，父亲因为操劳过度，自觉不久于人世了呢。现在，他老提起你，对你放心不下。他经常在夜里拿着灯走进你的卧室，偷看一会儿你熟睡的样子，再回到书案前继续埋头工作。

人生在世，忧患苦多，父亲只要一看见你在旁边，就会暂时乐而忘忧。他这是想在你那里求得一丝安慰，恢复精神。如果这个时候，你还要对父亲冷淡，父亲心里该有多么的伤心啊。

安利柯！千万不要再因不孝忘恩之罪玷污了自己！即使你将来能够成就圣人伟人的事业，也不足以报答父亲的深恩，更何况，人生无常，什么时候发生什么样的事情，颇难预料。或许父亲在你尚未成年时就不幸死了——或许是在三五年以后，或许就在明天，谁能说得准呢？

啊！安利柯！要是父亲死了，妈妈居丧，家里将会变得如何空虚、寂寞啊！快！到父亲那里去！父亲在房间里工作着呢。静静地进去，把头俯在父亲膝上，请求父亲原谅你，祝福你。

——妈妈

爱的教育

乡野远足

十九日

> **M 名师导读**
>
> 安利柯和一群同学在克劳德父亲的带领下,远离了学校和课堂,来到了风景美丽的乡下旅游,大家玩得可开心了,这期间又发生了哪些故事呢?

父亲又一次原谅了我,而且还同意让我履约,跟克劳德的父亲一起去乡下郊游。【名师点睛:又一次原谅,说明父亲对安利柯的宽容与爱。】

我们早就想呼吸那小山上的空气了,所以,昨天下午两点一到,大家就如约聚集在了一起。戴洛西、卡伦、卡洛斐、普来克西、克劳德父子,连我总共是七个人。【名师点睛:交代了郊游的时间、地点、人物等。】大家都预备了水果、腊肠、熟鸡蛋等,还带着皮囊和锡制的小杯子。卡伦在葫芦里装了些白葡萄酒,克劳德在父亲的水壶里装了些红葡萄酒,普来克西穿着铁匠的工装,拿来一块四斤重的面包。

我们一起坐着公交车到了格琅·美德莱·乔,然后就步行上山。山上满是绿色的浓荫,非常凉爽宜人。我们或是在草地上打滚,或是在小溪中戏水洗脸,或是跳过林间的低矮灌木篱笆。克劳德的父亲把上衣搭在肩上,衔着烟斗,远远地跟在我们后面。

普来克西吹起了口哨——我还从未听他吹过口哨呢,克劳德也边走边吹着。他拿着手指般长短的小刀,削着树枝,做着水车、木叉、水枪等玩具,硬是把别人肩上的行李背在自己身上,虽已经汗流浃背,可还能像头山羊似的走得很快。戴洛西一路上不时地停下脚步教给我各种花草和昆虫的名目,真不知道他怎么能懂得那么多东西啊。卡伦在一边默默地嚼着面包——自从他妈妈去世以后，他吃东西似乎也不像以前那么有味了，只是待人仍旧那样亲切。我们在跳过小沟的时候，先后退了几步，做了姿势，然后跑起来跳了过去。卡伦第一个跳了过去，又伸手过来搀扶别人。普来克西小时候曾被牛角顶过，见了牛就害怕；卡伦在路上见有牛过来，就过去挡在普来克西前面。【名师点睛：表现了卡伦乐于助人的优秀品质。】我们登上小山，跳跃着，打着滚。普来克西一不小心滚入了荆棘，把工装给扯破了，很难为情地站了起来。卡洛斐不论什么时候都是带着针线的，就帮他补好了。普来克西只是说："对不起，对不起。"一等缝好，就立刻跑开了。

卡洛斐就连在路上也不肯白白错过收集小玩意的机会，或是采摘一些可以用来做生菜的草，或是把蜗牛捡起来看看，见到尖角的石块就拾起来装入口袋里，认为它们或许含有金银。【名师点睛：生动地表现了卡洛斐"小商人"的性格特点。】我们不管是在树荫下，还是在日光中，总是跑着、滚着，把衣服都弄皱了，最后喘息着登上了山顶，坐在草地上吃着带来的东西。

登顶远眺，我们可以望见前方广袤的原野和头顶雪冠的阿尔卑斯山。我们的肚子早已饿得不行了，面包一到嘴里就好像溶化了。克劳德的父亲用葫芦叶盛着腊肠分给我们，大家一边吃，一边谈着老师们的事、朋友的事和考试的事。普来克西怕难为情，什么都不肯吃。卡伦就挑选好的塞进他的嘴里。克劳德盘着腿坐在他父亲身旁，两人并作一处；与其说他们是父子，倒不如说是兄弟，他们相貌差不多，都是赤红的脸色，在那里露着白玉似的牙齿微笑呢。克劳德的父亲斜举着皮囊畅饮，把我们喝剩下的也拿了去，像喝甘露似的喝着。他说：

"酒对读书的孩子是有害的，对开柴火店的，却很必要。"说着，就捏住了儿子的鼻头，朝着我们又摇又扭。

"哥儿们，请你们一定要和这家伙友好相处哟。这也是个正直的男子汉哩！这样夸自己儿子很好笑吧！哈哈！"

爱的教育

除了卡伦，大家全都笑了。克劳德的父亲又喝了一杯：

"真是惭愧啊。现在大家虽然都是要好的朋友，再过几年，等安利柯和戴洛西做了法官或博士，其他四个，都到什么商店里啦、工厂里啦、作坊里啦去上了班，彼此就要永远地分开了！"

"哪里的话！"戴洛西抢先回答说，"对我来说，卡伦永远是卡伦，普来克西永远是普来克西，别的人也都一样。我即使做了俄国沙皇，也永远不会改变对你们的友谊，你们住的地方，我总是要来的。"

克劳德的父亲举着皮囊："好啊，难得！能这么说，就再好没有了。请把你们的杯子举起来和我碰一下。学校万岁！同学万岁！在学校里，不论贫富，都是亲如一家的。"

我们都举杯碰了碰皮囊，一起欢呼。克劳德的父亲站起身来，把皮囊中的酒一口气喝干：

"四十九联队第四大队万——岁！喂！你们将来要是参了军，也要像我们一样地努力啊！少年们！"

时间不早了，我们且跑且歌，拉着手一起下山。傍晚在濮河，大家看见了许多萤火虫闪闪地纷飞着。

回到佩斯·德罗斯·达达尔坦，大家分开时，约定星期天再在这里聚齐，一起去参观夜校的颁奖仪式。

今天天气真好啊！如果不是在路上遇到我那可怜的女老师，回家时该是如何地快乐啊！

回到家的时候，天色已然昏暗，才上楼梯，就碰到了女老师。她见了我，就拉住了我的双手，附耳和我说：

"安利柯！再见了！可不要忘记我哟！"

我觉察到老师说这些话时正在暗自垂泪，就跑上去告诉了妈妈："我刚才遇到了女老师，她病得不行了。"

妈妈红着眼睛，注视着我，悲伤地说：

"老师——真可怜——不行了呢。"

Z 知识考点

1. 填空题。

　　普来克西怕_____，什么都不肯吃。卡伦就_____塞进他的嘴里，克劳德_____腿坐在他父亲身旁，两人_____；与其说他们是父子，_____说是兄弟，他们相貌差不多，都是_____的脸色，在那里露着_____似的牙齿微笑呢。

2. 判断题。

　　回到佩斯·德罗斯·达达尔坦，大家分开时，约定星期天再在这里聚齐，一起去参观夜校的颁奖仪式。　　　　　　（　　）

3. 问答题。

　　请从文中分别找出描写戴洛西和卡伦的句子，并写在下面的横线上。

_____

_____

Y 阅读与思考

1. 文章中安利柯是和哪些人一起去乡下旅游的？他们都玩了些什么，玩得开心吗？

2. 安利柯回家时遇到了谁？为什么心情会变得很不好？

劳动者的颁奖仪式

二十五日

M 名师导读

　　这是一场特殊的毕业典礼，也是一场别开生面的劳动者大联欢。劳动者的奖品授予仪式是一次大活动，参与人数众多，也有不同职业的人去参加，那么在这次的仪式上又发生了什么呢？

▶ 爱的教育

　　今天，我们依约来到了维多利亚·埃玛努埃勒剧院观看劳动者的奖品授予仪式。【名师点睛：文章的开篇即交代了时间、地点及主要事件，让人一目了然，同时照应了题目。】剧场的布置和3月14日那天一样。场中差不多都是劳动者的家属，音乐学校的男女生坐在乐池座里，齐声合唱克里米亚战歌，唱得真好听。唱完之后，大家都起立鼓掌。随后，各位获奖者走到市长和区长跟前，接受了书籍、代金券、文凭或奖章。"小石匠"傍着妈妈坐在乐池座的角落里，而另一方，坐着校长先生，我三年级老师的红头发在校长先生的身后若隐若现。

　　最先出场的是图画科的夜校学生，里面有铁匠、雕刻师、木匠以及石匠，其次是商业学校的学生，再其次是音乐学校的学生。其中，有许多姑娘和男工人，都穿着华美的衣裳，在大家的喝彩声中微笑着。最后出场的是设在我们小学里的夜校的学生，那情景可够壮观的，他们年龄不同，职业不同，衣服也是各式各样的。既有白发的老人，也有作坊学徒，还有蓄着长发的工人。【名师点睛：井然有序地介绍了夜校学生们上台领奖的顺序，交代了他们所从事的职业，反映了夜校学生所包含的社会层次之广。】年轻的神情自若，年老的却似乎有些难为情。人们鼓掌欢迎他们，表情都很严肃而真诚，没有一个人是笑着的。

　　获奖者的家人大多坐在乐池座里观看。儿童当中，有的一见到自己的父亲登上领奖台，就拼命地大声叫唤，笑着招手。农夫过去了，挑夫也过去了。我父亲所认识的擦靴匠也登上领奖台，从区长手中领到了文凭。继而一位魁(kuí)梧(wú)[强壮高大]如巨人般的汉子也上了台，看了有些似曾相识，细细一想，原来就是那位获得过三等奖的"小石匠"的父亲。当时我去探望"小石匠"，上到阁楼里的时候，他就站在病床旁边。我回头寻着了坐在乐池座里的"小石匠"，见"小石匠"正双目炯炯地注视着父亲，装着兔儿脸暗自窃喜呢。

　　忽然间喝彩声四起，我急急地向舞台看去，只见那个帮人清扫烟囱的小小清洁工只擦净了面部，穿着漆黑的工装就出场了。市长拉住他的手,和他说了几句话。接着,又有一个清道夫来领奖品。这许多劳动者,一边为了自己的家人辛苦工作,一边又在工作之余用功学习,终于得到了奖品,真是难能可贵。我一想到此,就觉得心中有一种说不出的感动在奔涌。他们辛苦一整天以后,除了分出必要的睡眠时间外,就在使用那不曾用惯的头脑,用那粗笨的手指执笔,这是何等的辛苦和不易啊。

接着又上去一位作坊学徒。他一定是穿着他父亲的上衣来的——从他上台领奖时卷起的长长袖口就能看得出来。大家刚刚一笑,可笑声很快就被立刻响起的喝彩声吞没了。继而上台的,是一位光头白须的老人。另外,还有许多曾经在我们学校里上过夜校的炮兵、税务局的门房和警察,就连我们学校的门房也在其中。

末了,夜校的学生们又唱起了克里米亚战歌。那歌声就像是从他们心底里流出来的一样,饱含着深情。大家默默地听着,并不喝彩,然后又静静地散场。

于是,一霎时,街上充满了人。当清扫烟囱的小小清洁工拿着领来的红色的书本出现在剧场门口时,绅士们都拢在他的周围和他说话。街上的人们也都互相打着招呼,工人、农民、小孩、警察、老师和两个炮兵,从人群中挤了出来。他们的妻子正抱着小孩,而小孩用小手拿着父亲的文凭在向周围的人们炫耀呢。

阅读与思考

1. 文章在描写领奖过程时运用了什么描写方法?这么写的好处是什么?

2. 颁奖仪式上,各行各业的劳动者都获得了荣誉,对此你有什么感想吗?

3. 扫烟囱的孩子走出剧院后,大家都争先恐后地和他说话,你能猜到人们都对他说了些什么吗?

爱的教育

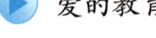

女老师之死

二十七日

M 名师导读

安利柯那位二年级女老师去世了,校长讲述了女老师在临终前与她教过的学生一一道别的经过。这位老师一直到生命的最后一刻都坚守在自己的岗位上,这是怎样一位值得我们怀念的老师啊!

当我们在公立剧场参加仪式时,我的二年级女老师死了。她是在访问过我妈妈一周后的下午两点逝世的。昨天早晨,校长先生来到我们教室告诉了我们这件事情,说:

"你们当中,凡是曾经受过老师教育的,都应该知道,她真是个好人,曾经像爱自己儿子似的爱着所有的学生。老师已经不在了。她病了很久,可是为了生活和家人,一直带病坚持工作,缩短了本可以延续的生命。如果她能暂时休息养病,应该可以多活几个月或者更长。可她总是不放心自己的学生,星期六的傍晚,也就是十七日那天,她说自己将不能再见学生了,一定要亲自登门跟自己教过的学生一一诀别。她把生命中最后的时光留给了学生,一一与他们吻别,哭着回去了。大家再也不能见到这位老师了,请大家不要忘记她!"

在二年级时曾经受过这位老师教育的普来克西,把头俯在桌上哭泣了起来。

昨天下午放学后,我们去给老师送葬。赶到老师的寓所一看,门口停着一辆双马灵车,许多人都在低声谈论着,等待着。我们的学校,包括校长,所有的老师都到了。老师以前曾经任职过的别的学校,也都有老师前来。老师所教过的小班学生,大都是由手举蜡烛的妈妈带着。别的年级的学生也到了不少，有拿花环的，也有拿着花束的。【名师点睛：通过对场面的描写，表达出学生和家长们对女老师的敬爱。】灵车上已堆满了各种各样的花束，顶上放着一只大大的刺球花环，上面有一行黑字："五年级学生敬呈女老师"。大花环下挂着小花环——那都是小学生拿来的。人群之中，既有手举蜡烛代主妇送葬的女佣，也有两个举着火把的穿法衣的男仆，还有一位学生的父亲某绅士，乘着挂着蓝绸子的马车。大家都聚集在门边默哀，女孩子们都在拭着泪。

我们静候了一会儿，灵棺出来了。小孩们看见灵棺移入灵车就哭了起来。其中有一个好像到了这个时候才相信老师真的死了似的，放声大哭着不肯停息，人们只好小心地把他领到一旁。【名师点睛：细节的描写表达出学生对女老师深厚的情感。】

送葬的队伍缓缓出发，走在最前面的是绿色装束的姑娘们，其次是白色装束饰青丝边的姑娘们，再其次是神父，然后是灵车、老师们、二年级小学生、别的小学生，最后是普通的送葬者。街上的人们从窗口或门前张望，见了花环与小孩说："是学校的老师呢。"领着小孩子来的贵妇人们也在哭着。

到了教堂门口，灵棺从灵车中移出，安放在大堂中央的大祭坛前。女老师们把花环放在棺上，小孩们把花撒满灵棺的周围。在灵棺旁边的人都点起蜡烛在微暗的教堂里开始祈祷。等神父一念出最后的"阿门"，就一齐把蜡烛熄灭，走了出来。女老师独自留在教堂里了！真可怜！她是那么亲切，那么勤劳，那么尽忠职守的老师！据说老师把自己所有的书籍和其他用品全都遗赠给了学生，有的得了墨水瓶，有的得了小画片。听说死前两天，她曾对校长说，让小孩子们不要哭泣，不要让他们参加送葬仪式。

老师做了许多好事，受了许多苦痛，终于离开了我们。可怜地独自留在那样昏暗的教堂里！再见，老师！老师对我来说，已经成为悲伤和爱慕的记忆！

爱的教育

Z 知识考点

1. 填空题。

送葬的队伍_____出发,走在最前面的是_____装束的姑娘们,其次是_____装束饰青丝边的姑娘们,再其次是_____,然后是灵车,老师们,_____小学生,别的小学生,最后是_____的送葬者。

2. 判断题。

安利柯的二年级女老师是在访问过安利柯妈妈两周后的下午两点逝世的。   (   )

3. 问答题。

从文中找出表现女教师美好品格的句子,并抄下在面的横线上。

_____

_____

Y 阅读与思考

1. 文中安利柯二年级的女老师因病去世,从哪些描写可以看出大家对老师的敬爱和深厚的感情?

2. 你喜欢这样的老师吗? 生活中,你最喜欢哪位老师? 说说你的理由。

感　　谢

二十八日

M 名师导读

二年级女老师的死触动了安利柯的思绪,他回忆了从去年十月份以来发生的事情,他看到了自己的进步,懂得了感恩,对身边的亲人和朋友都充满了感激,那么,谁是他最在意的人呢?

可怜的女老师曾经想支撑到这学年为止,可惜只差三天,就这样死去了。等明后两天去学校听完《马里奥的微笑》的故事，这一学年就要结束了。从7月1日星期六开始考试，我不久就升四年级了。啊！女老师要是不死，那该多开心啊。

　　回忆去年十月刚开学时的种种事情，从那时起，我确是增长了许多的知识。现在的读、写都比那时要好，算术也已学得不错，可以帮助人家算账了，无论读什么，大体上都已经可以懂得其中的意思了。这让我很开心。

　　当然，我之所以取得这样的进步，多亏了许多人一直以来对我的勉励和帮助呢。无论是在家里，学校里，在街上，以及其他我所去过的、令我有所见闻的场所，各种各样的人都在以各种各样的方式教导着我。所以，我要感谢所有的人——

　　首先，感谢老师，感谢所有爱我教我的老师。我现在所知道的一切，都是老师们费尽心血教导我的结果。

　　其次，感谢戴洛西，感谢他帮我弄明白许多事情，让我通过种种难关，不至于考试失败。

　　还有，斯蒂尔德，是他曾经向我提供了一个"精诚所至，金石为开"的实例。还有那亲切的卡伦，他曾给我以温暖、同情和感动。普来克西与克劳德，他们二人曾经让我能够在困苦中不失勇志，在辛劳之中不失和气。所有的朋友，我都要感谢。

　　特别要感谢的是我的父亲。父亲曾是我最初的老师，也是我最初的朋友，他给了我许多的启发与告诫，教会了我种种的事情，整日为我操劳，将悲苦藏在心里，用各种方法督促我用功，令我生活愉快安乐。还有，那慈爱的妈妈。妈妈是爱我的人，是守护我的天使，她以我之乐为乐，以我之悲为悲，和我一起用功，一起劳动，一起哭泣。

　　妈妈，谢谢你！妈妈在过去的十二年中，把温暖和爱意注入了我的心田。

289

爱的教育

阅读与思考

1. 文中安利柯都感谢了哪些人？安利柯从他们那分别学到了什么呢？
2. 你有没有想过，你最想感谢的人是谁？说一说你为什么要感谢他（她）。

马里奥的微笑（最后的每月例话）

名师导读

一辆满载乘客的轮船在暴雨中即将沉没，一个身世悲惨的小男孩，却把生的希望留给与他同病相怜的女孩，而自己则像旗帜一般葬身大海。是什么力量让小男孩对一位萍水相逢的小女孩舍命相救呢？

在几年前的十二月的某一天，天气不太好，一只大轮船从英国利物浦港出发，前往马耳他岛。连同船上的六十名船员，一共载了差不多二百人。船长和船员都是英国人，乘客中有几位是意大利人。

三等客舱里有一位十二岁的意大利少年。身体与年龄相比虽然显得有些矮小，却长得很结实，是个典型的西西里的英俊少年。他独自坐在船头桅杆分卷着的缆索上，身边放着一个破损了的皮包。他一手搭在皮包上，身着粗布上衣、破旧的外套，皮带上系着一只旧皮囊。他默默地冷眼打量着周围的乘客、船只、来往的水手，以及汹涌的海水。似乎他的家中刚刚遭了不幸，以至于稚气的脸上，表情严肃宛如成人。【名师点睛：这一段对少年的年龄、神态做了介绍，同时给读者留下悬念：他究竟有着怎样的悲惨经历？】

开船后不久，一位意大利水手挽着一个小女孩来到西西里少年面前，对他说："马里奥，你有了一位很不错的同伴呢。"说着就自顾自地

290

离开了。女孩在少年身旁坐下,彼此面面相觑。

"你上哪儿去?"男孩问。

"先到马耳他岛,再转往那不勒斯。父母亲正盼着我回去,我是去见他们的。我的名字叫柯丽妲·瓦格那。"

过了一会儿,男孩从皮囊中取出面包和水果,女孩带有饼干,两个人一同吃了起来。

刚才来过的意大利水手慌忙从旁边跑了过来,指着远处叫道:

"快看那边!好像有些不妙呢!"

风越来越大,船身开始剧烈摇晃起来,可两个小孩却一点儿也不晕船。女孩子还哈哈地笑着。她和少年年纪相仿,身材窈窕修长,肤色也是一样的褐色,似乎有几分病态。服装很好,头发短而卷曲,脖子上系着一条鲜艳的红围巾,耳上戴着银耳环。【名师点睛:将女孩的外貌及衣着同男孩进行对比,反映了女孩的家庭状况优于男孩。而对女孩脖子上那条红围巾的特写则表现了女孩纯真活泼的性格特征。】

两个孩子一边吃,一边互相谈论身世。男孩已失去了父亲,父亲原先是个工人,几天前在利物浦去世了。孤苦伶仃的男孩在意大利领事的关照下,准备回故乡巴勒莫,他有个远亲在那里。女孩子因父亲无力抚养,前年被寄养在了伦敦婶婶家,准备等婶婶死后分得一些遗产。几个月前,婶婶被马车碾伤,突然死了,一点儿财产也没留下。于是她就请求意大利领事送她回故乡。恰巧,这两个孩子都是被托付给那个意大利水手照看的。【名师点睛:两个孩子互诉遭遇,相似的经历让他们产生一种惺惺相惜之感,为后文两人建立深厚的情谊做了铺垫。】

女孩说:"我的父母还以为我能带些钱回去呢,哪里知道我身无分文。不过,我想,他们总还是爱我的。我的兄弟想必也是这样。我的四个兄弟都还小呢,我是最大的。我在家里每天都给他们穿衣服。我一回去,他们一定很高兴,一定会飞跑过来呢。——呀,波浪好大啊!"

然后又问男孩:"你打算住在亲戚家里吗?"

▶ 爱的教育

"是的，只要他们肯收留我。"

"他们不爱你吗？"

"不知道。"

"我到今年圣诞节刚好十三岁了。"

他们一起谈着海洋和一些关于船中乘客的事情，整天待在一起，经常交谈。别的乘客还以为他们是姐弟呢。女孩编着袜子，男孩沉思着。天渐渐黑了，海浪也渐渐凶猛起来了。两个孩子分开的时候，女孩对马里奥说："好好睡吧！"

"恐怕谁也不能安睡了！孩子！"意大利水手从旁边走过时，这样说。男孩正想对女孩说"再见"，突然一个狂浪过来，把他扑倒了。

女孩飞跑过去说："哎呀！你流血了。"

乘客们只顾自己逃命，没有人来留心别人。女孩跪在瞪着眼睛的马里奥身边，替他擦拭干净头上的血，从自己头上取下红头巾，帮他包在头上。打结的时候，把他的头紧紧地抱在自己胸前，以至于自己的上衣也染了血。马里奥摇摇晃晃地站了起来。【名师点睛：对这个细节的描写，表达了孩子在短暂的相处后产生了友谊，也给下文做了铺垫。】

"好些了吗？"女孩问。

"不要紧。"马里奥回答。

"快去睡吧。"女孩说。

"再见。"马里奥应了声，便各自回到自己的舱位去了。

水手的话果然应验了。两个孩子还没睡着，可怕的风暴就到了，其势烈如奔马。一根桅杆[桅杆指船上挂帆的柱杆，一般是木质的长圆杆子或金属柱，通常从船的龙骨或中板上垂直竖起，可以支撑船帆]立刻折断，三只舢板也被吹走了。船尾载着的四头牛也像树叶一般地被吹走了。船中立时起了大乱，惊叫声、喧嚷声、暴风雨的尖啸声、祈祷声，夹杂在一起令人毛骨悚然。风势竟一夜不衰，一直持续到了天亮。山也似的怒浪横扑而来，扫荡着甲板，击碎了那里的器物，将其卷入海中。遮蔽机房的木板被击碎了,海水狂涌而入,锅炉被淹灭了,司炉也逃走了,海水从四面八方一齐涌入。【名师点睛:以精准的词语、紧凑的句子写出了风暴来临时势不可挡的场面,烘托了一种恐怖、混乱的气氛,同时也暗示了人物命运悲剧性的发展走向。】只听见船长一声厉喝:

"快拿水泵!"船员奔水泵方向而去。这时又一个狂浪,从横里扑来,将船舷、舱口全部冲破,海水从破孔涌进了船舱。

乘客们自知要没命了,纷纷逃入客舱,一见到船长,就齐声叫道:"船长!船长!怎么了?现在到了什么地方?还能有救吗?快救我们!"

船长等大家都说完了,才冷静地说:"没希望了。"

一位女子呼叫着上帝呀帮帮我们,其余的全都默不作声,他们被吓呆了。好一会儿,船舱里就像坟墓里一般的寂静。乘客都脸色苍白,面面相觑。海浪汹涌,船身一高一低地摇晃着。船长下令放下救命的小艇,可五位水手刚下到小艇,小艇就立刻被海浪吞没了。五位水手一下子不见了两位,那个意大利水手也在其中。其余的三人拼命抓住绳子逃了上来。

这时候,船员们也绝望了。两个小时以后,水已淹到货舱门口了。

甲板上的情景更加悲惨:绝望之中妈妈们仍将自己的孩子紧抱在胸前;朋友们互相握手告别;也有因为不愿被海浪卷走而死,窝在舱里不肯出来的;还有一个人用手枪自击头部而死;大多数人都在狂乱地挣扎着;女人更是失神地痉挛着;哭声、呻吟声以及各种不可名状的嚎叫声,混合在一起;双眼无神、呆若木鸡、面无人色者更是随处可见。【名师点睛:列举了几个有代表性的乘客在沉船最后时刻所做出的反应,用以点概面的方法写出了全船旅客已经对生存不抱任何希望,表现了人们在巨大灾难面前的恐惧和无可奈何。】柯丽妲和马里奥二人抱着一根桅杆,目不转睛地注视着大海。

这时,风浪小了,可船还在渐渐下沉,眼见就要没顶了。

"快把那长舢板艇放下去!"船长叫道。

▶ 爱的教育

唯一幸存的一艘救命艇下水了，十四位水手和三个乘客下到了艇里。船长留在船上。

"请快跟我们来。"水手们从下面叫。

"我情愿死在这里。"船长答道。

"也许会遇到别的船呢，快下来！"水手们反复劝他。

"我要留在这里。"

于是，水手们又对别的乘客说："还能乘一人，最好是女的！"

船长搀着一名女子过来，可舢板离船太远，那女子看了一眼，就晕倒在了甲板上。别的妇女都已失神，如同行尸一般。

"送个小孩过来！"水手叫道。

正呆立在那里的西西里少年和他的小伙伴听到这叫声，在求生本能的驱使下，一起离开了桅杆，跑到船边，挣扎着齐声喊道："我来！"

"小的那个！艇已满了。小的那个！"水手叫道。

女孩一听这话，就像触了电似的立刻垂下双臂，注视着马里奥。

马里奥也注视着她。当他看到那女孩衣上的血迹，回忆起曾经发生过的事情，脸上突然发出神圣的光彩。

"快！艇要走了！"水手焦急地等着。

马里奥情不自禁地喊道："你分量轻些！柯丽姐！你还有父母！我只是孤儿！你快上去！"【名师点睛：坚定的语言表现了男孩舍己为人的高尚品质。在生存和死亡之间，男孩所做的选择也将故事的发展推向了高潮。】

"把那孩子弄下来！"水手叫道。马里奥一把抱起柯丽姐丢了下去。柯丽姐从水中露出头来，刚喊了一声"呀"，一位水手就抓住她的手臂将她拖进了艇中。马里奥在船边高高地昂起头，任长发被海风拂起，泰然自若地、平静地、昂然地立着。

女孩像是失去了所有知觉，只是望着马里奥所在的方向泪如雨下。

"再见！马里奥！"她伸开双臂向他呼喊着，"再见！再见！"

少年高举着手："再见！"小艇掠着海浪在昏暗的天空下驶去，客船上的人们虽然还活着，却已像是死了，任海水浸没了船舷。

马里奥突然跪下，合掌，仰视着天上。

女孩低下了头。等她再抬起头看过去时，客船已不见了……

知识考点

1. 填空题。

三等客舱里有一位_____岁的意大利少年。身体与年龄相比虽然显得有些_____，却长得很_____，是个典型的_____的英俊少年。他独自坐在船头桅杆分卷着的_____上，身边放着一个_____了的皮包。他一手搭在皮包上，身着_____上衣、破旧的外套，皮带上系着一只_____。

2. 判断题。

两个孩子还没睡着，可怕的风暴就到了，其势烈如奔马。一根桅杆立刻折断，三只舢板也被吹走了。船尾载着的四头牛也像树叶一般地被吹走了。（　　）

3. 问答题。

"女孩子还哈哈地笑着。她和少年年纪相仿，身材窈窕修长，肤色也是一样的褐色，似乎有几分病态。服装很好，头发短而卷曲，脖子上系着一条鲜艳的红围巾，耳上戴着银耳环。"这段话表明了什么？

阅读与思考

1. 在看到女孩衣服上的血迹时，马里奥脸上突然发出神圣的光彩。说一说：他当时都想了些什么？

2. 如果你是获救的女孩柯丽妲，你会对马里奥说些什么呢？

295

爱的教育

第十章　七月

母亲的最后嘱托

一日

M 名师导读

时光如白驹过隙，一学年的时间转瞬即逝。虽然即将到来的暑假让人无比开怀，但是对于安利柯却充满了离别的伤悲，因为这一次他与同学们的分别将不再是三个月，而有可能是永远。因此，在这一学年的最后一天里，妈妈希望安利柯用什么态度面对这些呢？

安利柯：

　　这一学年已经结束了，在这结束的最后一天，留下一个为了朋友宁愿牺牲自己的高尚少年的印记，真是一件好事。你就要和老师、朋友们离别了，但在这之前，我还须告诉你一件悲伤的事情。这次的离别已不单是三个月[在当时的意大利，学生的暑假时间是三个月，即从七月份一直持续到十月份，所以，安利柯的母亲说要分别三个月]的离别，而是长久的离别。父亲因工作需要，要离开丘林前往别处，我们一家人也要同行。

　　一到秋天就必须出发了，而你以后也要去新的学校了。这对你来说，确实不是愉快的事。我知道，你很爱你的这个学校呢。这四年里，你曾在这里品尝着上学用功的乐趣；这四年里，你每天都能见到同一群老师，同一群朋友，同一群朋友的父母；这四年里，你每天都会在这里见到父亲或母亲微笑着来接你。你的心智是在这里开发的，许多朋友也是在这里得到的，种种有用的知识也是在这里获得的。在这里，你也许曾经受过一些苦和痛，但这些对你来说也都是有益的。所以，你应该从心底里感谢大家，向大家告别。这些人里面，有遭遇过不幸的人，有失去父亲或是母亲的人，有小小年纪已经夭折的人，有在战场上英勇牺牲的人，也有许多人既是正直勇敢的劳动者又是慈爱善良的父亲。在这里面，说不定还会涌现出许多有益于国家的伟人名人呢。所以，你一定要和这儿的许多人真诚地说一声"再见"，把你精神世界里的一部分留在这个大家族里。你一生下来就加入了这个大家族，而今要作为一名勇健的少年出去了。你的父母亲也因为这个大家族对你的爱，深爱着这个大家族呢。

　　学校是妈妈，安利柯。她从我怀中把你接过去时，你差不多还不会讲话呢，现在她已将你培养成一位强健、善良、勤勉的少年，还给了我。【名师点睛：先将学校比作母亲，再具体地叙述了安利柯在学校这位"母亲"的教导下所发生的可喜变化，表达了母亲对学校的由衷肯定及感恩之情。】这该怎样感谢呢？你万不可忘记这一切！【名师点睛：这是母亲心中最诚挚的告诫，她希望安利柯可以把同学、老师、学校乃至整个城市都永远地留在心中，不要忘记。】你又怎能够忘记呢？！等你将来长大了出去闯荡时，遇到那些伟大的城市和一座座丰碑，自然会忆起这许多的往事。那一扇扇一排排关闭着的小窗，那附带小花园的素净的白房子——正是你启蒙的所在，它们将一一在你的心头浮现，当你终要归去的那一天，我也希望你不要忘了你诞生的这个地方！

——妈妈

爱的教育

考 试

四日

M 名师导读

考试来临,同学们一年的努力都在等待考试的验证,前所未有的紧张气氛笼罩了整个考场,不只是考场里的同学们,考场里的监考老师和徘徊在考场外的家长们,也都如临大敌、惴惴不安呢!不知考试之后又是一幅怎样的场景呢?

考试的日子终于到了。

学校附近一带,不论老师、学生、父兄,谈论的话题全是分数、问题、及格、落榜之类。昨天考过了作文,今天是算术。我看到别的学生的父母在街上对着自己的孩子千嘱咐万叮咛,心里不知不觉就会更加担心起来。

有的妈妈亲自陪送儿子进教室,替他检查墨水瓶里有没有足够的墨水,检查钢笔头是否依然能用,临走时还在教室门口再三嘱咐:

"仔细啊!要用心!"【写作借鉴:对语言和动作的描写,表现出了家长们对孩子们考试的重视和对孩子们殷切的期望。】

我们的监考老师是黑胡子的考蒂老师,就是那位虽然声如狮吼却从不责罚学生的老师。尽管如此,学生之中还是有怕他怕得脸色发青的。老师把市政厅送来的封袋撕开,抽出试卷,全场一下子似乎连呼吸声都没有了。老师用可怕的眼神向室中一扫,大声地宣读着试题。我们想:要是能把试题和答案都告诉我们,让大家都能及格,该有多开心啊。

试题很难,做了一个小时,大家还是没有完成。有一个甚至哭了起来。克洛西敲着头。有许多人做不出是应该的，因为他们上课的时间本来就少，父母也未曾尽到辅导监督的责任。【名师点睛：通过对一些学生的特写，营造出一种紧张压抑的考场气氛。】

可是天无绝人之路，戴洛西还是想出来各种法子，在不被察觉之中帮了大家。他画了图或写了算式给大家看，手段真是巧妙而敏捷。卡伦的专长本来就是算术，也替他做了一名帮手。骄矜的罗宾斯今天也没办法了，只好规规矩矩地坐着，后来还是卡伦教给了他答案。

斯蒂尔德握着拳撑住了头，盯着题目看了一个多小时，后来忽然提起笔来，仅用五分钟就把试题全部做完了。

老师在桌间一边巡视，一边说：

"静下心，静下心！静下心来才能做好啊！"

看到神情窘迫的学生，老师就张大了嘴装出狮子的模样来，想要引他笑一笑，让他放松下来。十一点左右，往窗外一看，哇，学生的家长已在路上徘徊着等待了。普来克西的父亲穿着工作服，脸上黑黑的，也从铁器作坊里走过来了。克洛西的卖菜的妈妈，穿黑衣服的耐利的妈妈，都在那里。【名师点睛：家长们焦急等待的情景表明他们对考试的重视和对孩子们的关心。】

快到正午的时候，我父亲也来到我们教室窗口探望。考试在正午准时结束。放学的时候可真热闹：家长们都跑到自己孩子身边，查问种种情况，翻阅笔记簿，或跟一旁的小孩子互相比对答案。【名师点睛：急于知道考试情况的家长似乎比学生们自己更加着急，这急切的动作、关切的语言无不体现了他们对孩子的关怀和浓浓的爱意。】

"几个问题？答了多少？减法这一章呢？没忘了小数点吧？"

老师们被周围的人叫唤着，来来往往地回答着他们。父亲从我手里取过笔记簿，看了看说：

"不错，很好。"

普来克西的父母在我们旁边，也在那里翻着儿子的笔记。他好像

299

> 爱的教育

没看懂，神情似乎有些慌乱。他对我的父亲说：

"请问，这总和是多少？"

父亲把答数说给他听。铁匠知道了儿子的计算没错，欢呼着说："做得不错呢！"

父亲和铁匠像朋友似的，相对而笑。父亲伸出手去，握住了铁匠的手。

"口试的时候，我们再见吧。"二人分别时这么说。

我们走了五六步，就听到后面发出一节高音，回头一看，原来是铁匠在那里唱歌呢。

阅读与思考

1.考试前，有的家长送孩子进教室，并替孩子检查文具是否能用；考试时，家长们都在路上徘徊着等待；考试结束后，家长们跑到孩子们身边询问等等，家长们的这些举动说明了什么？

2.你在考试时，碰到过文中那样的情况吗？如果是你，你会对来接你的爸爸或妈妈说些什么呢？

最后的考试

七日

名师导读

今天是最后一次考试，考的是口试，安利柯从老师的表情中读懂了什么？他是什么样的心情呢？安利柯要随父亲一起搬离丘林了，他该怎样把这个消息告诉卡伦呢？

今天是口试，我们八点就进了教室。从八点十五分起，每四人一组被叫到隔壁考房里去。那里面，大大的桌子上铺着绿色的布，校长和四位老师围坐在桌子边上，我们的老师也在里面。我是被唤进去的第一组。啊，老师！老师有多爱护我们，到了今天我才明白：当别的学生口试时，老师一直注视着我们；当我们的回答不清楚时，老师的脸上就会现出忧色，回答得清楚完整时，老师就会露出喜悦的表情。他时时侧耳细听，用手和头来表示意思，好像在说：

"对！不是的！当心啰！慢慢来！仔细！仔细！"【名师点睛：详细叙述了"我"参加口试的情景，其中对"我"的老师的神态描写尤为精彩，不仅使整个口试的过程更加细致生动，也将"我"与老师之间的默契表现了出来。】

我想，如果老师在这个时候可以说话，一定会不厌其烦地把所有的答案都告诉我们。即使学生的家长代替老师坐在这里，恐怕也不能像他这么亲切吧。一听到别的老师对我说："好了，回去！"老师的眼里就充满了喜悦。

我立刻回到教室等候父亲。同学们大多还待在教室里，我坐在卡伦旁边，一想起这将是我们最后的相聚，就情不自禁地伤心起来。我还没把将要随父亲一起离开丘林的事告诉卡伦，卡伦还一点儿也不知道，他正专心地伏在桌子上，埋着头，用笔在他父亲照片的边缘上加装饰。他父亲穿着机械师工作服，身材高大，头也和卡伦一样，有些后缩，样子却很正直。卡伦埋头伏身向前，胸前敞开着的衣领里，露出一枚悬挂在脖子上的金十字架来。这是耐利的妈妈为了感谢他保护自己的儿子，特地送给他的。我想，我反正是要把即将离开丘林的事情告诉卡伦的，就爽直地说："卡伦，我父亲今年秋季就要离开丘林了。父亲问我要不要跟去，我已经答应他同去了。"

"也就是说，五年级，我们不能再在一起念书了？"卡伦说。

"不能了。"我答。

卡伦默然无语，只是歪着头拿着笔作画。好一会儿，仍然低着头问：

▶ 爱的教育

"你还会记住我们四年级的朋友吗?"

"当然记着了,永远也不会忘记的。尤其忘不了你。谁会把你忘了呢?"我说。

卡伦注视着我,其神情足以表示千言万语,可嘴里却不发一言。他一手仍拿笔作画,一手却向我伸来,我紧紧地握住了他的大手。【名师点睛:作者仅用几句简短的对话、几个简单的动作便把朋友间深情告别的场景勾勒了出来,但是从他们紧握的双手和注视的眼眸中,我们仍然体会到了朋友间深深的不舍之情。】这时,老师红着脸进来,欢喜而急促地说:

"不错,大家都通过了。后面的人,也希望你们好好回答。要仔细啊。我还从没这样地快活过呢。"说完就急忙出去了,还故意装作要跌倒的样子,想要引我们发笑。见了一向不苟言笑的老师突然这样,大家都觉得诧异,教室里反而静穆了下来,只有微笑,没有哄笑。

不知为了什么,看见老师那孩子气的动作,我心里又喜又悲。老师所得的报酬就是这瞬间的喜悦,这就是九个月来所有心血与付出的报酬!为了得到这个报酬,老师需要付出怎样的辛劳与感情啊,就连学生病在家中还要亲自去辅导。如此关爱我们并为我们操心的老师,原来只是为如此轻微的报酬。

将来,每当我想到老师,必定会在我的眼前浮现出老师今天的样子。等我长大的时候,希望老师还健在,还有见面的机会。那时,我就应当重新说起这令人感动的往事,在老师的白发上亲吻。

Y 阅读与思考

1.当安利柯告诉卡伦他今年秋季将随父亲离开丘林时,卡伦是什么反应?

2.为什么一向不苟言笑的老师故意装作要跌倒的样子,想引同学们发笑,而同学们反而静穆下来了?

告　别

十日

M 名师导读

考试成绩开始公布了，等候公布成绩的时候每个人的心中都忐忑，孩子的成绩也牵动了家长的心。而接下来的告别，纵使大家心中有千万个不愿意，也只能笑着说珍重，这又将是一场怎样让人难忘的离别场景呢？

下午一点，我们又齐集学校，听候老师宣布成绩。学校附近也挤满了学生们的家长，有的等在门口，有的进了教室，连老师的座位旁边也都挤满了。我们的教室里、讲台前面也挤满了人。他们是卡伦的父亲、戴洛西的妈妈、普来克西的父亲、克劳德的父亲、耐利的妈妈、克洛西的妈妈、"小石匠"的父亲、斯蒂尔德的父亲，另外还有许多我以前不认识的人。教室里，一时之间充满了杂乱的低语声。【名师点睛：详细地列举了前来等候发放成绩的家长，又对家长们的讨论声进行了细节描写，突出了家长们对学生成绩的极其重视。】

老师一进教室，教室里就立刻肃静了下来。老师拿着成绩表，当场宣读：

"阿班提六十七分，及格。安可尼五十五分，及格。""小石匠"也及格了，克洛西也及格了。

老师又大声说：

"戴洛西七十分[在当时的意大利，学校的考试记分是以七十分为满分的，所以戴洛西获得的七十分就是最高分数]，一等奖。"

在场的家长们齐声赞许说："了不得，了不得，戴洛西。"

303

▶ 爱的教育

戴洛西披着金发，微笑着看向他的妈妈，他妈妈也举手和他打招呼。

卡洛斐、卡伦、格拉勃利亚少年，也都及格了，落榜的只有三四个人。其中有一个看见他父亲站在门口做出斥责他的手势，便哭了起来。老师就和他父亲说：

"不要这样，落榜并不全是小孩的错，失误也是有的。"

又继续说着："耐利六十二分，及格。"

耐利的妈妈用扇子送给儿子一个吻。斯蒂尔德是以六十七分及格的。他听到了这么好的成绩，连微笑也不露，仍是用两只拳头撑着头不放。最后是渥特尼，他今天穿得很华丽——也及格了。报告完毕，老师站起身来。

"今天，是我和大家最后一次聚在这里了。我们大家在一起相处了一年，今天就要分别了，我感到难过。"老师说到这里停了一下，"在这一年中，我好几次忍不住发了火。这是我的不好，我请大家原谅！"

"哪里，哪里！"家长们、学生们齐声说，"哪里！不关老师的事！"

【名师点睛：老师深情的道别之语发自肺腑，表达了他对学生们的不舍之情，而学生们的回答则表现了师生之间的彼此谅解。虽然师生们的语言都十分平实质朴，但读来却让人深深地为之动容。】

老师继续说：

"请你们原谅我。虽然来年你们不能和我再在一起了，但是还会相见。无论到了什么时候，你们总在我心里。再见了，孩子们！"

老师说完，走到我们座位旁边。我们站在椅子上，或伸手去握老师的手臂，或拉着老师的衣襟，和老师亲吻的就更多了。最后，全班五十个人齐声说：

"再见，老师！多谢老师！愿老师健康长寿，永远不要忘了我们！"

走出教室的时候，我感到一阵悲伤，心中难过得像是被什么东西压着了。大家都纷纷退出教室，别的教室里的学生也像潮水一样向门口涌去。学生和家长们夹杂在一起，或向老师告别，或相互打着招呼。

戴红羽毛的女老师被四五个小孩抱住,在人群里几乎不能呼吸了。孩子们又把"修女"老师的帽子扯破了,往她黑色衣服的纽孔里、袋子里塞进许多花束。洛佩蒂今天第一天丢掉了拐杖,大家见了都很高兴。

"再见了!等到10月20日新学年再见!"随处都可听到这样的话。

我们也都互相打着招呼。这时,过去的一切不快顿时消失,就连一向嫉妒戴洛西的渥特尼也张开双手去拥抱戴洛西。我跟"小石匠"话别。"小石匠"装了最后一次兔脸给我看,而我则亲了他一下。我去向普来克西和卡洛斐告别。卡洛斐告诉我说他不久就要发行最后一次彩票,还送给我一块略有缺损的瓷镇纸[镇纸,也叫镇尺、压尺。是人们写字作画时用以压纸、使之平贴不动的文具。其形状大多为长方形,材料多为铜、玉,也有石头、乌木和瓷等]。耐利跟卡伦难舍难分,大家见了都很感动,一起围在卡伦身旁。

"再见,卡伦,祝你一切都好。"大家齐声说着,有的去抱他,有的去握他的手,都向这位勇敢高尚的少年表示惜别。卡伦的父亲在一旁见了,兀自出神。

最后,我在校门外抱住了卡伦,把脸贴在他的胸口哭了起来,卡伦亲了我的额头。【写作借鉴:通过"抱""贴""哭""亲"等动词将"我"与卡伦依依惜别的场景描绘得更加动人。】当我跑到父母亲身边时,父亲问我:"你已和你的朋友告别了吗?"

我答道:"已告别过了。"

父亲又说:"如果你从前做过对不起谁的事情,快去跟他赔个罪,请求他的原谅。有这样的人吗?"

我答说:"没有。"

"那就再见了!"父亲说着最后瞥了一眼学校,声音里充满了感情。

"再见!"妈妈也跟着反复说道。

我,连一句话也说不出来了。

爱的教育

Z 知识考点

1. 填空题。

我们的_____里、_____前面也挤满了人。他们是_____的父亲、_____的妈妈、_____的父亲、_____的父亲、耐利的妈妈、_____的妈妈、"小石匠"的父亲、_____的父亲，另外还有许多我以前不认识的人。

2. 判断题。

卡洛斐、卡伦、格拉勃利亚少年，也都及格了，落榜的只有三四个人。其中有一个看见他父亲站在门口做出斥责他的手势，便哭了起来。
（　　）

3. 问答题。

"最后，我在校门外抱住了卡伦，把脸贴在他的胸口哭了起来，卡伦亲了我的额头。"这句话表现了"我"当时怎样的心情？

_____

_____

Y 阅读与思考

1. 文中哪一句话写出了安利柯和卡伦离别时的依依不舍？你有过和自己的好朋友离别的经历吗？

2. 想一想为什么一向嫉妒戴洛西的渥特尼也张开双手去拥抱了戴洛西。

《爱的教育》读后感

时间过得飞快,很快半个学期的课程就结束了。在假期里,我读了朋友给我推荐的好书。这本书就是《爱的教育》,这本书是意大利著名儿童文学作家亚米契斯创作的。

这本书里的每一篇文章都使我受益匪浅。《爱的教育》是一本洗涤心灵的书。吸引我的,似乎并不是其很高的文学价值,而在于那平凡而细腻的笔触中体现出来的近乎完美的亲子之爱,师生之情,朋友之谊,乡国之恋……这部处处洋溢着爱的小说所蕴含的那种深厚、浓郁的情感力量,真的很伟大。《爱的教育》在诉说崇高纯真的人性之爱就是一种最为真诚的教育,而教育使爱升华。虽然,每个人的人生阅历不同,但是你会从《爱的教育》中,体会到曾经经历过的那些类似的情感,它让我感动的同时也引发了我对于爱的一些思索。其中"每月例话"里面的《马里奥的微笑》给我留下了深刻的印象。

这篇文章十分感人。记述了一名十二岁的意大利少年马里奥乘上了一艘开往马耳他岛的巨轮。在船上,马里奥结识了一个好同伴柯丽妲,这个女孩子跟马里奥年龄差不多。深夜,可怕的风暴来了,甲板上的东西都被卷走了,船只也经受不住风暴,破了,水汹涌地灌了进来,眼看船就要沉了。乘客们都惊慌失措,跑到甲板上号啕大哭起来。

最后只有一艘小艇,小艇上已经坐满了人,只够再容纳一个小孩子了,而柯丽妲和马里奥都十分想下去。在这千钧一发的时

> 爱的教育

刻,眼看小艇离船越来越远,马里奥把机会让给了女孩,把女孩抱起丢到海里,一位水手将她拖进艇中,女孩得救了。大船即将沉没,但马里奥面对死亡反而从容镇定,露出微笑。

　　读了这篇文章后,我十分感动,我想我们大家都应该学习少年马里奥,学习马里奥舍己为人,甘愿牺牲,面对危险镇定、坚强的品质。

编　者
2021 年 3 月

参考答案

开学了

知识考点

1. 校长　更白了　长壮　一年级　父母
2. ×
3. 对学校的厌烦。

卡伦的侠义行为

知识考点

1. 三角板　栗子壳　苍白　变本加厉　菜担　墨水瓶
2. ×
3. 卡伦。他心地善良,为了保护克洛西,自己站起来替他顶罪。

少年爱国者(每月例话)

知识考点

1. 十一二　衣衫褴褛　躲避　二等舱
2. √
3. 因为他们全家靠爸爸种田来维持生计,后来爸爸身体不好,干不动了,他又太小,才不得已把他卖了。之后,小男孩随马戏团跑过好多地方,马戏团老板为了逼他练把式,对他拳打脚踢,还不给饭吃。

少年侦探(每月例话)

知识考点

1. 农舍　十二岁左右　小刀切削树枝　三色旗　逃走　抛下手中的木棍
2. √
3. 他很快答应了上士的提议,当上士提出要付多少钱给他时,他说:"不要!我喜欢做这样的事。要是敌人叫我,给我多少钱也不干,我这么做是为了自己的国家,我也是隆巴第人!"小男孩在树梢观察敌情时,子弹曾两次从他身边擦肩而过,但为了准确探明敌情,小男孩毫不畏惧,依然坚持完成了自己的使命,最后英勇牺牲。这表现了小男孩勇敢、爱国的优秀品质。

小商人卡洛斐

知识考点

1. 杂货店主　钱　数钱　五厘钱　钢笔头　邮票
2. C
3. 有时买进别人的东西,有时也卖给别人;有时发行彩票;有时拿东西和别人交换,交换之后,偶尔后悔时,再调换回来。

309

爱的教育

恶作剧

知识考点

1. 眼睛　卡洛斐　卡伦　卡洛斐　员工　手帕

2. ×

3. 犯了错误就要勇敢承认，而且要承担自己的责任。

小抄写员（每月例话）

知识考点

1. 父亲回屋睡觉　蹑手蹑脚　纸条　名册　模仿　既兴奋又紧张　搓一搓手

2. ×

3. 因为父亲一直不明白为什么叙利亚会对学习表现得不积极，甚至很厌倦的样子。现在突然明白了事情的真相，一下子难以接受。心情更是百感交集,既难过，又有之前对叙利亚责骂的愧疚。

铁匠的儿子

知识考点

1. 苍白　课本　衬衣　皮鞋　裤子

2. √

3. 他在外人面前极力维护父亲的形象，他坚强懂事。

被逐的韦兰蒂

1. 戴洛西　爆竹　老师　手臂

2. √

3. 老师把他当成空气，对他的违纪行为，装作没看见。

少年鼓手（每月例话）

知识考点

1. 密集的弹雨　硝烟　灰尘　全部负伤　墙壁　地板　残缺不全

2. √

3. 通过军医的话描述了当时的情景，并解释了少年被截肢的原因，使少年英勇无畏的形象更加高大。同时侧面描写的方式也增加了故事的可信度，更容易引起读者的共鸣。

玩具火车

知识考点

1. 喜欢　附带着　上满发条　惊诧　专心致志　流露出来　从未曾见过

2. ×

3. "他枯瘦的脖子,曾经流过血的小耳朵，以及他那向里卷着的袖口和瘦削的手臂"，这些外貌描写说明普来克西身子瘦弱,生活困难,也为后文安利柯送小火车给他做了铺垫。

爸爸的看护者（每月例话）

知识考点

1. 早晨　农村少年　刚刚换下来　门房　父亲　脸圆圆　一丝沉思

2. ×

3. 护士送花给西西洛是想表达自己对

他的欣赏与敬佩。而西西洛却把鲜花分散在了病床四周,临别时仍以儿子的身份向已经去世的陌生人告别,表现了西西洛善良的品格。

吵架

知识考点

1.安利柯 肩部 柴火 对不起 白眼
2.×
3.在安利柯的印象中,克劳德一向品格高尚。同时安利柯也回忆起自己到克劳德家里去探望他,看到克劳德在家劳动、服侍生病的妈妈的情形,以及他来自己家时大家欢迎他、父亲看重他的情景。

洛马格那的血(每月例话)

知识考点

1.逃走 脖子 街 灯 橱门 急急地 塞进
2.√
3.介绍了费鲁乔的性格特点:本性不坏,性格刚硬,心中也会温情脉脉。明知错了,却不愿道歉。为故事进一步的发展做了铺垫。

父亲的老师

知识考点

1.乐观 高兴 吃东西 割切 盘子 捧 碰到

2.×
3.四十多年前的成绩单老师居然还保留着,充分体现了老师对每一位学生的珍视,以及他对教育事业的热爱。

受勋的少年(每月例话)

知识考点

1.见义勇为 石匠 娇小 黑色
2.√
3.救人是大事,可是少年没有任何炫耀的意思,从侧面表现了他的朴实。

消防员巡视

知识考点

1.叫喊声 踏着 勾住 悬空 递过来 传给 送到
2.√
3.爸爸让安利柯记住洛比诺班长的事迹,记住与洛比诺班长的握手,其真实用意是想让安利柯将洛比诺班长的勇气永远铭记心间。

六千英里寻母(每月例话)

知识考点

1.鼓起勇气 南美洲 悲伤 勇气可嘉 十三 一个月 天方夜谭
2.×
3.是对妈妈深深的爱一直支撑着他坚持走下去。

311

爱的教育

聋哑学校

知识考点

1. 领到　事情　一一　膝盖　笑出了　仔细打量　天籁一般

2. √

3. "拿""按""发出"这一系列的动作,生动地再现了老师向学生传授知识的整个过程,同时表明了老师的教学工作的艰辛。

乡野远足

知识考点

1. 难为情　挑选好的　盘着　并作一处　倒不如　赤红　白玉

2. √

3. 戴洛西一路上不时地停下脚步教给我各种花草和昆虫的名目,真不知道他怎么能懂得那么多东西啊。

卡伦第一个跳了过去,又伸手过来搀扶别人。普来克西小时候曾被牛角顶过,见了牛就害怕;卡伦在路上见有牛过来,就过去挡在普来克西前面。普来克西怕难为情,什么都不肯吃。卡伦就挑选好的塞进他的嘴里。

女老师之死

知识考点

1. 缓缓　绿色　白色　神父　二年级　普通

2. ×

3. 她是那么亲切,那么勤劳,那么尽忠职守的老师!据说老师把自己所有的书籍和其他用品全都遗赠给了学生,有的得了墨水瓶,有的得了小画片。听说死前两天,她曾对校长说,让小孩子们不要哭泣,不要让他们参加送葬仪式。

马里奥的微笑(最后的每月例话)

知识考点

1. 十二　矮小　结实　西西里　缆索　破损　粗布　旧皮囊

2. √

3. 将女孩的外貌及衣着同男孩进行对比,反映了女孩的家庭状况优于男孩。而对女孩脖子上那条红围巾的特写则表现了女孩纯真活泼的性格特征。

告别

知识考点

1. 教室　讲台　卡伦　戴洛西　普来克西　克劳德　克洛西　斯蒂尔德

2. √

3. 这句话表现了"我"对卡伦依依不舍的心情。